关关雎鸠 在河之洲

黄河文库 •
　　文学黄河

孟宪明　总主编

# 黄河古代诗歌选

HUANGHE GUDAI SHIGE XUAN

孟宪明
侯全亮　选注
朱淑君

河南大学出版社
HENAN UNIVERSITY PRESS
·郑州·

## 图书在版编目（CIP）数据

黄河古代诗歌选 / 孟宪明，侯全亮，朱淑君选注.
—郑州：河南大学出版社，2020.7
（黄河文库. 文学黄河）
ISBN 978-7-5649-4405-6

Ⅰ. ①黄… Ⅱ. ①孟… ②侯… ③朱… Ⅲ. ①古典诗歌—诗集—中国 Ⅳ. ① I222.72

中国版本图书馆 CIP 数据核字（2020）第145654号

| | |
|---|---|
| 丛书策划 | 孟宪明　于华龙 |
| 责任编辑 | 谌洪波　范　昕 |
| 责任校对 | 林方丽 |
| 装帧设计 | 翟淼淼　高枫叶　郭　灿 |

出版发行　河南大学出版社
　　　　　地址：郑州市郑东新区商务外环中华大厦2401号　　邮编：450046
　　　　　电话：0371-86059750（高等教育与职业教育出版分社）
　　　　　　　　0371-86059701（营销部）
　　　　　网址：hupress.henu.edu.cn

| | | | | |
|---|---|---|---|---|
| 排　版 | 河南大学出版社设计排版部 | | | |
| 印　刷 | 河南瑞之光印刷股份有限公司 | | | |
| 经　销 | 全国各新华书店 | | | |
| 版　次 | 2020年8月第1版 | | 印　次 | 2020年8月第1次印刷 |
| 开　本 | 787mm×1092mm　1/16 | | 印　张 | 20.5 |
| 字　数 | 312千字 | | 定　价 | 168.00 元 |

（本书如有印装质量问题，请与河南大学出版社联系调换）

壶口瀑布　摄影 / 王伟

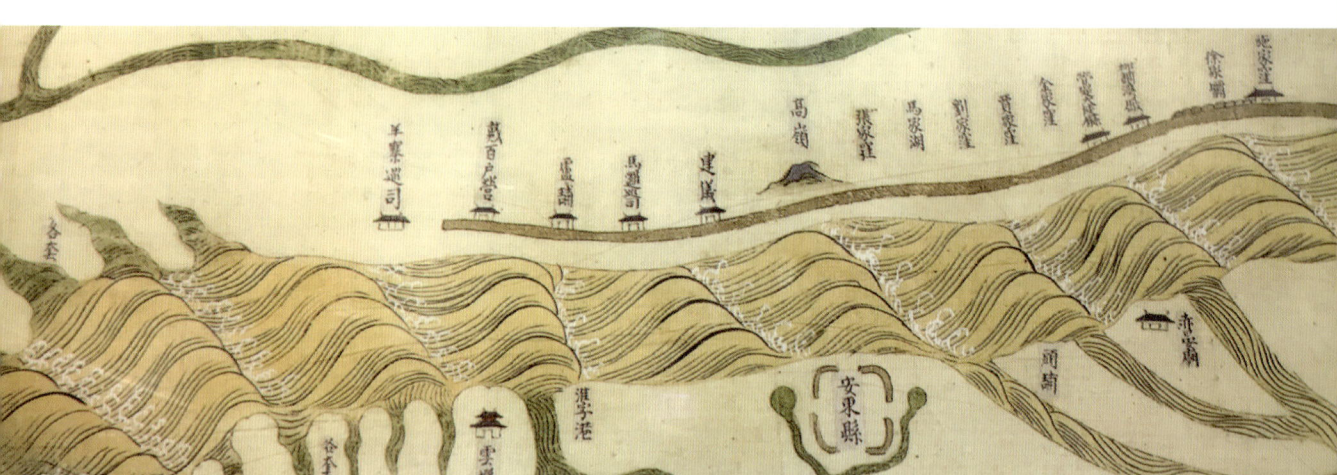

明代河防一览图(局部)

# 激情与涛声

孟宪明

一

1985年春天，上海一家出版社邀约一套姊妹书《黄河古诗选》和《长江古诗选》，我和朋友们选择了第一本。那时候年轻，对此书究竟意味着什么并不明晰，一做才发现此书之不易。此时，中国大型的古诗集只有《先秦汉魏晋南北朝诗》和《全唐诗》，其他诗作必须从各种各样的合集、别集以及个人的集子中寻找。我们在图书馆整整钻了三年，才对从《诗经》到清末历代诗人作品中的"黄河诗"有了一个大致的了解。此时的中国社会已经深深地进入了市场经济，"赚不赚钱"成了出版的重要指标。直到1989年，此书才由河南的中州古籍出版社出版。五年真诚的"黄河"追索，让我们对黄河文化的宽广度与幽深度有了深刻的洞悉，"黄河"，砥砺成之后我几十年生活中尖锐的警觉和敏感。

2020年1月3日，当我和郑州市惠济区的有关领导坐下来讨论"黄河"的时候，四千年前的大河村先民正在黄河边汲水晚炊，三千年前的商都天空上晚霞正艳，两千年前的《郑伯克段于鄢》正式开启春秋时代的瑰丽文脉，而黄河岸边的鸿沟里正飘荡着同楚汉相争时一样的暮云……亘古不息的黄河水在惠济区的土地上铺展着五十余里的激流与涛声。商定的结果，恰与两个月前我们策划的丛书不谋而合。天时。地利。人和。一套丛书悄然启动。

谁也没有想到，二十天后，十四亿国人会被一种无可感知的病毒所折磨、所震惊，会被一座坚强的城市所激动、所感奋。我们知道我们会胜利，但我们不知道我们会在何时胜利。时间停了下来，停在了这个猝不及防的时刻。

空间停了下来，停在了这个让人讶异的陌生之地。天下事变成了一件事。但是，我们的丛书没停。

二

河流产生文明。古巴比伦、古埃及、古印度、华夏中国，四大文明古国，无一不是河流的成功。

每条河流都有自己的性格和禀赋。这种独特的性格和禀赋必然赋予文明不同的基因，进而左右着文明的命运甚至生命。四大文明古国灭亡其三，难道与河流的性格和禀赋没有关系吗？换句话说，四大文明古国唯华夏之独存，中华文明与黄河的性格和禀赋没有关系吗？

黄河的独特之处在哪里？

此话题本应该先说黄河，但它让我想起来的首先是两则神话，一则是《女娲补天》，一则是《大禹治水》。

《淮南子·览冥训》云："往古之时，四极废，九州裂，天不兼覆，地不周载。火爁焱而不灭，水浩洋而不息。猛兽食颛民，鸷鸟攫老弱。于是女娲炼五色石以补苍天，断鳌足以立四极，杀黑龙以济冀州，积芦灰以止淫水。苍天补，四极正，淫水涸，冀州平，狡虫死，颛民生。"

面对超巨的自然灾害，伟大的女娲昂然而起，炼石补天，积灰止水。她没有逃避，没有退缩，更没有倒下。她是我们既高深辽远又近可视听的共同的老祖母。

四千年前的一场洪水，产生了华夏民族的又一个英雄，那就是从父亲的尸体边站起来的大禹。十三年治水不止，三过家门而不入。

《尚书·禹贡》云："导河积石，至于龙门；南至于华阴；东至于厎柱；又东至于孟津；东过洛汭，至于大伾；北过降水，至于大陆；又北，播为九河，同为逆河，入于海。"

司马迁的《史记·封禅书》说："昔三代之君，皆在河洛之间。"三代者，夏、商、周之谓也。夏、商、周者，中华民族之祖源也。而河洛，则是黄河与洛水的相会之处。"关关雎鸠，在河之洲。"中华民族第一部诗歌总集的第一首诗，就唱响在水汽氤氲的黄河沙洲。

可否这样想，如果没有女娲补天的心灵导引，没有大禹治水的宏伟实践，黄河会是今天的样子吗？中国的山川地域会是今天的样子吗？华夏民族的性格和命运会是今天的样子吗？

黄河造就了黄河流域。黄河产生了黄河文明。而我们这一切，包括女娲之补天、大禹之治水，皆是其性格所造成的。换言之，中华民族历数千年而繁荣不息，同样是黄河的性格和禀赋所造成的。黄河从源头起步，千转百绕，九曲回肠，接纳了无数的沟涧溪川、泉脉细流，奔腾而下，在无际的土地上走过千里万里，宽广而汹涌，宽阔而多变，宽厚而易怒，宏富而尖刻。它是阴阳之和、美丑之和、善恶之和，是深刻的对立统一的矛盾综合体。

"一石水，八斗泥。"民间的谚语准确地讲述着黄河的性格与特点。黄河不仅给我们送来了用之不尽的水源，还创造了下游数十万平方公里的冲积平原。正是永无止息的黄河水和黄河水带来的冲积平原，才在很大程度上决定了很早就起步了的农业文明。农业文明是聚居文明，是一家一户一氏族一部落的聚居文明。正是这样的文明形态，产生了"女娲补天"式的不朽的祖先崇拜。祖先崇拜的最大特点是不排他。我祖英明，你祖也可英明。我崇拜我的祖先，你也可崇拜你的祖先。正是这种不排他的信仰崇拜，使这块古老的土地上从未发生过灭绝人寰的宗教战争，而始终葆有旺盛壮健的民族血脉。这是一方面。

另一方面，在华夏先祖"近取诸身，远取诸物"的哲学意识观照下，定阴阳，作八卦，观察、思考周围的世界，黄河，必是先人们基本的对象。黄河接纳了无数的沟涧溪川而形成浩洋不息的奔腾之势，必定震撼过先祖们的英灵。大禹率领天下万邦合力治水而使万流归宗，更是在形式上、思想上、制度上，完成了千年以降的"融合和一统"。这是以接纳对接纳、以融合对融合、以一统对一统的治水战争，也是一场民族团结与民族融合的革命，更是一场对于黄河的学习、实践与礼遇。

站在大历史、长时空的角度讨论黄河与黄河文明，我们发现：

正是始于农业文明的不排他的祖先崇拜，而使很多个部落最后成为一个浩荡的民族。这是人类内心的动力驱使所致，属于主观世界的一次渐进式革命。

正是因为黄河的泛滥和对天下万邦的组织与引领，才使得无数个松散的部落与氏族最后成为一个浩荡的民族。这是对历史演进的客观概述。

主观意义的祖先崇拜和客观意义的万邦统汇，构成了华夏民族之所以绳绳不息的重要因素。华者，华胥氏之女娲伏羲之华也。夏者，大禹建夏而万邦一统之夏也。华夏，之所以成为中华民族的族徽与旗帜，实肇于奔腾的黄河和悠久的文明。我们说黄河是母亲河，不仅仅指"养育"，更指的是"化育"。

## 三

黄河有两个标识：一是文字上的，一是地理上的。

文字上的标识穿透时空，占领的主属时间，历朝历代，垒垒如高筑之台。

地理上的标识穿透时空，占领的主属空间，大河上下，煌煌如不朽神谕。

搜集之。记录之。梳理之。研究之。这是我们必有的功课。我们的民族性格、文化心理、思想意识、精神现象，皆由此而源起。中华民族的伟大复兴皆应有此一课。记录重要的地理标识而使其文字化、数字化、抽象化；整理与研究历代的典籍，而使其清晰化、条理化、具象化。这是我们具体的方向与方法。

我们可以不做，或者浅尝辄止，像历朝历代那样，浑然于黄河之滨吗？

不能。

因为复兴之途的中华民族到了需要总结的时候。

我们要明晰我们的民族标识。

我们要准确我们的文化标识物。

包容与抗争。忍让与搏杀。博大与幽深。丰厚与锋利。阴阳表里虚实寒热。中华民族宽广幽微的精神世界皆由此而源起。

黄河里，有我们的民族属性。

尼罗河。印度河。黄河。底格里斯河和幼发拉底河。河流于茫茫时空中不息奔涌。古埃及，古印度，古巴比伦，血脉折断，高幕长谢，相继走进深渊般的历史，只留下一痕轻轻的涟漪。河水奔腾，涛声仍然。听涛的已非斯人。而跃下龙门口，穿越砥柱山的，还是那支"天下黄河几十几道湾"的船歌！这是我们的光荣与使命。

黄河，孕育了华夏文明和绳绳不息的华夏子孙，也养育了整个流域里的千亿万亿的生命，会飞的、会游的、会跑的和不会飞、不会游、不会跑的，甚至那些亿万年才可变化的山峰、石梁和岸边那一枚枚石子和沙砾。这是一个庞大的黄河家族，而黄河，是所有生命和生灵的家长。

我们是黄河的子孙。我们受赐于黄河。面对黄河，我们要有子孙的心态和子孙的思考。

## 四

河流产生于风云际会。如果风云际会的不是黄河，我们当然也会追上另一条河流。如果是那样，我敢保证，今天的我们肯定不是今天的样子。我不敢保证，我们不会像古埃及、古印度、古巴比伦那样高幕长谢。

历史像一条缥缈细弱的丝巾，随时都可能飘散或者折断。在时空的长路里，仅仅人类，就有过多次的飘散与折断。历久弥坚、历久弥新的，只有华夏，只有这一群黄皮肤的华夏子孙。而这群子孙的出发地和坚守地就是黄河和黄河岸边的这片黄土。

没有文字的时候，我们认那些用符号沟通天地的人为神。

不识电力的时代，我们称那些走过长空的闪电为神。

那么，从黄河到黄土，到黄帝，到黄种人，亿万斯年长流不止的河水变成一条穿越时空、奔流不息的血脉。生产。生活。生殖。生命。每一滴流出的鲜血都带有黄河嗡吆的涛声。在这个时空般生生不息的传递中，没有堪作"神明"的存在吗？怎样认识和理解？怎样继承与超越？未经证明的未必不存在。正因为此，国人才一次又一次地喊出了天地间的神秘之语：天佑中华！

黄河是人类文明史上唯一一条一直在哺育着同一个民族的大河。它像自己从无断流一样,用从无断流的黄河水哺育着一个从无断流的黄皮肤的民族。在我们的血管里,同时轰响着两道泉脉的亘古涛声。

我们要像对待伟大的先祖一样,常怀谦卑与景仰,跪下黄金般高贵的膝头。我们要从祈求、诅咒、治理甚至战胜的思考中走出来,上升为爱护黄河、保护黄河、尊崇与礼拜黄河的高度。

五

正基于此,我们组织编写了这套《黄河文库·文学黄河》。

《黄河文库》共有四部分内容,即:自然黄河,人文黄河,文学黄河,区域黄河。《文学黄河》是其规模化的起始,内容包括古代诗歌,古代词曲,古代谣谚,古代散文,神话,传说以及现代诗歌和散文等。挑选,依作品内容之质量;编排,依作者生平之先后。不以人废言,不以名取文。披沙淘金,艰难爬梳。因为我们都是黄河的子孙。

除了内容,书中还编配了两千一百余幅黄河或者与黄河有关的图片。标题图,张扬黄河;随文图,阐释黄河;而一千三百余幅页眉图,囊括了文化的、宗教的、艺术的、山石草木鸟兽虫鱼的诸多面貌。图片的内涵与张力自会溢出文字的叙述。图文并茂,互为助益,焕发出策划者与著者、编者的构想与神采。

面对黄河,我们神思飞越。

面对黄河,我们默然长醒。

这只是开始,前行的道路一定还远。

二〇二〇年八月十九日十二时卅分于豫州混沌斋初成。

廿五日午时四改。秋云如絮,七夕至矣。无不惬意。

无不舒服。感激之情沛然而生。

# 目　录

## 先秦汉魏晋南北朝

《诗经》　关雎（周南） ................................................. 002

　　　　　河广（卫风） ................................................. 004

　　　　　衡门（陈风） ................................................. 005

屈　原　　河伯 ............................................................. 006

应　场　　别诗 ............................................................. 008

潘　岳　　河阳县作（二首选一） ................................. 009

范　云　　渡黄河 ......................................................... 011

庾　信　　咏怀（二十七首选一） ................................. 012

颜之推　　从周入齐夜渡砥柱 ....................................... 013

## 隋唐五代

薛道衡　　敬酬杨仆射山斋独坐 ................................... 015

虞世基　　入关 ............................................................. 017

魏　徵　　砥柱山铭 ..................................................... 018

李世民　　黄河 ............................................................. 019

骆宾王　　晚渡黄河 ..................................................... 021

　　　　　晚泊河曲 ..................................................... 022

薛　稷　　秋日还京陕西十里作 ................................... 023

李隆基　　早度蒲津关 ................................................. 024

　　　　　潼关口号 ..................................................... 025

| 王之涣 | 登鹳雀楼 | 026 |
| 阎 防 | 与永乐诸公夜泛黄河作 | 027 |
| 柳中庸 | 河阳桥送别 | 028 |
| | 征怨 | 028 |
| 李 颀 | 百花原 | 030 |
| 王 维 | 渡河到清河作 | 031 |
| | 使至塞上 | 032 |
| 李 白 | 赠裴十四 | 033 |
| | 赠崔侍御 | 034 |
| | 西岳云台歌送丹丘子 | 035 |
| 崔 颢 | 题潼关楼 | 037 |
| 高 适 | 自淇涉黄河途中作（十三首选二） | 038 |
| 储光羲 | 效古（二首选一） | 040 |
| 杜 甫 | 临邑舍弟书至，苦雨，黄河泛滥，堤防之患，簿领所忧， | |
| | 因寄此诗以宽其意 | 041 |
| 岑 参 | 东归晚次潼关怀古 | 044 |
| | 题永乐韦少府厅壁 | 045 |
| | 题金城临河驿楼 | 046 |
| 耿 㠇 | 登鹳雀楼 | 047 |
| 李 益 | 同崔邠登鹳雀楼 | 048 |
| 畅 当 | 登鹳雀楼 | 049 |
| 孟 郊 | 泛黄河 | 050 |
| 杨巨源 | 同薛侍御登黎阳县楼眺黄河 | 051 |
| 韩 愈 | 条山苍 | 052 |
| 刘禹锡 | 陕州河亭陪韦五大夫雪后眺望因以留别与 | |
| | 韦有布衣之旧一别二纪经迁贬而归 | 053 |
| 姚 合 | 题河上亭 | 054 |
| 李 涉 | 逢旧 | 055 |
| 陆 畅 | 宿陕府北楼奉酬崔大夫（二首选一） | 056 |
| 顾非熊 | 经河中 | 057 |

| 柳公权 | 砥柱 | 058 |
| 李 贺 | 北中寒 | 060 |
| 许 浑 | 秋日赴阙题潼关驿楼 | 061 |
| | 潼关兰若 | 061 |
| 李商隐 | 次陕州先寄源从事 | 063 |
| | 奉同诸公题河中任中丞新创河亭四韵之作 | 064 |
| 薛 逢 | 潼关河亭 | 065 |
| 薛 能 | 题河中亭子 | 066 |
| | 蒲中霁后晚望 | 067 |
| | 龙门八韵 | 067 |
| 温庭筠 | 河中陪帅游亭 | 069 |
| 刘 沧 | 秋日望西阳 | 070 |
| 李 频 | 陕州题河上亭 | 071 |
| 司马扎 | 登河中鹳雀楼 | 072 |
| 罗 隐 | 黄河 | 073 |
| 张 乔 | 北山书事 | 075 |
| | 题河中鹳雀楼 | 076 |
| 李山甫 | 蒲关西道中作 | 077 |
| 唐彦谦 | 蒲津河亭 | 078 |
| 罗 邺 | 黄河晓渡 | 079 |
| 胡 曾 | 黄河 | 080 |
| | 孟津 | 081 |
| 吴 融 | 出潼关 | 082 |
| 张 蠙 | 登单于台 | 083 |
| 徐 夤 | 河流 | 084 |
| 贯 休 | 古塞下曲（七首选一） | 085 |

# 宋金元

| 魏 野 | 茅津渡 | 087 |

| | | |
|---|---|---|
| | 三门留题 | 087 |
| 梅尧臣 | 黄河 | 089 |
| | 依韵和欧阳永叔黄河八韵 | 091 |
| | 送史供奉汴口都大 | 092 |
| 欧阳修 | 黄河八韵寄呈圣俞 | 094 |
| | 滑州归雁亭庆历三年 | 095 |
| 苏舜钦 | 维舟野步呈子履 | 096 |
| | 滞舟 | 097 |
| 韩　琦 | 元城埠行河 | 099 |
| 邵　雍 | 题黄河 | 100 |
| 司马光 | 谒三门禹祠二首 | 101 |
| | 河北道中作 | 103 |
| | 河边晚望 | 103 |
| 刘　敞 | 河之水 | 104 |
| | 题澶州阳桥有感 | 105 |
| 王安石 | 黄河 | 106 |
| | 我欲往苍海 | 107 |
| 范纯仁 | 题河中府名闸堂 | 108 |
| 苏　轼 | 河复 | 109 |
| | 答吕梁仲屯田 | 111 |
| | 黄河 | 113 |
| 范祖禹 | 砥柱四首 | 114 |
| 黄庭坚 | 和谢公定河朔漫成（八首选一） | 115 |
| | 同尧民游灵源庙寥献臣置酒用马陵二字赋诗 | 116 |
| | 渡河 | 120 |
| 郭祥正 | 徐州黄楼歌寄苏子瞻 | 121 |
| 孔平仲 | 题清斯堂 | 123 |
| 贺　铸 | 登黄楼有怀苏眉山 | 124 |
| | 再涉南罗渡 | 125 |
| 吕本中 | 商村河决 | 126 |

| 范成大 | 渐水 | 127 |
| 刘　迎 | 河防行 | 129 |
| | 河桥 | 130 |
| 赵秉文 | 逍遥楼 | 131 |
| | 三山渡口 | 131 |
| | 和钦止河中即事 | 132 |
| 李道玄 | 登鹳雀楼观河 | 133 |
| | 重游河中 | 133 |
| 完颜璹 | 绝句 | 134 |
| 周　昂 | 砥柱图 | 135 |
| 李俊民 | 过龙门 | 136 |
| 麻　革 | 过陕 | 137 |
| 元好问 | 俳体雪香亭杂咏（十五首选一） | 138 |
| 陈　赓 | 蒲津晚渡 | 139 |
| 陈　庾 | 蒲津晚渡 | 140 |
| 李献甫 | 河上之役三首（选二） | 141 |
| 曹之谦 | 蒲津晚渡 | 142 |
| 段克己 | 戊申四月游禹门有感 | 143 |
| 赵子正 | 题风陵渡 | 144 |
| 陈　孚 | 黄河 | 146 |
| | 黄河谣 | 147 |
| 袁　桷 | 河船行 | 149 |
| | 黄河 | 150 |
| 柳　贯 | 登徐州城上黄楼北望河流作 | 151 |
| 萨都剌 | 彭城杂咏呈廉公亮佥事（七首选一） | 152 |
| | 黄河夜月 | 153 |
| | 过古黄河堤 | 153 |
| | 朝发黄河即事 | 154 |
| 揭傒斯 | 入黄河和李提举韵 | 156 |
| 王　艮 | 黄河道中 | 157 |

| 马祖常 | 黄河 | 158 |
| | 黄河舟中月夜 | 158 |
| 张 翥 | 黄河 | 159 |
| 成廷珪 | 闻中原河决盗起有感 | 160 |
| 周 权 | 八里庄渡淮入黄河水浑不可饮过徐入清河水方澄洁信笔闲记 | 161 |
| 王思诚 | 三门砥柱 | 163 |
| 陈 基 | 潼关 | 164 |
| 释大䜣 | 黄河阻风 | 165 |
| 陈秀民 | 邳州 | 166 |

## 明清

| 宗 泐 | 望河源 | 168 |
| 高 启 | 黄河水 | 169 |
| 张 宣 | 晓发孟津渡黄河寒甚 | 170 |
| 黄 哲 | 河浑浑 | 171 |
| 沈梦麟 | 中秋夜泊黄河 | 174 |
| 薛 瑄 | 黄河阻风遣闷 | 175 |
| | 陕州渡河 | 176 |
| 李东阳 | 过黄河 | 177 |
| 乔 宇 | 龙门 | 178 |
| 刘大夏 | 泊舟北渡及风雨中循河相度 | 179 |
| 王 琼 | 黄河秋月 | 180 |
| 李梦阳 | 秋望 | 181 |
| 王崇献 | 河决歌 | 182 |
| 陆 深 | 泛黄河 | 184 |
| 何景明 | 渡河 | 185 |
| 谢 榛 | 渡黄河 | 187 |
| 张 经 | 兰河晓渡 | 188 |
| 张时彻 | 渡黄河 | 189 |

| 李攀龙 | 黄河 | 190 |
| --- | --- | --- |
| 李先芳 | 由商丘入永城途中作 | 191 |
| 张佳胤 | 登函关城楼 | 192 |
| 吴国伦 | 黄河 | 193 |
| 吕时臣 | 再经钟吾怀许兵马 | 194 |
| 杨　博 | 河中形胜 | 195 |
| 刘　侃 | 陇西杂兴 | 196 |
| 屠　隆 | 彭城渡黄河 | 197 |
| 范守己 | 渡黄河 | 198 |
| 唐时升 | 舟中即事 | 199 |
| 林尧俞 | 出黄河 | 200 |
| 顾起元 | 黄河 | 201 |
| 李流芳 | 黄河夜泊 | 203 |
| 陈子龙 | 秋归涉黄河三首 | 204 |
| 顾炎武 | 蒲州西门外铁牛唐时所造以系浮桥者今河西徙十余里矣 | 206 |
|  | 龙门 | 207 |
| 丁　晋 | 黄河歌 | 208 |
| 张应春 | 观壶口 | 209 |
| 吴伟业 | 行路难（十八首选一） | 210 |
|  | 黄河 | 211 |
| 李　渔 | 甘泉道中即事 | 212 |
| 宋　琬 | 渡黄河（四首选二） | 213 |
|  | 黄河曲 | 214 |
| 侯方域 | 黄河 | 215 |
| 叶　燮 | 采柳谣 | 216 |
| 朱彝尊 | 黄河夜月 | 218 |
| 沈用济 | 黄河大风行 | 219 |
| 王璋瑛 | 隋堤行 | 221 |
| 王士祯 | 望见华山 | 224 |
|  | 渡河西望有感 | 224 |

| 汪懋麟 | 河水决 | 226 |
| --- | --- | --- |
| 吴　雯 | 登河中郡楼 | 227 |
| | 清浦见河 | 228 |
| 孟亮揆 | 渡黄河和大司农韵 | 229 |
| 孔尚任 | 过黄河送同事先归者二首 | 230 |
| 潘　耒 | 河堤二首 | 231 |
| 查慎行 | 雨中渡黄河六韵 | 234 |
| | 黄河打鱼词 | 235 |
| | 治河谣（五首选一） | 235 |
| | 黄河中流见月出口占一绝 | 236 |
| 王材任 | 黄河 | 237 |
| 爱新觉罗·玄烨 | 阅河堤作 | 238 |
| 黄　庭 | 宁夏渡河 | 240 |
| 徐　宾 | 游梁诗 | 241 |
| 费锡琮 | 黄河 | 242 |
| 赵执信 | 太行绝颠望黄河歌 | 243 |
| | 清江浦书事二绝句 | 245 |
| 厉　鹗 | 渡河 | 246 |
| 严遂成 | 曲峪镇远眺 | 247 |
| 郭起元 | 河患 | 248 |
| 钱之青 | 徐州河决，弥漫百余里，舟行迷渡，俟仆马不至，宿王庄逆旅 | 249 |
| 袁　枚 | 黄河 | 250 |
| | 沙沟 | 250 |
| | 舟至黄河杨家口为逆风吹阁浅沙中三日 | 251 |
| 张九钺 | 羊报行 | 252 |
| 姚　鼐 | 黄河曲 | 254 |
| 洪亮吉 | 朝阪行（三首选二） | 255 |
| | 风陵渡歌为巡检李玑作 | 256 |
| 张　琦 | 黄河 | 257 |

| 李赓芸 | 挑河谣 | 258 |
| --- | --- | --- |
| 张 麋 | 柳枝行 | 259 |
| 赵 然 | 河决叹 | 260 |
| 麟 庆 | 河工四汛诗 | 261 |
| 杨文荪 | 河堤 | 264 |
| 李 勃 | 筑堤谣 | 266 |
| 马 骏 | 里胥叹 | 267 |
| 朱一辈 | 河夫谣 | 268 |
| 毛国翰 | 河上谣 | 269 |
| 魏 宪 | 大河秋雨 | 270 |
| 阮 元 | 渡河 | 271 |
| 陈文述 | 月夜行黄河堤上 | 272 |
| 张 澍 | 黄河清 | 274 |
| | 亢村驿渡河大风 | 275 |
| 林昌彝 | 大雪渡黄河 | 276 |
| 陆 嵩 | 渡河 | 277 |
| 龚自珍 | 己亥杂诗（选三首） | 278 |
| 宗稷辰 | 新店渡河口占 | 280 |
| | 河间有感 | 280 |
| | 三月八日乘大风渡河 | 281 |
| 魏 源 | 龙门二首 | 282 |
| | 龙门吟 | 283 |
| 蒋湘南 | 青铜峡 | 286 |
| 何绍基 | 渡河 | 288 |
| | 蝇 | 288 |
| 张际亮 | 兰阳渡河，是丙戌春与伯兄阻风处，泫然口号 | 289 |
| 陈景高 | 渡黄河 | 290 |
| | 九月初十夜河堤对月 | 290 |
| 俞 樾 | 丙辰二月初三日出棚考试大风渡黄河作 | 291 |
| | 黄沙歌 | 293 |

| 易佩坤 | 三渡黄河放歌 | 295 |
| 王闿运 | 大雪夜渡黄河 | 296 |
| 张之洞 | 济南杂诗（十首选二） | 297 |
| 冯　煦 | 野老叹 | 299 |
| 俞明震 | 阌乡宿黄河堤岸 | 301 |
| | 月夜登兰州城楼望黄河隔岸诸山 | 302 |
| 谭嗣同 | 潼关 | 303 |
| | 出潼关渡河 | 304 |

先秦汉魏晋南北朝

青海玛多日格错　摄影/董保华

# 《诗经》

《诗经》是我国第一部诗歌总集。西汉时被尊为儒家经典。《诗经》编成于春秋时代,共有三百零五篇,分"风""雅""颂"三大类。大抵都是周初至春秋中叶五百多年间的作品。其中的优秀篇章,语言优美,描写生动,音节自然和谐,富有艺术感染力。对后代文学有深远影响。

## 关雎(周南)[1]

关关雎鸠,在河之洲[2]。
窈窕淑女,君子好逑[3]。

参差荇菜,左右流之[4]。
窈窕淑女,寤寐求之[5]。

求之不得,寤寐思服[6]。
悠哉悠哉[7],辗转反侧。

参差荇菜,左右采之。
窈窕淑女,琴瑟友之[8]。

参差荇菜,左右芼之[9]。
窈窕淑女,钟鼓乐之[10]。

**【注释】**

［1］周南：地名。文王建都于丰镐之后，将原来岐山以南的周、召两地分封给武王的弟弟姬旦和姬奭，亦即周公和召公。《周南》和《召南》是《国风》中位居前列的部分。古人认为，《周南》为王者之风。《召南》为诸侯之风。　［2］关关：和鸣声。雎（jū）鸠：鸠类水鸟。深于伉俪之情。河：黄河。洲：河中的陆地。　［3］窈窕（yǎo tiǎo）：美好貌。淑：善，好。逑：配偶。　［4］参差：长短不齐。荇菜：水生植物。茎细叶圆，可以食用。流：捞取。　［5］寤：睡醒。寐：睡着。　［6］服：思念。　［7］悠：绵长。　［8］琴瑟：乐器名。友：亲密。　［9］芼（mào）：择取。钟鼓：编钟和悬鼓。皆为王室的重要乐器，多用于祭祀和宴宾。

**【赏析】**

《关雎》是《诗经》第一首，以黄河沙洲上关关和鸣的鸠唱之声，喻写周王求取配偶的故事，备受历代统治者和文人推崇。尤其是中间一段，描写求之不得的情状，生动形象，最为精彩。

大河绿洲（陕西合阳）　摄影／王伟

# 河广（卫风）[1]

谁谓河广[2]？一苇杭之[3]。
谁谓宋远[4]？跂予望之[5]。
谁谓河广？曾不容刀[6]。
谁谓宋远？曾不崇朝[7]。

【注释】

[1]卫：古国名。建都朝歌（今河南淇县），拥有今河南汤阴、汲县、濮阳等地。卫风就是卫国的民间歌谣。　[2]谓：说。河广：黄河宽广。　[3]一苇杭之：杭，通"航"，渡的意思。这两句意为：谁说黄河宽广？只用一片苇叶便能渡过去。卫国在黄河之北，宋国在黄河之南，一河之隔。诗人用夸张手法，极言渡河容易。　[4]宋：古国名。建都商丘（今河南商丘南），拥有今河南东部和山东、江苏、安徽间地。　[5]跂（qǐ）：通"企"，踮起脚尖。予：我。之：代指宋国。这两句意为：谁说宋国遥远？踮起脚尖，我就看得见。　[6]曾：竟。刀：即舠，小船。这两句意为：谁说黄河宽广？它竟不能容纳一条小船。亦即河水不宽，一条小船就能渡过去。　[7]崇：终。从天亮到早饭时间叫作"崇朝"。这句话意为：要不了一早上就能到达宋国。

【赏析】

黄河宽广，水流湍急，在当时条件下，要想横渡黄河，确非一件易事。可身在卫国的宋国人，由于思乡心切，极言黄河之窄，渡河之易，"一苇杭之"，"曾不容刀"，"曾不崇朝"，这种夸张手法的运用，很好地烘托了宋人怀家思国的殷殷之情。

# 衡门（陈风）[1]

衡门之下，可以栖迟[2]。
泌之洋洋[3]，可以乐饥[4]。

岂其食鱼[5]，必河之鲂[6]？
岂其娶妻，必齐之姜[7]？

岂其食鱼，必河之鲤？
岂其娶妻，必宋之子[8]？

【注释】

[1]陈：古国名。建都宛丘（今河南淮阳），拥有今河南东部和安徽一部分。陈风就是陈国的民歌。衡门：横一根木头作门，指房屋极简陋。衡，借作"横"。　[2]栖迟：栖息，居住。这两句是说：极简陋的房子，也堪于居住。　[3]泌（bì）：涌出的泉水。洋洋：水盛流不竭的样子。　[4]乐饥：乐，作"疗"。意思是说，清水也可以充饥。　[5]岂：表反诘语气，意即"难道"。其：语气词，无实义。　[6]河：黄河。鲂（fáng）：又叫鳊鱼，鳞细肉嫩，味道鲜美。　[7]齐之姜：齐国的姜姓女儿。齐国是姜尚的封地，国君姓姜，因此姜姓在齐国是最有权势的贵族。这段前两句是后两句的比喻，说娶妻不一定要名门闺秀，正如吃鱼不一定要吃黄河的鲂鱼那样。下段意思和这段同。　[8]宋之子：宋国的子姓女儿。宋是殷的后代，姓子。

【赏析】

这首诗宣扬的是安贫乐道的思想。郭沫若曾分析说："这首诗也是一位饿饭的破落贵族作的，他食鱼本来有吃河鲂河鲤的资格，但是贫穷了，吃不起了。他娶妻本来有娶齐姜宋子的资格，但是贫穷了，娶不起了。娶不起，吃不起，偏偏要说几句漂亮话，这正是破落贵族的根性，我们在现代也随时可以看见。"（《沫若文集》第十四卷，第一六九页）但据此可知，早在二千五百年以前，味道鲜美的黄河鲤鱼、鲂鱼就成了佳肴名馔，是贵族阶级争相享用，借以显贵的精美食物之一。

# 屈原

（前335？—前296？）名平，字原。他是楚王同姓贵族，曾任左徒、三闾大夫等官职。学识丰富，具有远大的政治理想，很为楚怀王信任。后因同僚上官大夫所谗，被怀王疏远。顷襄王时，更因令尹子兰的忌恨，被流放江南。最后鉴于国衰政危，抑郁悲愤，投汨罗江而死。屈原是我国最早的伟大诗人，"骚体"的创始人，作有《离骚》《九歌》等。诗歌极富浪漫主义色彩，对后人有很大影响。

## 河　伯[1]

与女游兮九河[2]，冲风起兮横波[3]。
　乘水车兮荷盖[4]，驾两龙兮骖螭[5]。
　登昆仑兮四望[6]，心飞扬兮浩荡[7]。
　日将暮兮怅忘归，惟极浦兮寤怀[8]。

鱼鳞屋兮龙堂[9]，紫贝阙兮朱宫[10]。
　灵何为兮水中[11]？乘白鼋兮逐文鱼[12]！

与女游兮河之渚[13]，流澌纷兮将来下[14]。
　与子交手兮东行[15]，送美人兮南浦[16]。
　波滔滔兮来迎[17]，鱼邻邻兮媵予[18]。

【注释】

　　[1]《河伯》为《九歌》中的第八首，是楚人祭祀黄河的乐歌。河伯：战国时代对黄河之神的通称。祭祀时男巫扮河伯，女巫扮河伯的恋人迎神，在男女二巫的对唱中表达河伯和他的恋人之间的思慕之情。　　[2]女：同"汝"，指女巫。九河：相传

大禹曾分黄河为九道，即徒骇、太史、马颊、覆釜、胡苏、简、絜、钩盘、鬲津，现已不能确指。这里的九河是泛指黄河的下游。自此句开始是扮河神的男巫所唱。　［3］冲风：强烈的风。　［4］水车：能在水中行走的车。荷盖：用荷叶做的车盖。　［5］骖：古代用四匹马驾车，两边的马叫"骖"。螭（chī）：传说中无角的龙。"骖螭"就是以两螭作为两边的骖。加上"两龙"，正是四马。　［6］昆仑：山名。在新疆、西藏之间，西接帕米尔高原，东延入青海省境内，层峰叠岭，势极高峻，古人认为黄河发源于此山。　［7］浩荡：形容心情开阔。　［8］惟：思念。极浦：辽远的水边。寤（wù）怀：寤寐怀想，极言思念之情。　［9］鱼鳞屋：用鱼鳞做的屋。龙堂：画有蛟龙之纹的庭堂。以下是女巫所唱。　［10］紫贝阙：用紫贝做的宫门。朱：即"珠"。"珠宫"是以珍珠为宫室。　［11］灵：指河伯。何为：干什么。　［12］鼋（yuán）：大鳖。文鱼：鲤鱼。　［13］渚（zhǔ）：水中的小块陆地。以下为男巫唱。　［14］流澌（sī）：流水。纷：众多。　［15］子：你，河伯称呼女巫。交手：携手。　［16］美人：指女巫。南浦：面南的水边。　［17］滔滔：水势汹涌的样子。　［18］邻邻：众多的样子，形容鱼贯成行。媵（yìng）：本指陪嫁的女子，这时是陪侍、伴随的意思。予：我。

【赏析】

　　这首诗描绘了一个神话故事，场面阔大，气势宏伟。黄河乘风破浪，波涛滚滚。黄河神河伯就遨游在波涛之上，向自己的恋人抒发思慕之情。他居住在紫贝和珍珠装成的宫殿，乘坐着由四条龙驾着的精美水车，滔滔浪波迎，邻邻鱼儿送。全诗纵横恣肆，极富浪漫主义色彩。

# 应玚

（？—217）东汉末年文学家，字德琏，汝南南顿（今河南省项城西南）人，"建安七子"之一。他被曹操征召，为丞相掾属，转平原侯庶子，五官中郎将文学。原有集五卷，已佚。

## 别　　诗[1]

浩浩长河水[2]，九折东北流[3]。
晨夜赴沧海[4]，海流亦何抽[5]！
远适万里道[6]，归来未有由[7]。
临河累太息[8]，五内怀伤忧[9]。

【注释】

[1]这是一首将要远适他乡的离别诗。 [2]浩浩：水流盛大的样子。长河：大河，黄河。 [3]九折：即九曲，是说黄河河道曲折之多。 [4]赴：趋往，投入。沧海：大海。 [5]海流：海水。抽：抽出。这两句是说：黄河日夜奔入大海，海水什么时候抽出（倒流）过呢？ [6]适：去。 [7]由：理由。以上六句，用河水东流、无由西归的现象来比喻自己的凄然伤别之情。 [8]累：连连。太息：叹息。 [9]五内：五脏。

【赏析】

浩浩荡荡的黄河水，日夜不停地奔向大海，可什么时候海水倒流过呢？诗人站在黄河岸边，面对将要离别的故地，由逝水不复的自然景象联想到自己的万里远适，确有一别永别之意，故而连连叹息，五内俱伤。

# 潘岳

（247—300）西晋文学家。字安仁，荥阳郡中牟（今河南省中牟县东）人。少有才名，乡称神童。任河阳令时，在县中遍种桃李，一时传为美谈。累官至给事黄门侍郎，后为赵王（司马伦）所杀。工于辞赋，词藻艳丽，以善写哀诔文字著称。文名与陆机相当，世称"潘陆"。原有集十卷，已散佚。今传《潘黄门集》。

## 河阳县作[1]（二首选一）

日夕阴云起，登城望洪河[2]。
川气冒山岭[3]，惊湍激岩阿[4]。
归雁映兰畤[5]，游鱼动圆波[6]。
鸣蝉厉寒音[7]，时菊耀秋华[8]。
引领望京师[9]，南路在伐柯[10]。
大厦缅无觌[11]，崇芒郁嵯峨[12]。
总总都邑人[13]，扰扰俗化讹[14]。
依水类浮萍[15]，寄松似悬萝[16]。
朱博纠舒慢[17]，楚风被琅邪[18]。
曲蓬何以直[19]，托身依丛麻[20]。
黔黎竟何常[21]，政成在民和[22]。
位同单父邑[23]，愧无子贱歌[24]。
岂敢陋微官[25]，但恐忝所荷[26]。

【注释】

[1]河阳县：故址在今河南省孟县西，南临黄河，是西晋京都洛阳的外围重镇。《河阳县作二首》是诗人任河阳令期间所作。所选是原诗第二首。　[2]洪河：即黄河。洪：大。　[3]川气：水面的雾气。冒：覆盖。　[4]惊湍（tuān）：激流湍急。岩阿：山窟旁侧处。　[5]兰畤（zhì）：水面长满兰草的小片陆地。　[6]圆波：圆形的波纹。　[7]厉：凄厉。寒音：凄寒的鸣声。　[8]秋华：秋天的光彩。以上八句描绘了秋夕黄河特有的壮美景色。下边的诗句则抒发作者做官的感慨。　[9]引

领：伸长脖子。京师：指洛阳。 [10]南路：指去洛阳的路，河阳在北，所以说"南路"。伐柯：《诗经·伐柯》篇有"伐柯伐柯，其则不远"的句子。柯：斧柄。则：标准。意思是说拿着斧子去林中砍斧柄，其标准就在手中，所以说"不远"。这句仅取"不远"的意思，是说河阳离京师洛阳不远。 [11]大厦：指宫廷高大的建筑物。缅：遥远。觌（dí）：见。 [12]崇：高大。芒：亦作"邙"，指洛阳北邙山。郁：树木丛生的样子。嵯峨：山势高峻的样子。 [13]总总：众多的样子。都邑：指洛阳。 [14]扰扰：纷乱的样子。俗化：风俗教化。讹：讹伪，谬误。这句是说京师的风俗教化纷乱讹伪。 [15]浮萍：浮生在水面的萍草。 [16]萝：指某些能爬蔓的植物，如松萝、藤萝、女萝等。这两句是说：讹伪的风俗是可以改变的，就象水上生长的萍草，松上攀附的藤萝一样，水流萍流，松摇萝摇。下边"朱博"句即是改变风俗的例子。 [17]朱博：西汉杜陵人，字子元，汉哀帝时为御史大夫。为人奇谲多智，敢于诛杀，以办事神速、决断果敢著称。纠：纠正。舒慢：指迟慢拖沓的官场作风。 [18]楚风：朱博任琅邪太守时，官吏们都穿宽衣大裤，行动迟缓，不合礼节，他就下令改穿短衣。过了几年，风俗大改，和楚风相同。被：覆盖。琅邪：郡名。西汉时治所在今山东省诸诚一带。 [19]曲蓬：弯曲的蓬草。 [20]依：依托、依附。这两句是说：弯曲的蓬草只要生长在丛麻中间就能变直。《荀子·劝学》中说："蓬生麻中，不扶而直。"这两句就是从此来的。 [21]黔黎：百姓。常：常性，指善恶。这句是说：百姓的善恶标准是没有一定的。 [22]政：为政。成：成绩。民和：民心和顺。 [23]单父邑：古邑名，故址在今山东省单县。 [24]子贱：名宓（mì）不齐，孔子弟子，曾做单父宰，治理县邑靠弹琴来感化人心，孔子很赞赏他。这两句是说：自己虽是一县之长，但却没有子贱靠弹琴治理百姓的才能。 [25]陋：鄙视，轻视。微官：指自己所任县令的职务。 [26]忝（tiǎn）：辱，辱没于。所荷：所担负的职责。这两句是说：怎么敢轻视小小的县令，只是恐怕做不好自己的本分。

【赏析】

　　深秋季节的傍晚，诗人登城南望。脚下，激流湍急的黄河水冲击着岸边岩石，霭霭雾气覆盖山岭，寒蝉鸣叫，游鱼吹波，长满兰草野花的河中沙洲上，秋菊耀华，时有归雁降落。远处，便是扰扰都邑洛阳了。诗人由眼前所见之景，联想到自己的为官施政，胸臆间充满了感慨，写下此诗。

# 范云

（451—503）南朝梁诗人。字彦龙，南乡舞阳（今河南泌阳北）人。少有才名，曾居竟陵王萧子良门下，与王融、谢朓同为"竟陵八友"之一。南朝齐高帝时，曾任建武将军、广州刺史等职。后与沈约等助武帝萧衍建立梁朝，官至尚书右仆射。原有集三十卷，已散佚，今存诗四十余首。

## 渡 黄 河

河流迅且浊，汤汤不可凌[1]。

桧楫难为榜[2]，松舟才自胜。

空庭偃旧木[3]，荒畴余故塍[4]。

不睹人行迹，但见狐兔兴[5]。

寄言河上老[6]，此水何当澄[7]！

【注释】

[1]凌：渡过。 [2]桧（guì）楫：用桧柏做的船桨。桧：树名。楫：船桨。 [3]偃旧木：指倒塌的房梁屋架。 [4]荒畴：荒芜的田地。塍（chéng）：田间的土埂。这两句是说：无人的庭院杂积着倒塌的屋架，荒芜的土地残存着旧时的田埂。极尽荒凉凄惨之状。 [5]兴：活动。 [6]河上老：或指河上公。相传为西汉时的道家，姓名不详。因在河滨结草为庵得名。当时汉文帝推崇道家，常派人去请教老子《道德经》经义。 [7]澄：清。这句是说：黄河什么时候才能变浊为清！古人常用黄河水清比喻政治的清明。

【赏析】

　　黄河浊流迅疾，汤汤难渡；河岸边庭空地荒，不见人迹。连年混战造成的破败荒凉的景象，强烈地刺痛着诗人的心，由"黄河清，圣人生"的古老传说而生发的"此水何当澄"的感慨，很好地表达了诗人对清明政治的切盼和忧国忧民之情。

# 庾信

（513—581）北周文学家。字子山，南阳新野（今河南省新野）人。初在梁朝为官，后来出使西魏，恰值西魏灭梁，被留在长安。先后在西魏、北周为官，至骠骑大将军、开府仪同三司，世称"庾开府"。他的诗多是羁留北朝后，痛思国破家亡、屈身异国、怀念乡关之作。诗风萧瑟苍凉。原有集，已散佚，后人辑有《庾子山集》。

## 咏怀[1]（二十七首选一）

萧条亭障远[2]，凄惨风尘多[3]。

关门临白狄[4]，城影入黄河。

秋风别苏武[5]，寒水送荆轲[6]。

谁言气盖世，晨起帐中歌[7]。

【注释】

[1]《咏怀二十七首》是庾信羁留北周时思念故国的一组诗。所选是第二十六首。 [2]萧条：寂寞冷落的样子。亭障：古代边塞的堡垒，即边防工事。 [3]凄惨：凄凉悲惨。风尘：风沙。 [4]白狄：春秋时我国北方地区狄族的一部。 [5]苏武：西汉人。武帝时出使匈奴，被拘留十九年不变节，终于返回汉朝。离开匈奴时，被迫投降匈奴的李陵为他置酒祝贺，并感慨地说"异域之人，一别长绝"。这句诗是说：当年李陵曾经在异域送别苏武。言外之意则是感慨自己象李陵一样不能南归。 [6]寒水：指易水。荆轲：《史记·刺客列传》说，荆轲，战国末卫人，好读书击剑，游历入燕，拜为上卿。后奉燕太子丹之命行刺秦王。燕太子丹和宾客送他到易水岸边，荆轲唱了《易水歌》："风萧萧兮易水寒，壮士一去兮不复还！"遂入秦，刺秦王未成被杀。诗人借这件事，感慨自己当年曾为梁出使西魏，使命未成竟不能再返故国。 [7]"谁言"二句：《史记·项羽本纪》说，项羽与刘邦争帝，兵败被围在垓下，夜间听见四面都唱楚歌，感慨不已，在军帐中对爱姬虞姬唱道："力拔山兮气盖世，时不利兮骓不逝。骓不逝兮可奈何！虞兮虞兮奈若何！"这里用的是英雄被困的意思，写自己被羁无奈的痛苦心情。

【赏析】

这首诗描写看到北方边塞景象而引起的羁旅异国的感慨。由苏武、项羽两个著名的历史人物及其经历，暗喻自己复杂的心理与情感。

# 颜之推

（531—约590年以后）北齐文学家。字介，琅琊临沂（今山东省临沂）人。初在梁朝做官，后投奔北齐，官至黄门侍郎、平原太守。北齐灭亡后，他入周朝，为御史上士。有《颜氏家训》传世。

## 从周入齐夜渡砥柱[1]

侠客重艰辛[2]，夜出小平津[3]。
马色迷关吏[4]，鸡鸣起戍人[5]。
露鲜华剑彩[6]，月照宝刀新[7]。
问我将何去？北海就孙宾[8]。

【注释】

[1]周：北周。齐：北齐。砥柱：即砥柱山，又叫"三门山"。原在河南三门峡市东北黄河中。黄河水从这里分流，包山而过。南边的叫"鬼门"，北边的叫"人门"，中间的叫"神门"，各门之间约三十丈。只有人门可以行舟，其他两门都非常险急。因山在水中象柱子，故名砥柱。　[2]侠客：豪侠之士。重：看重。这句是说：豪侠之士看重艰辛，因为它能砥砺人的意志。　[3]小平津：黄河古渡口之一，也叫河阳津。在今河南省孟津县东北，东汉时为"八关"之一。　[4]马色：马的颜色。迷：分辨不清。关吏：守卫小平津的官员。　[5]戍人：戍守关卡的兵士。　[6]鲜：鲜亮，晶莹。华剑：闪光的利剑。彩：光彩。　[7]这两句是说：晶莹的露珠使闪光的利剑更加光彩照人，朗照的明月使身佩的宝刀更显崭新。　[8]孙宾：即孙嵩。字宾石，后汉安丘人。汉桓帝时赵岐避仇家，隐姓埋名在市中卖饼。孙宾石知道后，就把他带到家中，热情招待，藏了很久。这里是说，要去投奔象孙宾石那样行侠仗义的人。

【赏析】

据《北史》载，梁朝的荆州被北周军攻破，大将军李穆送颜之推去弘农，取道北周去北齐，恰遇黄河水暴涨，诗人携妻带子，夜渡砥柱天险，当时人称他"勇决"。此诗即是对之的记述。

# 隋唐五代

鹳雀楼　摄影/孟宪明

# 薛道衡

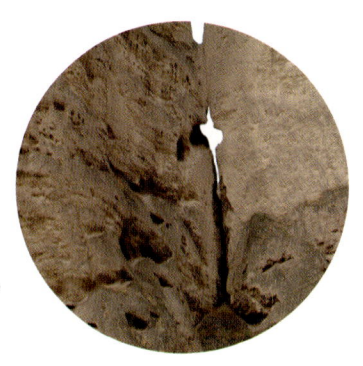

（540—609）隋朝艺术成就最高的诗人。字玄卿，河东汾阳（今山西省万荣西）人。在北齐、北周都做过官，隋朝时官至司隶大夫，后为隋炀帝所害。他的诗词藻华丽，少数边塞诗写得雄健有力。《昔昔盐》诗中的"空梁落燕泥"句为后人传诵。原有集，已散佚，明人辑有《薛司隶集》。

## 敬酬杨仆射山斋独坐[1]

相望山河近，相思朝夕劳。
龙门竹箭急[2]，华岳莲花高[3]。
岳高嶂重叠[4]，鸟道风烟接[5]。
遥原树若荠[6]，远水舟如叶。
叶舟旦旦浮[7]，惊波夜夜流。
露寒洲渚白[8]，月冷函关秋[9]。
秋夜清风发，弹琴即鉴月[10]。
虽非庄舄歌[11]，吟咏常思越。

【注释】

[1]杨仆射：即杨素。在南朝任尚书左仆射，执掌朝政。他虽是武人。但诗写得颇有特色,常与虞世基、薛道衡等著名诗人往来唱和。杨素曾写《山斋独坐赠薛内史二首》（隋文帝时，薛道衡曾任内史舍人），这首诗就是薛道衡酬答他的。 [2]龙门：山名。在陕西省韩城县与山西省河津县间，左岸龙门山和右岸梁山，伸崖相抱，形如蟹螯，状似门阙。大河奔流，浊浪排空，气势惊险。传说"鲤鱼跳龙门"中的"龙门"就是指这里。竹箭：指激水疾如竹箭。 [3]华岳：指西岳华山。黄河在它的北麓折而东流。莲花：华山西蜂；古人说，华山顶有水池，池中有千叶莲花，吃了可以成仙。 [4]嶂重叠：指重峦叠嶂。 [5]鸟道：指险绝的山路，仅能飞鸟。这两句是描写华岳之险。 [6]荠：草名。连下句是说：辽遥的原野树象一株株荠草，远处的水上船如一

片片落叶。意境苍茫辽阔。　[7]旦旦：天天。　[8]洲渚：河中沙洲。　[9]函关：即函谷关；在今河南省灵宝县南。　[10]"弹琴"句：杨素诗有"无客有鸣琴"句。鉴月：鉴赏月亮。　[11]庄舄（xì）：越国人，在楚国做官。一次他病了，楚王说："庄舄过去在越国是鄙贱之人，现在富贵了他还思念越国吗？"一个大臣说："人的思念都是在病中，思念越国就唱越歌，不思越就唱楚歌。"楚王派人去听，庄舄唱的是越歌。杨素曾因军功封越国公，所以说："吟咏常思越。"意思是：虽然不是庄舄，吟咏诗篇常常思念越地。

【赏析】

　　这首诗虽是酬答杨仆射、倾诉相思之劳的，但全诗写黄河龙门和岸边华山既苍茫雄浑，又惊险可睹。"龙门竹箭急，华岳莲花高"，"叶舟旦旦浮，惊波夜夜流"等句，历历如在目前，隐隐使人心动。

陕西宜川壶口瀑布　摄影／王伟

# 虞世基

（？—618）隋朝大臣。字茂世，会稽余姚（今浙江余姚）人。高才博学，南朝陈时，官至尚书右丞。后入隋事隋炀帝，任内史侍郎，深得宠爱。大业十四年（618），炀帝卫队暴动，虞被杀害。有集五卷。

## 入　关[1]

陇云低不散[2]，黄河咽复流[3]。
关山多道里[4]，相接几重愁。

【注释】

[1]关：要塞，出入的要道。此处当指函谷关或者潼关。　[2]陇：泛指陇山以西广大地区。　[3]咽（yè）：低沉幽咽。　[4]关山：泛指关隘山川。道里：旅程。

【赏析】

此诗通过对陇山阴云、黄河水流的描写，表达了愁绪万端的沉闷心情。

# 魏徵

（580—643）唐朝大臣。字玄成，魏州曲城（今山东省掖县东北）人，一说馆陶（今属河北省）人。少时出家为道士，后投瓦岗起义军。入唐后，任太子洗马，常劝太子李建成早做对付李世民的准备。建成被杀后，李世民不避前仇，任他为谏议大夫。他敢于犯颜直谏，曾提出"兼听则明，偏听则暗"的名言。他的诗多是奉和应诏之作，现存三十余首。

## 砥 柱 山 铭[1]

仰临砥柱，北望龙门[2]。

茫茫禹迹[3]，浩浩长春[4]。

【注释】

[1]砥柱山：见颜之推《从周入齐夜渡砥柱》篇注。铭：把文字刻在器物上叫"铭"。 [2]龙门：见薛道衡《敬酬杨仆射山斋独坐》篇注。龙门在砥柱山的北边，所以说"北望龙门"。 [3]茫茫：悠旷盛大的样子。禹迹：据传大禹治水，凿导积石山（即今青海省阿尼玛卿山），直到龙门，南到华山，东至砥柱，又东到盟津。古代在砥柱山上建有禹祠。 [4]浩浩：盛大旷远。这两句是说：大禹的功德盛大旷远，象春天一样常驻人间。

【赏析】

《砥柱山铭》刻在砥柱山的北边，字大盈尺。全诗歌颂了大禹治河的盛大功德。

# 李世民

（599—649）即唐太宗，李渊次子。在位二十四年，是中国封建社会最有作为的皇帝之一。初封秦王时即开文学馆，召名儒十八人为学士。即位后，殿右边设置弘文馆，日间常与学士们讨论典籍，写诗属文。有集四十卷，诗一卷，六十九首。

## 黄　河

河源发昆仑，连乾复浸坤[1]。
波浑经雁塞[2]，声振自龙门[3]。
岸裂新冲势，滩余旧落痕[4]。
横沟通海上，远色尽山根。
勇逗三峰折[5]，雄标四渎尊[6]。
湾中秋景树，阔外夕阳村。
沫乱知鱼响[7]，槎来见鸟蹲[8]。
飞沙当白日[9]，凝露接黄昏。
润可资农亩，清能表帝恩[10]。
雨吟堪极目[11]，风渡想惊魂[12]。
显瑞龟曾出[13]，阴灵伯固存[14]。
盘涡寒渐急[15]，浅濑暑微温[16]。
九曲终柔胜[17]，常流可暗吞。
人间无博望[18]，谁复到穷源[19]。

【注释】

[1]乾：天。坤：地。这句是说：黄河源远流长，接连天地。 [2]雁塞：泛指北方边塞。黄河流经黄土高原，携带大量泥沙，所以说"波浑经雁塞"。 [3]龙门：见薛道衡《敬酬杨仆射山斋独坐》篇注。 [4]"岸裂"二句是说河水新的冲势击裂了堤岸，滩上留下了水落后的旧痕。 [5]逗：同"斗"。三峰：指华岳三峰，即莲花、玉女、明星三峰。石壁直上，如同削成，直插云霄。 [6]标：模范，准的。四渎：指江、淮、河、济四大河流。这两句是说：黄河的勇气可以斗折华岳三峰，黄河的雄武堪为江河的榜样。对黄河奔腾万里的气势给予由衷赞美。 [7]鱼呴（xǔ）：鱼吐沫儿。 [8]槎：木筏。 [9]当：挡。 [10]"润可"二句：河水滋润有助于农田，河清能表明皇帝的恩德。古时说：河水清，圣人出。 [11]雨吟：雨中吟诗。 [12]风渡：风中渡河。 [13]显瑞：显示瑞祥。龟：《禹贡》云："河图出于孟县。"《太平寰宇记》云："河阳孟县，夏禹将与神龟负图出河……" [14]伯：指河伯，黄河神。 [15]盘涡：旋涡。 [16]浅濑（lài）：浅而急的流水。 [17]九曲：指黄河。柔胜：以柔获胜，指黄河水。 [18]博望：即博望侯，指张骞。建元元年（前139），张骞出使月支国，途经匈奴，被拘留十多年。逃回后，又任校尉跟着大将卫青攻击匈奴。因为张骞知道沙漠中哪儿有水有草，汉军不至于困乏，立了军功，被封为博望侯。 [19]"谁复到穷源"：谁能再穷极河源！张骞曾奉汉武帝命寻找河源。

【赏析】

诗人把博大雄浑、连乾浸坤的黄河当作审美对象，对它翻滚奔腾、一泻千里的气势，给以由衷的讴歌和赞美，表现了对祖国山河的无比热爱，也展示了诗人黄河般的胸怀。"湾中秋景树，阔外夕阳村"，"沫乱知鱼呴，槎来见鸟蹲"等句，远近景色，浓淡如画，细思来，仍不失其雄浑。

# 骆宾王

(约640—约684)唐代文学家。婺州义乌(今属浙江)人。曾任临海丞。后随徐敬业起兵反对武则天,失败后下落不明。他与王勃、杨炯、卢照邻以诗文齐名,是"初唐四杰"之一。诗多慷慨悲愤之词。他善写骈文,曾为徐敬业作《讨武曌檄》,武则天读后,以宰相没有得到此人而深感遗憾。有《骆宾王集》。

## 晚 渡 黄 河

千里寻归路,一苇乱平源[1]。

通波连马颊[2],逆水急龙门。

照日荣光净[3],惊风瑞浪翻[4]。

棹唱临风断,樵讴人听喧[5]。

岸迥秋霞落[6],潭深夕雾繁。

谁堪逝川上[7],日暮不归魂[8]。

【注释】

[1]一苇:指船。《诗经·河广》有"谁谓河广?一苇杭之"句。乱:横流。源:即"原"。这句是说:河面辽阔,船只就象在平原上横渡。　[2]马颊:河名。古代黄河自孟县以北分为九河,马颊是其中的一条。河势上宽下狭,状如马颊。　[3]荣光:彩色的云气。古人迷信的认为它是吉祥的征兆。　[4]惊风:疾风。瑞:瑞祥。这两句寓有歌颂圣明的意思。　[5]"棹唱"二句是说:风高浪险,船夫们中断了歌声,隐隐听到远处的樵夫正唱得热闹。　[6]迥(jiǒng):远。　[7]逝川:逝去的流水。比喻过去的岁月。《论语·子罕》有"子在川上曰:'逝者如斯夫'"句。　[8]不归魂:不得归乡的游魂,诗人自指。这两句是说:日落暮起,又漂渡在滚滚东去的河流上,哪一个客乡游魂能受得住这种情景的折磨呢?

【赏析】

秋天傍晚,诗人乘船横渡黄河,东逝的流水、远岸的落霞和渐低的暮色,使他陡生了客乡游魂的怅然之情,遂有此诗。

# 晚 泊 河 曲[1]

三秋倦行役[2]，千里泛归潮[3]。
通波竹箭水[4]，轻舸木兰桡[5]。
金堤连曲岸[6]，贝阙影浮桥[7]。
水净千年近，星飞五老遥[8]。
叠花开宿浪[9]，浮叶下凉飙[10]。
浦荷疏晚的[11]，津柳渍寒条[12]。
悕惶劳梗泛[13]，凄断倦蓬飘[14]。
仙槎不可托[15]，河上独长谣[16]。

【注释】

[1]河曲：地名。在今山西省永济县西蒲州。 [2]三秋：秋季的第三个月，即农历九月。行役：行旅之事。 [3]泛归潮：泛潮而归。 [4]竹箭：指河中激水，疾如竹箭。 [5]舸（gě）：大船。木兰桡：木兰做的船桨。 [6]金堤：坚固的河堤。 [7]贝阙：用贝装饰的宫门楼观。这里指浮桥两侧的建筑，有赞美的意思。 [8]五老：即五老峰。在今山西虞乡县南。相传尧带舜登首阳，观河渚，见有五个老人，飞上天际变为五颗流星，因名其山为五老山。 [9]叠花：激荡的水花。宿浪：大浪。 [10]凉飙：秋风。 [11]的（dì）：莲子。 [12]渍（zì）：淹泡。这两句是说：河边藕荷的晚莲已经稀疏，渡口柳树的枝条淹泡在水中。 [13]悕（xī）惶：形容惊慌烦恼。梗泛：《战国策·齐》寓言：用桃梗刻成人，天下雨时，就把它们放在淄水上，漂浮游荡，不知所止。后来就把"梗泛"解为漂忽无定止的意思。 [14]凄断：悲痛欲绝。倦蓬：疲倦的船蓬。这两句说明了诗人的心情和处境。 [15]仙槎：见刘孝孙《早发成皋望河》篇注。这句表现了诗人的失意和痛苦。 [16]谣：无乐器伴奏的歌唱。

【赏析】

这首诗描写了暮秋季节的黄河风光，"浦荷疏晚的，津柳渍寒条"，颇具秋末形色。"仙槎不可托，河上独长谣"，则表现了诗人失意、苦闷的沉重心情。

# 薛稷

（649—713）唐代书画家。字嗣通，蒲州汾阴（今山西省万荣）人。举进士，官至中书侍郎、参知政事，为睿宗所宠信。历太子少保，以翊赞功封晋国公。后窦怀贞等谋害玄宗，他因预知其谋，赐死于狱中。书法深得褚遂良笔法，时称"买褚得薛，不失其节"。和欧阳询、虞世南、褚遂良并称唐初四大书法家。善画人物花鸟，画鹤尤为生动，时称一绝。《全唐诗》存其诗十四首。

## 秋日还京陕西十里作[1]

驱车越陕郊[2]，北顾临大河[3]。

隔河望乡邑[4]，秋风水增波。

西登咸阳途[5]，日暮忧思多。

傅岩既纡郁[6]，首山亦嵯峨[7]。

操筑无昔老[8]，采薇有遗歌[9]。

客游节回换[10]，人生知几何！

【注释】

[1]京：指唐都长安。陕：陕州，治所在今河南省陕县。黄河从北面城下流过。 [2]陕郊：陕州城郊。 [3]大河：即黄河。这两句写离陕后傍河西进。 [4]乡邑：乡里，故乡。诗人家在黄河北，故有"隔河"语。 [5]咸阳途：去咸阳的路。 [6]傅岩：古地名。一作"傅险"。在今山西平陆东。相传是商代傅说（yuè）为奴隶时版筑之处。纡（yū）郁：深曲的样子。 [7]首山：即首阳山，又名雷首山。在今山西省永济县南。嵯峨：山势高峻的样子。 [8]"操筑无昔老"句：相传傅说出身微贱，在傅岩从事版筑劳动。商王武丁梦得圣人，名叫"说"，就派百工按梦中所见四处查访，把傅说举为宰相。昔老：即指傅说。 [9]"采薇有遗歌"句：相传商末孤竹国君的两个儿子伯夷、叔齐反对周武王伐纣。武王灭掉殷朝，他二人不食周粟，隐于首阳山，靠采薇而活，即将饿死时伯夷作歌："登彼西山兮，采其薇矣。以暴易暴兮，不知其非矣。" [10]节回换：又回到原来的节令，指经年。节：节令。最合二句是感慨岁月之速，人生之短。

【赏析】

这首诗描写傍晚西行一路所见的情状，抒发了"人生几何"的感慨。杜甫称赞说："少保有古风。"

# 李隆基

（685—762）即唐玄宗，又称唐明皇。在位四十四年，初期任用贤相，整顿武周后期敝政，社会经济有所发展，史称"开元之治"。晚期政治腐败，奢侈荒淫，"安史之乱"后抑郁而死。《全唐诗》存其诗一卷。

## 早度蒲津关[1]

钟鼓严更曙，山河野望通[2]。

鸣銮下蒲坂，飞旆入秦中[3]。

地险关逾壮，天平镇尚雄[4]。

春来津树合，月落戍楼空[5]。

马色分朝景，鸡声逐晓风[6]。

所希常道泰，非复弃繻同[7]。

### 【注释】

[1]度：即渡。蒲津关：古关隘，地处黄河晋陕峡谷西岸，以东岸有蒲坂得名。战国秦昭襄王五十年（前257），这里建起黄河上最早的桥，称"河桥"。西魏、隋、唐，在此连舟为浮桥，古代争战秦晋，多取道于此，乃兵家戍守的必争之地。　[2]严更：警夜行的更鼓。曙：天刚亮。野望：远望四野。　[3]鸣銮：马车铃响，指皇帝出行。蒲坂：古邑名，在今山西永济县蒲州，地当黄河弯曲处，为古秦晋交通要冲。飞旆：飘扬的旆旗。秦中：亦称关中，今陕西中部平原地区。　[4]逾：更加。壮：雄壮。天平：天下太平。镇：指蒲津关镇守处。尚：仍。　[5]津树合：渡口上的树木遮盖相接。戍楼：驻军的瞭望哨，此指蒲津关城楼。　[6]马色：马车队伍的景状。朝景：清晨的气象。　[7]希：希望。道泰：世间太平。繻：汉代出入关隘的帛制凭证，入关时将繻剪开，返回时两半相对作为信符。据《汉书·终军传》，博士终军从济南步行入关，关吏给他军繻。终军问："给这何用？"关吏答道："作为你返回时的凭证。"终军说："大丈夫西游，永远也不再拿这证件回来了。"说完弃繻而去。这句说眼前的一切，正是我所希望的，这是汉代过关对符也比之不上的啊！

【赏析】

　　行军的更鼓迎来了天亮，时值阳春季节，銮驾出京，队列肃威，旆旗飞扬。放眼四野，山峦层叠，大河奔流，雄关威镇，不减乱世，情景交融，慨然系之。这首诗极言黄河雄关之伟壮，并借以抒发作者对李唐王朝一度强盛局势的乐道心情。

## 潼 关 口 号[1]

河曲回千里[2]，关门限二京[3]。
所嗟非恃德[4]，设险到天平[5]。

【注释】

　　[1]潼关：古关名，在今陕西省。西有华山，南临商岭，北临黄河，东接桃林，为陕西、山西、河南三省要冲，历代都是军事要地。口号：犹口占，多用于诗题，表示信口吟成。　[2]河曲：黄河弯曲处。黄河流出晋陕峡谷，受华山山地阻挡，折而向东，为其诸多著名的大弯曲之一，古潼关就位于此，依山傍河，雄踞陕、晋、豫三省要冲，向有"鸡鸣闻三省"之称。回：掉转，回曲。　[3]关门：指潼关之门，亦有潼关为关中门户之意。限：险阻。二京：指秦都咸阳与唐都长安。　[4]嗟：嗟叹。非恃德：不是依赖德行教化。　[5]到：一作"致"。天平：天下太平。

【赏析】

　　这首诗由嗟叹潼关地理形势的险要，表现了作者治国安邦应恃德不恃险的思想。

# 王之涣

（688—742）唐代诗人。字季凌，晋阳（今山西省太原）人。曾任文安县尉。豪放不羁，常击剑悲歌，诗作多被乐工制曲歌唱，名动一时。他的诗以描写边疆风光著称。传世之作仅六首，《凉州词》和《登鹳雀楼》特别有名。

## 登鹳雀楼[1]

白日依山尽，黄河入海流[2]。
欲穷千里目，更上一层楼[3]。

【注释】

[1]鹳雀楼：又叫鹳鹊楼，据《清一统志》记载，楼的旧址在山西蒲州（今永济县，唐时为河中府）西南，黄河中高阜处。因经常有鹳雀栖住而得名。楼有三层。前瞻中条山，俯瞰黄河，为登临胜地。鹳（guàn）：鹤一类的水鸟。题一作《鹳雀楼》。 [2]"白日"二句：写登楼望见的景色。其中的"黄河入海流"写诗人目送黄河远去而产生的意中景。 [3]"欲穷千里目"二句是说：二层楼就已经见了白日依山、黄河入海的情景，若想再使眼界开阔，摄取更大的视野，便须登上楼的顶层。诗句同时道出了站得高看得远的哲理。

【赏析】

这首诗写登楼所见，视野开阔，状景传神。沈括在《梦溪笔谈》中说，鹳雀楼"唐人留诗者甚多，唯李益、王之涣、畅当三篇能状其景"。

# 阎防

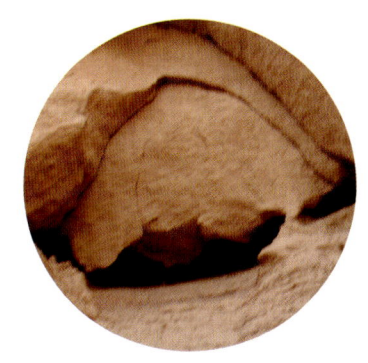

（生卒年不详）唐代诗人。河中（今山西永济县）人。为人好古博雅，诗语真素，一生放浪山水，不愿做官。诗存五首。

## 与永乐诸公夜泛黄河作[1]

烟深载酒入[2]，但觉暮川虚[3]。
映水见山火，鸣榔闻夜渔[4]。
爱兹山水趣[5]，忽与人世疏[6]。
无暇然官烛[7]，中流有望舒[8]。

【注释】

[1]永乐：镇名。在山西省永济县东南。诸公：众位好友。公：对人的尊称。泛：漂游。　[2]烟深：烟雾弥漫。入：指乘船进入黄河河面。　[3]但：只。暮川：夜幕笼罩的黄河。虚：朦胧状。　[4]榔（láng）：驱鱼工具。夜渔：夜晚捕鱼。以上四句写夜泛黄河之所见。　[5]兹：这。趣：乐趣。　[6]疏：远。以上两句说，沉缅黄河夜景之中，使人恍然疏远尘世。　[7]暇：空闲时间。然：燃烧，此意通"燃"。官烛：公家的蜡烛。　[8]中流：河面。望舒：神话中给月亮驾车的仙人，此借指月亮。这句写黄河河水的平静缓和，注目中流即可见月亮上的仙人。

【赏析】

　　这首诗以其语辞素淡、意境幽邃的风格，描写了作者载舟邀友、夜泛黄河、举酒对月、欣然陶醉的情景，着意表达了热恋山水、不谋仕途的思想。黄河在这里一反奔腾咆哮、惊涛拍岸的气势，而显其朦胧静谧、温文尔雅之秀风，读来别有情味。

# 柳中庸

（生卒年不详）唐代诗人。名淡，以字行。河东解（今山西运城县解州镇）人，与柳宗元同族。曾授洪府户曹，未就职。今存诗十三首。

## 河阳桥送别[1]

黄河流出有浮桥[2]，晋国归人此路遥[3]。
若傍阑干千里望[4]，北风驱马雨萧萧[5]。

【注释】

[1]河阳桥：旧址在今河南孟津县南。北魏时黄河孟津渡口两岸及河中沙洲上建三城，即北中城、中潬城、南城，因地处河阳县，故名河阳三城。黄河在此分两股流贯其间，河上架浮桥，即河阳桥。 [2]浮桥：指河阳桥。 [3]晋国：今山西境。 [4]阑干：即栏杆，此指浮桥上的栏杆。 [5]萧萧：引为凄凉状。这句说前程路途漫漫，苦风凄雨，蕴有请多保重之意。

【赏析】

这首诗写河阳桥上送别友人的绵绵之情。一句"北风驱马雨萧萧"，将前路艰辛、请予珍重的心情含蓄表达，深婉蕴致。

## 征　　怨[1]

岁岁金河复玉关[2]，朝朝马策与刀环[3]。
三春白雪归青冢[4]，万里黄河绕黑山[5]。

【注释】

[1]征:征战。怨:怨恨。 [2]金河:水名,又名金川,现名大黑河,流经内蒙古中部,在托克托县境入黄河。玉关:即玉门关,故址在今甘肃敦煌西北小方盘城,和西南的阳关同为当时通往西域各地的交通门户,出玉门关为北道,出阳关为南道。这句写黄河古战场地域之广。 [3]马策:马鞭。刀环:刀头上的环。这两句是说,年年往返作战于金河、玉关之间,天天陪伴自己的只有马鞭和战刀。 [4]归:归于。青冢:汉王昭君墓,在内蒙古呼和浩特市。相传冢上草色长青,因此得名。这里泛指坟墓,此句极言坟墓之多,三春时节融化的雪水都归在了青冢之上。 [5]黑山:也叫呼延谷。在今陕西榆林西南。

【赏析】

这首诗写在黄河古战场征杀的将士的忧怨。诗句中无一"怨"字,却又无处不露其怨。场面宏大,语言凝练,委婉含蓄。

晋陕黄河段 摄影/王伟

# 李颀

（690—751）唐朝诗人。颍阳（今河南省登封市）人。开元二十三年（735）进士。曾任新乡县尉，与高适、王维、王昌龄等唱和，后弃官归东川别业隐居。其诗以五言及七言歌行见长。所作边塞诗，沉雄豪放之中蕴以感喟苍凉，成就较为突出。有《李颀诗集》。

## 百 花 原[1]

百花原头望京师[2]，黄河水流无已时[3]。
穷秋旷野行人绝，马首东来知是谁[4]？

【注释】

[1]百花原：地名。其址不详，当在黄河岸边。 [2]京师：国都。指长安。 [3]无已时：没有停止的时候。诗人站在百花原头向京都远望，只见黄河一派茫茫的流水。 [4]"穷秋"二句：深秋空旷的原野上没有一个行人，从东边骑马走来的是谁呢？表现了寂寞思归的怅然情绪。穷秋：深秋，秋末。

【赏析】

这首诗表现了寂寞、思归的情绪。大野漠漠无尽，河水茫茫不已，秋野辽阔，行人稀少，一匹马从东边的路上缓缓而来，真期盼能够认识！

# 王维

（701—761，一作698—759）唐朝诗人，画家。字摩诘，原籍祁（今属山西），父亲迁居蒲州（今山西省永济县西），遂为河东人。开元进士，官至给事中。安禄山叛军入长安时曾受职，乱平后，降为太子中允。后任尚书右丞，所以也叫"王右丞"。他的诗多是吟咏山水之作，体物精细，状物传神，诗中有画，画中有诗。有《王右丞集》。

## 渡河到清河作[1]

泛舟大河里，积水穷天涯[2]。
天波忽开拆[3]，郡邑千万家[4]。
行复见城市[5]，宛然有桑麻[6]。
回瞻旧乡国[7]，淼漫连云霞[8]。

【注释】

[1]河：黄河。清河：地名。即清河县，在今河北省境内。　[2]穷天涯：直到天的尽头。　[3]天波：天际和水面，水天相接处。开拆：分开。　[4]郡邑：地方上的行政单位，这里指清河县境。　[5]城市：指清河县城。　[6]宛然：好像。这两句仍是写远景，意为：远远地又看见了城市，城边好像种植着桑麻。　[7]回瞻：回头望。旧乡国：指故乡。　[8]淼漫：水广阔无际的样子。

【赏析】

这首诗描写黄河泛舟所见的沿途风光。河水盛大，连天接地。"天波忽开拆，郡邑千万家"，黄河之阔大，风光之旖旎，宛然如在目前。

# 使至塞上[1]

单车欲问边[2],属国过居延[3]。
征蓬出汉塞[4],归雁入胡天[5]。
大漠孤烟直[6],长河落日圆[7]。
萧关逢候骑[8],都护在燕然[9]。

【注释】

[1]开元二十五年(737),王维任监察御史从军赴凉州,居河西节度使幕中。这首诗是出塞途中所作。使:出使。塞上:边塞之上。 [2]单车:一辆车。问边:去边疆察看。 [3]属国:附属国。汉时,凡是已归附的少数民族,称其地区为属国。居延:古县名。故城在今内蒙古自治区额济纳旗境。这两句是说:我乘车独自去边疆察看,将要经过汉时的属国居延。 [4]征蓬:被风卷起来远飞的蓬草。诗人以此自喻。 [5]胡天:指西北地区。这两句是比喻自己行程的遥远。 [6]大漠:广阔无际的大沙漠。孤烟直:塞外常有迅急的旋风,袅烟沙直直向上。 [7]长河:黄河。 [8]萧关:古关名。是关中通往塞北的交通要衢,在今宁夏白族自治区固原县东南。候骑(jì):担任侦察、通信任务的骑兵。 [9]都护:官名。都护府的最高长官,边境军队的统帅。这里借指河西节度使。燕然:山名。即今蒙古人民共和国境内的杭爱山。这里用作最前线的代称。

【赏析】

此诗"大漠孤烟直,长河落日圆"两句中的"直"和"圆"字,准确地描绘了大漠、黄河的特异景象,表现了诗人独特的感受,历来为人所称道。

# 李白

（701—762）唐代大诗人。字太白，号青莲居士，祖籍陇西成纪（今甘肃秦安），生于唐安西大都护府碎叶城（今吉尔吉斯北）。诗存九百余首，以送别、行旅、感怀之作为多。作品具有强烈的浪漫主义色彩和广阔的思想内容，对后世影响很大，享有"诗仙"之誉。

## 赠裴十四[1]

朝见裴叔则，朗如行玉山[2]。

黄河落天走东海，万里写入胸怀间[3]。

身骑白鼋不敢度[4]，金高南山买君顾[5]。

徘回六合无相知，飘若浮云且西去[6]。

【注释】

[1]裴十四：名不详，十四是排行。　[2]朝（zhāo）：早晨。裴叔则：名楷，晋朝人。据《晋书》载，裴叔则博涉群书，容仪俊爽，时称"玉人"，同其相处，如入玉山，能把人照亮。这里把裴十四比作叔则，为后句抒发不忍分手之情留下伏笔。　[3]落天：西汉张骞寻黄河源之后，黄河便有了"天河"的传说，且古人认为黄河源出地势高峻的昆仑山，象从天下落下一般。写：即泻。　[4]白鼋（yuán）：一种鳖。《晏子春秋》载，古冶子渡河时，鼋衔左骖于砥柱山旁，被古冶子杀死。度：即渡。　[5]南山：指终南山。君：指裴十四。顾：意思说同往。　[6]徘回：即徘徊，来回行走。六合：天地四方。飘若浮云：原喻姿态飘逸，这里隐有别友凄清之意。

【赏析】

　　这是一首留别诗，诗中"黄河落天走东海，万里写入胸怀间"一联，卓有气势地描写了九曲黄河的神韵雄姿，从而成为千古传诵的黄河佳句。它与诗人另一名句"黄河之水天上来，奔流到海不复回"（《将进酒》）有异曲同工之妙。而这里的"走"字，不仅写出了黄河的蔚为壮观，且平添了几许拟人的色彩。全诗表现了作者博大的胸怀和强烈的浪漫主义精神。

# 赠崔侍御[1]

黄河三尺鲤,本在孟津居[2]。
点额不成龙,归来伴凡鱼[3]。
故人东海客,一见借吹嘘[4]。
风涛倘相因[5],更欲凌昆墟[6]。

【注释】

[1]崔侍御:即崔宗之,名成辅,以字行。开元年间官至左司郎中侍御史,袭封齐国公,故被称崔郎中或崔侍御,与李白同为"酒中八仙"之一。 [2]孟津:黄河古渡口,在今河南孟县县北。《尚书·禹贡》载,大禹导河西自积石山,东至孟县,即指此处。相传周武王伐纣时,曾在此盟会诸侯渡河作战,故又名"盟津" [3]"点额"二句:据郦道元《水经注》:黄河鲤出巩穴(今河南巩县境),三月则上渡龙门,如能跳过龙门即化为龙,否则头额被触破败退而归。龙门:即禹门口,在今山西省河津县西北和陕西省韩城县东,黄河流经其间,两岸峭壁对峙,落差大,水流急。此二句意指自己首赴京都长安求取功名,怀才不遇而归之事。 [4]故人:老朋友,指崔侍御。东海客:借指在京城作官。借:帮助。吹嘘:进好言。 [5]风涛:风浪,喻指崔侍御之鼎力相助。倘:假若。相因:能够凭借。 [6]更:再。凌:登上。昆墟:昆仑之墟,传为西方极高之地,神龙居住处。

【赏析】

此诗约作于开元十八年(730)李白第一次离开京都长安后。诗中借"黄河鲤鱼跳龙门"的生动传说,希望崔侍御在朝中为他进言,以使自己有机会再次进京,一展抱负。

# 西岳云台歌送丹丘子[1]

西岳峥嵘何壮哉[2]，黄河如丝天际来。
黄河万里触山动，盘涡毂转秦地雷[3]。
荣光休气纷五彩[4]，千年一清圣人在[5]。
巨灵咆哮擘两山[6]，洪波喷流射东海。
三峰却立如欲摧[7]，翠崖丹谷高掌开[8]。
白帝金精运元气，石作莲花云作台[9]。
云台阁道连窈冥[10]，云有不死丹丘生。
明星玉女备洒扫[11]，麻姑搔背指爪轻[12]。
我皇手把天地户[13]，丹丘谈天与地语。
九重出入生光辉，东求蓬莱复西归[14]。
玉浆倘惠故人饮[15]，骑二茅龙上天飞[16]。

## 【注释】

[1]西岳：即华山，在今陕西华阴县。我国名山之一，其险雄居五岳之首。黄河冲出晋陕峡谷后，受华山所阻在其北麓折而东流。云台：华山的云台峰。丹丘子：指元丹丘。 [2]峥嵘：高峻的样子。 [3]盘涡：旋转的水涡。毂：车轮中心的圆木。盘涡毂转：形容黄河水急，激流冲击成的旋涡，如车轮般地转动着。秦地：华山一带为古秦地。秦地雷：形容水声轰响如同秦地的雷声。 [4]荣光：五色的光彩。休气：瑞气。 [5]圣人在：古代传说，圣人出则黄河清。 [6]巨灵：河神。擘：分开。传说华山古时与对岸山峰相连，挡住了黄河水的去路，巨灵用手擘开其上以脚踏离其下，中分为二，以通河流，才形成隔河相对的华山和首阳山。 [7]三峰：华山有三峰，西为莲花峰，南为落雁峰，东为朝阳峰，都很高峻险要。却：后退。摧：倾倒。 [8]翠崖丹谷：指华山上或翠或赤的岩石。高掌开：华山的东北叫仙人掌，传说是河神擘山

时留下的掌迹。　［9］白帝：西方之神，华山在西方，故属白帝主宰。金精：道家五行，西方属金，故白帝为金之精。元气：古代对宇宙的看法，说是天地未辟之时，混沌一片，气充其中，叫作元气。石作莲花：指华山地形。云作台：指云台峰。华山中间三峰突出如莲花，周围诸山如莲瓣，其下为云台峰，远远望去，宛如青色莲花开于云台之上。　［10］阁道：即栈道。窈冥：幽暗的样子。　［11］明星玉女：仙女名。传说华山上有明星玉女，手持玉浆，服之即可成仙。　［12］麻姑：仙女名。《神仙传》中说她手似鸟爪，有个叫蔡经的人见了，心中想道："如果脊背痒得很厉害，能得到这鸟爪似的手挠挠背，该多好啊。"　［13］我皇：指传说中的西王母。据《汉武帝·内经》，王母命侍女唱元灵之曲，歌中唱道：天地虽然廖廓，我却把守住天地的门户。　［14］九重：指天，传说天有九层。蓬莱：仙山名。这两句是说元丹丘出入九重天上，华山为此大生光辉，东到蓬莱求得仙药，又西归华山。　［15］玉浆：仙酒。传说嵩山北面有一个大洞，一老头误入穴中，行十多日，见一草屋，有两仙人在里边下棋，桌旁有饮料数杯，老翁向仙人索饮，饮后顿觉气力倍增。老翁后来到洛阳问张华，张华说："那是仙馆，你所饮的是玉浆。"　［16］茅龙：传说汉中卜师呼子先老寿百余岁，后有仙人带了两只茅狗来，子先和一酒家老妇各骑一只，狗化为龙，飞上华山成仙。这里是说有心与元丹丘一起去华山。

【赏析】

　　这首诗当为天宝五年（746）李白在越地送好友元丹丘去华山时所作。立足华山极顶的云门遥望百里之外，渭河横流，洛水南下，九曲黄河一衣带水如从天际飘来；低首俯瞰华山脚下，又见寒流激射，巨浪排空，如霹雳轰鸣，地动山摇。诗中充分展示了黄河与华山气势磅礴、声彩俱丽的形胜状貌，并借流传在黄河、华山一带的古老神话表达了作者对生活的向往和热爱。

# 崔颢

（？—754）唐朝诗人。汴州（今河南省开封市）人。开元十一年（723）擢进士第，任司勋员外郎。早期诗多写闺情，浮艳轻薄。后历边塞，诗风变得雄浑奔放，慷慨豪迈。他的《黄鹤楼》诗，相传为李白所折服，"眼前有景道不得，崔颢题诗在上头"。明人辑有《崔颢集》。

## 题潼关楼[1]

客行逢雨霁[2]，歇马上津楼[3]。
山势雄三辅[4]，关门扼九州[5]。
川从陕路去[6]，河绕华阴流[7]。
向晚登临处[8]，风烟万里愁。

【注释】

[1]潼关：古关名。在今陕西省。处陕西、山西、河南三省要冲，向为军事要地。详见李隆基《潼关口号》注。 [2]客行：在外乡旅行。雨霁：雨后转晴。 [3]津楼：渡口处的楼。 [4]雄：雄视。三辅：官名。西汉时治理京畿地区的三个官职，即京兆尹、左冯翊、右扶风，称作"三辅"。这里指长安附近三辅所辖的广大地区。 [5]扼：扼守，掐住。九州：原指中国古代设置的九个州，冀、豫、雍、扬、兖、徐、梁、青、荆。后来"九州"即指中国。这两句是赞美潼关地势险要。 [6]川：平野，平地。陕路：陕西的路。 [7]河：黄河。华阴：县名。因在华山北边，所以叫华阴。故城在今华阴县东南。 [8]向晚：傍晚。

【赏析】

这首诗写登临潼关津楼所见的平野随陕路、黄河绕华阴的苍茫景象，表现了由此而生的绵绵愁绪。

# 高适

（约706—765）唐代诗人。字达夫，德州莜（今河北景县）人。少贫寒，潦倒失意，后客游河西，任哥舒翰书记。历任淮南、西川节度使，官终散骑常侍。其诗多写边地战争生活，《燕歌行》为代表作。和岑参齐名，并称"高岑"。有《高常侍集》。

## 自淇涉黄河途中作[1]（十三首选二）

### 一[2]

东入黄河水，茫茫泛纡直[3]。
北望太行山，峨峨半天色[4]。
山河相映带，深浅未可测[5]。
自昔有贤才，相逢不相识[6]。

【注释】

[1]淇：淇水，在河南省北部。古为黄河支流，发源于太行山系的大号山，东南流至今汲县东北淇门镇入河。 [2]这首诗原为组诗的第五首，写渡河观感。 [3]茫茫：水势辽阔状。泛：漂浮。纡直：时曲时直。 [4]峨峨：山势高峻的样子。半天色：山峦遮住了天色的一半，极言太行山之高大。 [5]"山河"二句：说太行山、黄河相映连带，其山高水深都无法测试。映带：相互映衬，彼此连带。 [6]贤才：有德有才之士。

## 二[7]

我行倦风湍[8],辍棹将问津[9]。
空传歌瓠子[10],感慨独愁人。
孟夏桑叶肥[11],秾阴夹长津[12]。
蚕农有时节[13],田野无闲人。
临水狎渔樵[14],望山怀隐沦[15]。
谁能去京洛[16],憔悴对风尘[17]。

【注释】

[7]这首诗原为组诗的第十一首,描写了黄河下游两岸的田园景象,并反映了作者向往隐居乡间的思想。 [8]风湍:风吹急流。 [9]辍(chuò):停止。棹:船桨。问津:询问渡口所在。 [10]歌瓠子:即唱《瓠子歌》。《瓠子歌》为汉武帝刘彻作。公元前109年,汉武帝征发数万人堵塞瓠子决口,并亲临工地。投白马、沉玉璧祭祀黄河。并作《瓠子歌二首》。其词见于《黄河古代谣谚选》。 [11]孟夏:夏季第一个月,即农历四月。 [12]"秾阴"句:说渡口旁长着稠密的树木。 [13]蚕农:养蚕的农夫。 [14]狎:亲近。渔樵:渔民和樵夫。这句是说作者同渔樵攀谈相欢。 [15]怀:想。隐沦:隐居。 [16]能:愿。京洛:指长安、洛阳。 [17]憔悴:形容人面形消瘦。风尘:风起尘扬,天地昏浊。比喻世俗扰攘。以上四句写诗人厌倦官场,向往隐居生活的心情。

【赏析】

这组诗约为天宝六年(747)夏秋作者自淇水渡黄河去梁宋时所作。描写了黄河、太行的壮丽景色,下游两岸的田园风光,记述了与沿河蚕农、樵夫、渔翁的攀谈接触,表现了诗人关心国计民生而怀才不遇,因而欣羡山乡隐居生活的思想感情。

# 储光羲

（707—约760）唐朝诗人。兖州（今属山东）人，一说润州（今江苏省镇江）人，开元进士，任监察御史。安禄山作乱时，曾任伪职。乱平后被贬，死于岭南。他擅长写五言古诗，原有集，已散佚，现存诗二百一十多首。

## 效古[1]（二首选一）

东风吹大河，河水如倒流。
河洲尘沙起，有若黄云浮。
赪霞烧广泽[2]，洪曜赫高丘[3]。
野老泣相语[4]，无地可荫休[5]，
翰林有客卿[6]，独负苍生忧[7]。
中夜起踯躅[8]，思欲献厥谋[9]。
君门峻且深[10]，踡足空夷犹[11]。

【注释】

[1]效古：仿效古诗。古诗：诗体名。和绝句、律诗等近体诗相对而言，句式一般有三言、五言、七言、四言、六言等，不讲究对仗、平仄，用韵比较自由。　[2]赪（chēng）霞：红霞。泽：水聚汇的地方。　[3]曜（yào）：太阳。赫：盛大，显著。　[4]野老：田野老人。即种田的老农。　[5]荫：庇护。这两句是说：田中野老因为无处藏身而相对饮泣。　[6]翰林：文翰之林，就是现在说的"文苑"。客卿：诗人自指。唐朝时称鸿胪卿为客卿。鸿胪主管宾客及凶仪等事。储光羲当时任太祝，所以自称"客卿"。　[7]负：辜负。苍生：指百姓、众生。　[8]中夜：半夜。踯躅：在一个地方来回地走。　[9]厥：助词，无实意。这两句是说：夜半起来踯躅徘徊，思量着向皇上献计。　[10]君门：指朝廷。君：皇帝。　[11]踡：屈曲。夷犹：同"夷由"，迟疑不前。

【赏析】

这首诗写于天宝后期，所选是原诗第二首，反映了当时黄河两岸人民的痛苦生活和诗人献计不能、空自徘徊的情景。前六句状写黄河，生动传神，颇有特色。

## 杜甫

（712—770）唐代大诗人，字子美。祖籍襄阳（今属湖北），后迁居巩县（今属河南）。出身寒微，早年刻苦学习，知识渊博，曾游历江淮、山东各地。肃宗时，任左拾遗，后被贬为华州参军。曾在西川节度使严武幕中任检校工部员外郎，故世称"杜工部"。其诗大胆揭露社会黑暗，尖锐地反映民众疾苦与社会矛盾。艺术形式以古体、律诗见长，风格沉郁，语言精练。是我国伟大的现实主义诗人。有《杜少陵集》。

### 临邑舍弟书至，苦雨，黄河泛滥，堤防之患，薄领所忧，因寄此诗以宽其意[1]

二仪积风雨[2]，百谷漏波涛[3]。
闻道洪河坼[4]，遥连沧海高[5]。
职司忧悄悄[6]，郡国诉嗷嗷[7]。
舍弟卑栖邑[8]，防川领薄曹[9]。
尺书前日至[10]，版筑不时操[11]。
难假鼋鼍力[12]，空瞻乌鹊毛[13]。
燕南吹畎亩[14]，济上没蓬蒿[15]。
螺蚌满近郭[16]，蛟螭乘九皋[17]。
徐关深水府，碣石小秋毫[18]。
白屋留孤树，青天矢万艘[19]。
吾衰同泛梗[20]，利涉想蟠桃[21]。
倚赖天涯钓[22]，犹能掣巨鳌[23]。

【注释】

[1]临邑：县名，治所在今山东临邑县北。唐代，黄河下游河道在现行河道东北方向经临邑等县东注入渤海。舍弟：诗人的弟弟杜颖。书：信。苦雨：苦于久雨。薄领：登记的文薄，此指负责治水防洪之事。宽：安慰。 [2]二仪：天地。 [3]百谷：众多山川。漏：泄。 [4]闻道：听说，从信中得知。洪河：指黄河洪水。圻（chè）：裂开，决口。 [5]沧海高：意指黄河洪多量大，泛滥成灾，遥远的沧海也因此涨高了水位。 [6]职司：指管河治水的官员。悄悄：忧愁的样子。 [7]郡国：指受水灾之地。嗷嗷：哀号声。 [8]卑栖：屈居。 [9]防川：黄河防洪。领薄曹：指负责办理县衙内黄河防洪方面的事务。 [10]尺书：传递黄河水情的文书。 [11]版筑：原意为用版夹土筑墙，此指治河工程。不时操：不停地进行。 [12]假：凭借。鼋：大鳖。鼍：即扬子鳄，亦称鼍龙、猪婆龙，我国的特产。传说周穆王大起九师，东到九江，喝令鼋鼍作一桥梁，遂渡河伐越。 [13]乌鹊：鸟名。古代传说，每到七月七日，乌鹊无故皆秃，据说是因为这天牛郎和织女在天河相会，派乌鹊造桥，所以头上的羽毛都脱光了，以上二句说鼋鼍之力、乌鹊之毛都无能借助。 [14]燕南：泛指今河北省南部地区，唐时黄河下游流经这一带。吹：此指洪水冲淹之势大。畎亩：田地。 [15]济上：济水之滨。没：淹没。蓬蒿：此泛指草木。这二句极言洪水之大，泛滥之广。 [16]近郭：城周围。郭：城郭。 [17]蛟螭（chī）：传说中的龙类动物。乘：登。九皋：深泽。 [18]徐关：齐地的古城。水府：水神管辖的区域。碣古：古山名，在河北昌黎西北。秋毫：鸟兽在秋天更生的细绒毛。这二句说，由于河水暴涨，徐关成了泽国水府，东临沧海的碣石山也只能露出一点尖尖，象秋毫一般微小。 [19]"白屋"二句：说村落仅有一些树枝留露水面，水天相接之中只看见船只在急速奔驰，救人迁物。青天：水天一碧。 [20]泛梗：即梗泛。见骆宾王《晚泊河曲》注。 [21]利涉：顺利通过。蟠挑：仙桃。这二句说，我们这些弱小的草木之人，多么渴望早日治服这洪水灾害啊。 [22]天涯：天边，极远处。 [23]犹：怎，如何。掣：牵引。鳌：传说中海里的大鳌。这二句说，面对这么大的黄河洪水灾害，我们这些天涯沦落之人，怎么能治服得了呢！

【赏析】

唐代中期之后，黄河下游决口泛滥十分频繁，接近渤海而位于黄河南岸的临邑即首当其冲，深受其害。这首诗写杜颖分理此地河务时期，临邑发生黄河水灾,杜甫闻讯回书安慰其弟一事。诗中以"沧海""畎亩""蓬蒿""螺蚌""蛟螭""徐关""碣石""白屋""青天"等物体作比,形象地描述了黄河洪水遥连沧海,一望无际的形势,以及其弟带领人役动土修堤的辛劳场景,同时也流露出了河患防不胜防的思想。

龙门石壁 摄影/王伟

# 岑参

（715—770）唐代诗人。江陵（今属湖北）人。先世居南阳棘阳（今河南新野东北）。天宝三年（744）中进士。曾任安西和北庭节度判官等职。五十五岁左右升嘉州（今四川省乐山）刺史，罢官后客死成都。他的诗多描写边塞风光和军旅生活，与高适同以边塞诗著名，并称"高岑"，代表作有《白雪歌》等。有《岑嘉州集》传世。

## 东归晚次潼关怀古[1]

暮春别乡树，晚景低津楼[2]。

伯夷在首阳，欲往无轻舟[3]。

遂登关城望[4]，下见洪河流[5]。

自从巨灵开[6]，流血千万秋。

行行潘生赋[7]，赫赫曹公谋[8]。

川上多往事，凄凉满空洲。

**【注释】**

[1]东归：岑参曾在安西（今新疆库车）都护府和北庭（今新疆奇台北）都护府任官。次：止，停留。潼关：古关名。详见崔颢《题潼关楼》篇注。 [2]晚景：傍晚的太阳光。津楼：渡口处的楼房。 [3]"伯夷"二句：伯夷是商末孤竹国国君的大儿子，为与弟弟叔齐谦让王位跑到周，在周又因反对周武王出兵伐商而逃到首阳山。不食周粟而饿死。首阳：即首阳山，在今山西永济县南。首阳在河北，潼关在河南，所以有"欲往无轻舟"句。 [4]关城：或指关上城墙。 [5]洪河：大河，指黄河。 [6]巨灵：河神。传说黄河流经华山被阻，巨灵脚踏下边，手擘上边，将山中分为二，河流得以畅通。详见李白《西岳云台歌送丹丘子》注。 [7]行行：走着不停。潘生赋：即指潘岳所写《西征赋》。中有："潘子凭轼西征，自京徂秦，乃喟然叹曰：古往今来，邈以悠哉！" [8]赫赫：显赫盛大的样子。曹公：即曹操。建安十六年（211）曹操西征关西马超，正面佯作声势，侧面偷渡黄河，用计离间马超和韩遂，又麻痹对方使其轻敌，最后一举击败了马超军。

【赏析】

这首诗当是诗人从任地东归时历经潼关所作,表现了黄河"流血千万秋"的感慨和追思百代、凄凉感伤的情怀。

## 题永乐韦少府厅壁[1]

大河南郭外[2],终日气昏昏[3]。

白鸟下公府[4],青山当县门[5]。

故人是邑尉[6],过客驻征轩[7]。

不惮烟波阔[8],思君一笑言[9]。

【注释】

[1]永乐:地名。故址在今山西省芮城县西南。韦少府:名不详。唐人称县尉为少府。 [2]大河:黄河。南郭外:城南郊外。郭:外城。 [3]气昏昏:水气蒙蒙、浑沌不清的样子。 [4]白鸟:白鹭,羽色纯白。公府:官署。 [5]当:对。县门:县公府大门。 [6]故人:指韦少府。邑尉:县尉。 [7]过客:诗人自指。征:远行。轩:车子。 [8]惮(dàn):怕。烟波:指黄河。 [9]笑言:欢乐的叙谈。最后两句是说:我不畏波高浪险渡河而来,是想和你欢言叙谈一番。

【赏析】

这首诗是题在韦少府厅壁上的,写诗人当厅南眺时的所见所感,表现了纯真、深厚的友情。大河"终日气昏昏"句,颇为传神。

## 题金城临河驿楼[1]

古戍依重险[2],高楼见五凉[3]。

山根盘驿道[4],河水浸城墙。

庭树巢鹦鹉[5],园花隐麝香[6]。

忽如江浦上[7],忆作捕鱼郎。

【注释】

[1]金城:地名。故城在今甘肃省皋兰县西南黄河北岸。驿:驿站。古代供投递公文、转运官物的公吏及来往官员休息住宿的地方。 [2]古戍:古城堡。这里指金城。重(chóng)险:多重要的条件,这句是说:金城地理位置好,有许多险要之处可供凭借。 [3]五凉:指甘肃。唐时称甘肃之地为五凉。 [4]"山根"二句:山脚下大道盘绕,黄河水浸撼着城墙。驿道:大道。 [5]巢:做窝。鹦鹉:鸟名。 [6]隐:隐藏。麝香:即麝香鸟。 [7]浦:水滨。

【赏析】

这首诗写位于黄河之滨的金城险要的地理位置和驿站的美好宜人。"山根盘驿道,河水浸城墙"句,具体地写出了金城所凭借的山河之险。

# 耿沣

（生卒年不详）唐代诗人。字洪源，河东（今山西永济）人。宝应年间中进士，曾任左拾遗。为"大历十才子"之一。真诗风清淡质朴，立意不群，多以酬赠应答和个人日常生活为内容，也有少数作品反映当时人民的痛苦生活。原有集，已散佚，明人辑有《耿沣集》。

## 登鹳雀楼[1]

久客心常醉[2]，高楼日渐低[3]。
黄河经海内[4]，华岳镇关西[5]。
去远千帆小，来迟独鸟迷[6]。
终年不得意，空觉负东溪[7]。

【注释】

[1]鹳雀楼：黄河古名胜，见王之涣《登鹳雀楼》注。 [2]久客：久居他乡之人，此为诗人自指。醉：迷茫。 [3]高楼：指鹳雀楼。日渐低：太阳慢慢落下山去。 [4]海内：古人认为我国疆土四面环海，故称境内为海内。这句写黄河横贯祖国辽阔疆域，气势宏伟。 [5]华岳：西岳华山。关西：指函谷关以西的地区。 [6]独鸟：离群独处的孤鸟。这二句意为：黄河两岸山川宏阔，个人身置其中，犹如沧海一粟。 [7]终年：终究。东溪：东流的溪水。比喻时间、岁月象流水一样东流不复归。

【赏析】

鹳雀楼，又名鹳鹳楼。沈括《梦溪笔谈》中记述"河中府鹳雀楼三层，前瞻中条，下瞰大河。唐人留诗者甚多"。耿沣的这首五律即属其一。诗中写登楼观感：残阳西下，长河横卧，华山高耸，可见其视野的壮阔雄浑；孤鸟失群，时光如水，有志难酬，表现了作者心情的迷离怅惘。

## 李益

（748—约827）唐代诗人。字君虞，陇西姑臧（今甘肃武威）人。大历进士，初因仕途不顺，弃官客游燕赵间，后官至礼部尚。其诗音律和美，每作一篇，教坊乐人行贿求取，广为传唱。长于七绝，以边塞诗知名。有《李益集》。

### 同崔邠登鹳雀楼[1]

鹳雀楼西百尺樯[2]，汀洲云树共茫茫[3]。
汉家箫鼓空流水[4]，魏国山河半夕阳[5]。
事去千年忧恨速[6]，愁来一日即为长。
风烟并起思归望[7]，远目非春亦自伤[8]。

【注释】

[1]崔邠：字处仁，第进士。以鲠亮知名。累任吏部侍郎，后为太常卿，知吏部尚书铨事。鹳雀楼：见王之涣《登鹳雀楼》注。 [2]百尺樯：百尺高的桅杆。樯：桅杆。极言船大帆高。 [3]汀洲：水中小洲。云树：云间的树。极目远方，树木如在云中。这两句写鹳雀楼西望所见的苍茫景象。 [4]箫鼓：箫和鼓都是乐器名。 [5]魏国：古国名，西周时分封的诸侯国。国土在今山西芮城北。这两句是怀古伤今。 [6]"事去"二句是说追思历史，千年如同一日，而发起愁来一日比千年还长。 [7]思归：思乡。 [8]远目：极目远望。自伤：自我伤情。

【赏析】

沈括《梦溪笔谈》云，唐人于鹳雀楼留诗者甚多，"唯李益、王之涣、畅当三篇能状其景"。李益诗即指此篇。写由登楼远眺所见的苍茫阔大的景象而引起的怀乡思归之情。

# 畅当

（生卒年不详）唐朝诗人。河东（今山西永济县）人。少习武事，以子弟被召参军。后折节读书，大历七年（772）登进士第。贞元初，为太常博士，官终果州刺史。与李端、司空曙常相往来。《全唐诗》存其诗一卷。

## 登鹳雀楼[1]

迥临飞鸟上[2]，高出世尘间[3]。
天势围平野[4]，河流入断山[5]。

【注释】

[1]鹳雀楼：见王之涣同题诗注。 [2]迥：迥拔，高耸。 [3]世尘：人世尘俗。这两句写楼高以寄胸怀：诗人站在楼上，望远空飞鸟仿佛低在脚下，觉得自己高瞻远瞩，眼界超出了人世尘俗。 [4]天势：天然形势。平野：平旷的原野。 [5]河流：指黄河水。这两句写四周景象以抒激情。天然形势围绕住平旷的原野，咆哮的黄河却不受约束，浩荡奔腾，流入断山。

【赏析】

这首诗描写登鹳雀楼所见情景，寄托了诗人志高气逸的胸怀。沈括曾赞它"能状其景"。

# 孟郊

（751—814）唐代诗人。字东野，湖州武康（今浙江德清）人。少时隐居嵩山，近五十岁才中进士，任溧阳县尉，常因吟诗荒废公务，辞官回家。五十六岁时又出来做过水陆转运从事等小官，贫寒至死。其诗反映人民疾苦，感伤自己的遭遇，多寒苦之音。诗风瘦硬奇警，用字造句力避平庸浅率，与贾岛齐名，有"郊寒岛瘦"之称。今存《孟东野集》。

## 泛 黄 河[1]

谁开昆仑源[2]，流出混沌河[3]？
积雨飞作风[4]，惊龙喷为波[5]。
湘瑟飕飀弦[6]，越宾呜咽歌[7]。
有恨不可洗[8]，虚此来经过。

【注释】

[1]泛：漂浮，漂渡。 [2]昆仑源：黄河发源于昆仑山脉的巴颜喀拉山。 [3]混沌：同"浑沌"。清浊不分的样子。混沌河指黄河。这两句是说：谁打开了昆仑山上的水源，流出了这浑浊不清的黄河？ [4]"积雨飞作风"句：是说急雨横飞而成河上疾风。 [5]"惊龙喷为波"句：比喻黄河波涛犹如受惊的巨龙所喷。这两句写黄河疾风激水、波推浪滚的壮观景象。 [6]湘：指湘水女神。瑟（sè）：古代一种弦乐器。二十五根弦。古代有湘水女神善于鼓瑟的神话。飕飀（sōu liú）：模拟的风声。 [7]越宾：一作"越客"。战国时越人庄舄（xì）在楚国做官，不忘旧国。病中思念故乡，吟唱越国的歌曲。呜咽：悲泣声。这里形容水流声。这两句是用鼓瑟和悲歌摹写黄河风吹浪打的声音。 [8]"有恨"两句：意思是黄河之水不能洗去心头的怨恨，所以说"虚此来经过"。这两句抒写了忧郁、恻怅的悲凉情怀。

【赏析】

这首诗写泛舟黄河时所看到的疾风激水、波涌浪翻的大河景象，流露出郁郁不得志的感伤情怀。其中"积雨飞作风"以下四句，状景生动，摹物传神。

# 杨巨源

（生卒年不详）唐代诗人。字景山，河中（今山西永济）人。唐德宗贞元五年（789）进士。初任张弘靖从事，拜虞部员外郎，后擢太常博士，礼部员外郎。出任凤翔少尹，复召除国子监司业。终河中少尹。其诗不为新语，律体务实，善于叙事。存诗一卷。

## 同薛侍御登黎阳县楼眺黄河[1]

倚槛姿流目[2]，高城临大川[3]。
九回纡白浪[4]，一半在青天[5]。
气肃晴空外，光翻晓日边[6]。
开襟值佳景[7]，怀抱更悠然[8]。

【注释】

[1]侍御：官名，即侍御史。黎阳：古县名，治所在今河南浚县东。唐代黄河下游流经现行河道东北方向，黎阳位于古黄河北岸，与白马津隔河相对。　[2]姿：任意，随意。流目：放眼四望。　[3]高城：指黎阳县城。大川：指黄河。　[4]九回：九曲回环。纡：弯曲，环绕。　[5]一半在青天：写黄河源远流长，登楼只能见一半，再往上那一段大概是在天上。　[6]气：气势。肃：肃穆。光：光辉。翻：反照。这二句写黄河形势的壮丽，进一步发挥黄河"一半在青天"的奇特意境。　[7]开襟：开怀。值：面对。　[8]怀抱：胸怀。悠然：舒适安祥的样子。

【赏析】

这首诗写黄河下游的壮丽景色及作者安然自得的坦荡胸襟。黄河出中游峡谷进入下游河道后，河面开阔，波涌连天。诗中"九回纡白浪，一半在青天。气肃晴空外，光翻晓日边"四句，想象丰富，意境奇崛，写出了黄河的壮美瑰丽。

# 韩愈

（768—824）唐代文学家、哲学家。字退之，河南河阳（今河南孟县西）人。自谓郡望昌黎，世称韩昌黎。早丧父母，由嫂抚养。刻苦自学，贞元八年（792）进士，官至吏部侍郎。死后谥"文"，人称"韩文公"。他的散文气势雄健，位于"唐宋八大家"之首。诗力求新奇，开了"以文为诗"的风气，对宋人影响很大。有《昌黎先生集》。

## 条 山 苍[1]

条山苍，河水黄[2]。
浪波沄沄去[3]，松柏在山冈。

【注释】

[1]条山：即中条山。在山西省西南部，主峰雪花山在永济县境内，黄河从其西山脚下流过。苍：青黑色。 [2]河水：即黄河水。 [3]沄沄：水流汹涌的样子。

【赏析】

诗人经过中条山时，看到山上苍松翠柏，郁郁葱葱；山下河水汹涌，波浪滔滔，激发了他对祖国壮丽河山的热爱之情，遂有此诗。

壶口瀑布正倾倒　摄影/王伟

# 刘禹锡

（772—842）唐代文学家、哲学家。字梦得，洛阳（今河南洛阳市）人。贞元九年（793）进士，官终检校礼部尚书。晚年在洛阳与白居易为诗友，并称"刘白"。他的诗沉着稳练，风调自然清新。《竹枝词》《柳枝词》等富有民歌特色，于唐诗中别开生面。有《刘梦得文集》。

## 陕州河亭陪韦五大夫雪后眺望因以留别与韦有布衣之旧一别二纪经迁贬而归[1]

雪霁太阳津[2]，城池表里春[3]。
河流添马颊[4]，原色动龙鳞[5]。
万里独归客[6]，一杯逢故人[7]。
登高向西望，关路正飞尘[8]。

【注释】

[1]陕州：州名。治所在今河南省陕县。河亭：在陕州西门黄河滨，太阳渡旁的高敞处。大夫：官名。唐时有御史大夫、谏议大夫等。布衣之旧：是说未做官前就有交情。布衣代指平民。纪：古代纪年单位，十二年为一纪。诗人一生数次被贬，曾有"巴山蜀水凄凉地，二十三年弃置身"的诗句。 [2]雪霁：雪后晴天。太阳津：即茅津，为黄河古津渡名，在今山西平陆县西南古茅城南。 [3]表里：内外。 [4]马颊：水名。大禹所分九河之一。 [5]龙鳞：喻指河水波纹。 [6]归客：诗人自指。 [7]故人：指韦五大夫。 [8]关路：入关的路。关即潼关。

【赏析】

此诗当写于被召回京后不久。诗中描写了陕州城下的大河景色，最后二句则曲折地表达了他对官场仕途的看法。

# 姚合

（775—854后）唐代诗人。陕州硖石（今河南陕县）人。元和进士，授武功主簿。任秘书少监。世称"姚武功"。其诗派也称"武功体"。所写诗篇内容多为个人日常生活和自然景色。喜作五律，刻苦求工，颇类贾岛，所以世以"姚贾"并称。有《姚少监诗集》，又编有《极玄集》。

## 题河上亭[1]

亭亭河上亭[2]，鱼踯水禽鸣[3]。
九曲何时尽[4]？千峰今日清[5]。
晨光秋更远，暑气夏常轻。
杯里移樯影[6]，琴中有浪声。
岸莎连砌静[7]，渔火入窗明[8]。
来此多沈醉[9]，神高无宿醒[10]。

【注释】

[1]河上亭：即陕州河亭。此处景色清幽，唐人多有诗咏之。 [2]亭亭：高高耸立的样子。 [3]踯（zhí）：踯躅徘徊。此处是说鱼儿来回游动。 [4]九曲：指黄河曲折很多。 [5]千峰：泛指黄河沿岸的山头。 [6]"杯里"二句：樯帆的影子在酒杯里移动，浪波的喧声与琴音和鸣。 [7]岸莎（suō）：岸上的莎草。砌：台阶。 [8]渔火：渔船上的灯火。 [9]沈醉：大醉。 [10]宿醒：酒醉后经夜未醒。最后两句是对河亭的赞美。意为：河上景美，每次来都喝得酩酊大醉；河上气佳，酩酊大醉也不会隔夜不醒。

【赏析】

这首诗从形、色、声多方面入手，用美妙淡雅的诗句表现了对河上亭浓厚的赞美之情。"杯里移樯影，琴中有浪声"，清新，古雅，形神俱佳。

# 李涉

（生卒年不详）唐代诗人。自号清溪子，洛阳（今属河南）人。早年与弟李渤隐居庐山，唐宪宗元年间，官为太子通事舍人，后贬谪陕州（今河南陕县）司马参军。文宗大和中，复召为太学博士，不久又因事罢官，被流放康州（今属广东德庆），从此漫游桂林。其诗擅长七绝，语言通俗流畅。存诗一卷。

## 逢　　旧[1]

将作乘槎去不还[2]，便寻云海住三山[3]。
不知留得支机石[4]，却逐黄河到世间[5]。

【注释】

[1]逢旧：遇故人。　[2]槎：木筏。神话传说中说大海与天河相通，有个住在海边的人，常见每年八月海上有木筏漂来，他就乘槎到了天河，见到了牛郎织女。后乘槎借指登天。　[3]三山：古代神话中蓬莱、方丈、瀛洲三座神山，传说为东海仙人居住处。　[4]支机石：传说为天上织女支撑织布机的石头。相传汉武帝派张骞探寻黄河源头，张乘槎溯河而上到天河，遇一洗纱妇女，送他一石而归，回后问算卦先生严君平，答说此为织女之支机石。　[5]世间：寓指仕途生活。

【赏析】

元和六年（811），李涉因在朝中替人辩护，被贬为陕州司马参军。十年后，遇赦重返旧都长安。这首诗当写于此时。诗中借张骞探求黄河源的离奇传说，表达了作者既留恋贬地陕州，又乐于再度入朝的思想感情。全诗意境幽深，通俗凝练，读来琅琅上口，饶有韵味。

# 陆畅

（生卒年不详）唐代诗人。字达夫，吴郡（今江苏省）人。元和元年（806）进士。为皇太子僚属，后任凤翔少尹。《全唐诗》存其诗一卷。

## 宿陕府北楼奉酬崔大夫[1]（二首选一）

楼压黄河山满坐[2]，风清水凉谁忍卧！
人定军州禁漏传[3]，不妨秋月城头过。

【注释】

[1]陕府：即陕州府。故址在今河南省陕县，黄河南岸。奉酬：奉命酬答。大(dài代)夫：官名。　[2]楼压黄河：高楼紧临黄河。压：迫近。山满坐：满坐皆山，四围都是山。坐是"座"的本字。　[3]军州：指陕州。唐朝时，在设兵戍守的地方，设置"军""守捉""镇""戍"。大的称"军"，小的称"守捉""镇""戍"。禁漏：即宫漏。漏是古代的计时器。最后两句是说更深夜静，城中已禁走动，却不妨碍朗朗的秋月从城头轻轻走过。

【赏析】

原诗有二，所选为第一首，写陕州形胜及秋夜景色。首句"楼压黄河山满坐"，内涵丰富，颇有气势；最后一句，幽默诙谐，饱含诗意。

# 顾非熊

（生卒年不详）唐代诗人。顾况的儿子。苏州海盐（今属浙江）人。性情滑稽。困举场三十年。穆宗长庆年间中进士。累佐使府。大中间，任盱眙尉。顾况曾隐居茅台，他慕父风，也弃官隐茅山。《全唐诗》存其诗一卷。

## 经 河 中[1]

一望蒲城路[2]，关河气象雄[3]。

楼台山色里，杨柳水声中。

思起怀吴客[4]，行斜向碛鸿[5]。

我来寻古迹，唯见舜祠风[6]。

【注释】

[1]河中：府名。治所在今山西永济县蒲州镇。 [2]蒲城：即蒲州城 [3]关河：关指函谷关、蒲津关、潼关等。河指黄河。这里以"关河"代指河中府所辖的广大地区。 [4]吴客：吴地的客人、朋友。怀吴客：即怀念故乡吴地。 [5]碛（qì）鸿：沙漠中的大雁。这两句是说，因为怀念故乡亲人，所以举头向着南飞的大雁看。 [6]舜祠：舜帝的庙堂。

【赏析】

这首诗写行经河中时所见的大河景象。远处气象雄浑，近处楼台山色。举头望见斜飞的雁阵，猛然就想起久违的家乡。

## 柳公权

(778—865)唐代书法家。字诚悬,京兆华原(今陕西耀县)人。辞赋亦很知名,唐文宗时曾当殿应声成文。官至太子少师。正楷出众,初学王羲之,而得力于欧阳询、颜真卿,骨力遒健,结构劲紧,自成一体。与颜真卿齐称"颜柳"。

### 砥　　柱[1]

禹凿锋鈚后[2],巍峨直至今。
孤峰浮水面,一柱钉波心[3]。
顶压三门险,根随九曲深[4]。
柱史形突兀,逐浪势浮沉[5]。
岸响秋涛射,祠斑夜涨浸[6]。
喷香龙上下,刷羽鸟登临[7]。
砥有尖迎日,曾无柱影阴[8]。
旧碑文字在,遗事可追寻[9]。

【注释】

[1]砥柱:山名,又称三门山、底柱山。原在河南三门峡市东北黄河中,河水在此分流三股,围山而过。详见颜之推《从周入齐夜渡砥柱》注。　[2]鈚:一种箭。传说砥柱石是大禹治水到此,劈开砥柱留下的遗迹。　[3]孤峰:指砥柱山。一柱:砥柱山如柱立河心,故此称之。　[4]九曲:指黄河。以上四句写砥柱地处黄河三门峡谷险关,自古以来,任凭波涛的猛烈冲击,始终坚不可摧。人们常以"中流砥柱"喻指中华民族的坚强意志,即借此意。　[5]柱史:官名,柱下史的简称。唐代的侍御史相当于周朝的柱下史,故唐人以代称侍御史。这二句说,那侍御史之类的官位看似显赫,其实不过是随波逐流之辈,只能得势于一时。　[6]秋涛:伏秋大汛期间黄河浪涛尤为猛烈。祠斑:祠堂上的浪痕。这两句是说,每当伏秋大汛期间,砥柱山旁,惊涛拍岸,洪流滚滚,河岸上的祠堂也日夜经受着冲击。　[7]这二句写砥柱山的自

然状貌。就在黄河如蛟龙翻舞的地方，小鸟却毫不惊惧，纷纷在河边刷羽戏水。　[8]衹（zhǐ）：只，仅仅。尖：指山顶。日：太阳。这两句极写砥柱山围之小：太阳照射山头，连阴影都没有。　[9]旧碑：指铭刻在砥柱山上的文字。这二句是说：砥柱山上的碑铭依稀可见，从这些文字中可以追溯往事，鉴明古今。

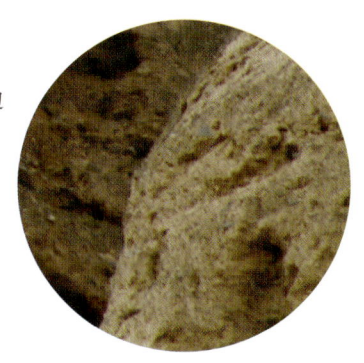

【赏析】

　　三门峡谷是万里黄河上的一大奇观，这里漩涡翻卷，水势险恶，砥柱石傲然挺立于激流之中，千百年来任凭波击浪打，始终巍然不动，观之给人以巨大的鼓舞和力量。这首诗用隽永的笔触，畅酣地刻划了三门砥柱的地理形胜，褒扬了坚强刚正、不折不挠的斗争精神。

冬天的万家寨老牛湾　摄影／董保华

# 李贺

（790—816）唐代诗人。字长吉，福昌（今河南洛宁东北）人，唐宗室远支。七岁能赋诗，少年时就以乐府诗为世所重。但因父名晋肃而不得参加进士考试，一生失意，生活困顿，二十七岁便郁郁死去。他的诗多反映黑暗现实和自己的怀才不遇。想象丰富，诗境新奇，用词瑰丽，有"鬼才"之称。今存《昌谷集》。

## 北　中　寒[1]

一方黑照三方紫[2]，黄河冰合鱼龙死[3]。
三尺木皮断文理[4]，百石强车上河水[5]。
霜花草上大如钱[6]，挥刀不入迷蒙天[7]。
争潖海水飞凌喧[8]，山瀑无声玉虹悬[9]。

【注释】

[1]北中：北方。　[2]一方：指北方。黑：昏暗无光，这里形容北方的阴云冷气。三方紫：日照北方阴云而使东、西、南三方呈现暗紫色。　[3]黄河冰合：黄河河面全部冰冻。鱼龙死：鱼和龙全部冻死。　[4]三尺木皮：极言树皮之厚。断文理：被冻断了纹理。文理即纹理，树皮上的花纹。这句夸张地写北方之寒冷。　[5]石(dàn)：重量单位，一百二十斤为"石"。强车：重载车。上河水：行进在河冰之上。　[6]"霜花"句：草上凝冻着铜钱一样大的霜花。　[7]迷蒙：寒雾浓重、模糊不清的样子。这句是说大气凝结，挥刀不入。　[8]争潖：激湍流荡回旋的样子。海：北方称湖沼为海子，这里泛指大泽。飞凌：迅猛漂流的积冰。　[9]瀑：即瀑布。这句是说：瀑布被冻结不再发出声响，象一道白色长虹悬挂于山涧。

【赏析】

　　这是一首描写北国严冬酷寒景象的诗。诗人用夸张的手法，将北方壮观、瑰丽的冬景凝聚笔端，形象地予以再现。其丰富的想象力令人叹服！

# 许浑

（生卒年不详）唐代诗人。字用晦，一作仲晦，润州丹阳（今属江苏）人。大和六年（832）进士，官监察御史，后任睦州、郢州等地刺史。晚年抱病退居润州丁卯涧桥村舍。其诗长于格律，多登高怀远之作，格调豪丽，句法圆稳工整。《咸阳城东楼》中"山雨欲来风满楼"一句，为世传诵。有《丁卯集》。

## 秋日赴阙题潼关驿楼[1]

红叶晚萧萧[2]，长亭酒一瓢[3]。
残云归太华[4]，疏雨过中条[5]。
树色随山迥[6]，河声入海遥。
帝乡明日到[7]，犹自梦渔樵[8]。

【注释】

[1]阙：宫阙，指京城。 [2]萧萧：形容红叶飘落的样子。 [3]长亭：古人十里置一长亭，五里置一短亭，作为供行人休息及钱别的地方。这里指潼关驿。 [4]太华：即华山。 [5]疏雨：稀疏的雨。中条：即中条山，在潼关东北。 [6]迥：远。 [7]帝乡：指京城。 [8]渔樵：指故乡的隐逸生活。

【赏析】

这首诗写在潼关驿楼所见的河山秋景，表现了真挚的热爱之情和对故乡生活的怀恋。"树色随山迥，河声入海遥"一句，虚实皆俱，场景阔大。

## 潼关兰若[1]

来往几经过，前轩枕大河[2]。
远帆春水阔，高寺夕阳多[3]。
蝶影下红药，鸟声喧绿萝。
故山归未得[4]，徒咏采芝歌[5]。

【注释】

[1]兰若(rě)：寺院。 [2]轩：有窗的长廊。轩一作"山"。大河：黄河。 [3]高寺：指兰若。 [4]故山：代指故乡。归未得：不得归。 [5]采芝歌：即《采芝操》，相传是汉初商山四皓所作。歌词是："皓天嗟嗟，深谷逶迤。树木莫莫，高山崔嵬。岩居穴处，以为幄茵。晔晔紫芝，可以疗饥。唐虞往矣，吾当安归。"商山四皓：指隐居商山的四个隐士，即东园公、绮里季、夏黄公、甪里先生，四人须眉皆白，故称"四皓"。

【赏析】

这首诗赞美了潼关兰若的不凡气势和春天所见的灿烂美景。"远帆春水阔，高寺夕阳多"中的一"远"一"高"，使人心旷神怡。尾联以采芝歌作结，表现了对商山四皓的仰慕与钦羡。

野草正精神　摄影/孟宪明

# 李商隐

（约813—约858）唐代诗人。字义山，号玉溪生，怀州河内（今河南省沁阳）人。开成年间进士，曾任县尉、秘书郎和东川节度使判官等职。因受牛李党争影响，被人排挤，潦倒终身。擅长律、绝，富于文采，诗作风格独特，在晚唐诗人中艺术成就最高。现存有《李义山诗集》。

## 次陕州先寄源从事[1]

离思羁愁日欲晡[2]，东周西雍此分涂[3]。
回銮佛寺高多少[4]，望尽黄河一曲无[5]。

【注释】

[1]次：止，停留。陕州：府地。故址在今河南省陕县。从事：官名，协助主要官员办事。 [2]离思羁愁：离别的思念，羁旅的愁绪。晡（bū）：泛指晚间。 [3]东周西雍此分涂：周成王时，周公姬旦和召公姬奭分陕而治，自陕州以东，属周公；陕州以西，属召公。"涂"同"途"。 [4]回銮佛寺：代宗广德元年（763）十月，吐蕃侵犯京畿，代宗逃到陕州，十二月还京。后建佛寺以报功。 [5]望尽黄河一曲无：《尔雅》：河百里一小曲，千里一直一曲。唐时黄河流经陕州城北。

【赏析】

　　这首诗以佛寺高居喻源从事，以黄河一曲喻自己屈就县尉，雄浑而不留痕迹。

# 奉同诸公题河中任中丞新创河亭四韵之作[1]

万里谁能访十州[2]？新亭云构压中流[3]。
河鲛纵玩难为室[4]，海蜃遥惊耻化楼[5]。
左右名山穷远目，东西大道锁轻舟[6]。
独留巧思传千古，长与蒲津作胜游[7]。

【注释】

[1]公：对人的尊称。河中：府名。治所在今山西省永济县蒲州镇。任中丞：即任畹。中丞：官名。御史大夫下设两丞，一为御史丞，一为中丞。 [2]十州：即祖洲、瀛洲、玄洲、炎洲、长洲、元洲、流洲、生洲、凤麟洲、聚窟洲。传说都在八方大海中，为神居住的地方。 [3]云构：形容新亭的高大壮丽。压：迫，迫近。中流：河流中间。这两句极言新亭之气势、美观。 [4]鲛：一作"蛟"。难为室：难以筑室。古代传说鲛人在瀑布中筑室。这句是说：河中鲛人看到任中丞所筑的河亭也感到筑室困难了。言新亭之巧胜过鲛室。 [5]海蜃：即海市蜃楼，大气中由于光线的折射，把远处景色显示到空中或地面上的奇异幻景。古人以为是蜃吐气而成。这句是说：蜃远远地看到新亭也对自己吐气而成的楼阁感到羞耻了。意同上句。 [6]锁轻舟：当时河上是连接船只而成的浮桥，所以说"锁轻舟"。 [7]蒲津：即蒲津关。

【赏析】

这首诗极力称颂了任中丞新创河亭的雄伟、俊美和巧思。"河鲛纵玩难为室，海蜃遥惊耻化楼"一联，想象奇特，色彩瑰丽。

# 薛逢

(生卒年不详)唐代诗人。字陶臣,蒲州河东(今属山西)人。会昌初年进士,授为万年尉。历任侍御史、尚书郎、给事中,后迁秘书监。有集十卷。《全唐诗》存诗一卷。

## 潼关河亭

重冈如抱岳如蹲,屈曲秦川势自尊[1]。

天地并功开帝宅[2],山河相凑束龙门[3]。

橹声呕轧中流渡[4],柳色微茫远岸村。

满眼波涛终古事[5],年来惆怅与谁论[6]。

【注释】

[1]"重冈"二句:写潼关所处的地理位置。岳:指西岳华山。秦川:地名。自大散关以北到岐雍,夹渭川南北岸,因是秦朝故地,故名秦川。约包括今陕西、甘肃两省地。势自尊:潼关在秦川之上凌然独尊。 [2]并功:合功。帝宅:指京都长安。 [3]凑:会合,聚合。这两句是说:京都长安的优越地势是天地并力所开,龙门的险湍急流是山川相合所至。 [4]呕(ōu)轧:象声词。这里指摇橹拨水声。 [5]终古事:久远的事情。 [6]惆怅:因失意而伤感、懊恼。与谁论:向谁说。

【赏析】

诗人伫立河亭,但见秦川漠漠,大河滔滔,久远的往事不觉都随波涛到了眼前,近年的怅惘失意、孤独寂寞之情越发浓烈了。"橹声呕轧中流渡,柳色微茫远岸村"一联,历历如画。

# 薛能

（？—880）唐朝诗人。字大拙，汾州（今山西汾阳）人。会昌六年（846）中进士。咸通中，以监部摄嘉州刺史，后任工部尚书。为政严察，杜绝私下谒见。爱诗成癖，稍闲暇时，日成一首。《全唐诗》存其诗四卷。

## 题河中亭子[1]

河擘双流岛在中[2]，岛中亭上正南空。
蒲根旧浸临关道[3]，沙色遥飞傍苑风[4]。
晴见树卑知岳大[5]，晚闻车乱觉桥通[6]。
无穷胜事应须宿[7]，霜白蒹葭月在东[8]。

【注释】

[1]亭子：即河亭，为当时登临胜地。 [2]河擘双流：河水分成两条流水。擘（bò）：分剖，分裂。 [3]蒲根：蒲柳树的根。旧浸：侵渍，透湿。 [4]苑风：暴风。 [5]卑：低，低下。 [6]桥：唐时河中黄河上架有浮桥。 [7]胜事：美好的事情。应须宿：应该留住。宿：停止，留住。 [8]蒹葭（jiān jiā）：芦荻和芦苇。

【赏析】

这首诗写河中亭子所处位置的独特和优美，以及置身亭中的远眺近闻所得。"晴见树卑知岳大，晚闻车乱觉桥通"，感受准确，描写生动，颇耐玩味。从中可知，当时河中浮桥常因车辆繁多而堵塞。

## 蒲中霁后晚望[1]

河边霁色无人见[2],身带晚风立岸头[3]。
浊水茫茫有何意[4],日斜还向古蒲州[5]。

【注释】

[1]蒲:古邑名。在今山西省隰县西北。霁:雨后转晴。 [2]河边霁色无人见:河边空阔寂寥,只有诗人自己。 [3]岸头:岸边。 [4]浊水:指黄河水。 [5]蒲州:唐时为河中府,治所在今山西省永济西蒲州。这二句表现了迷惘的情思。

【赏析】

这首诗表现了诗人的迷惘之情。语言天然质朴,画面清晰鲜明。"浊水茫茫有何意,日斜还向古蒲州",颇为耐人寻味。

## 龙 门 八 韵[1]

河浸华夷阔[2],山横宇宙雄[3]。
高波万丈泻,夏禹几年功[4]。
川迸晴明雨,林生旦暮风[5]。
人看翻进退,鸟性断西东[6]。
气逐云归海,声驱石落空[7]。
近身毛乍竖,当面语难通。
沸沫归何处[8],盘涡傍此中[9]。
从来化鬐者,攀去路应同[10]。

【注释】

[1]龙门:即禹门口。在山西省河津县西北和陕西省韩城县东北,黄河从此流过。两岸峭壁对峙,形如阙门。详见薛道衡《敬酬杨仆射山斋独坐》篇注。 [2]浸:浸

润。华：我国古称华夏，简称"华"。夷：古代对异族的贬称。这里是用"华夷"说明黄河流经之广。　［3］宇宙：天地。　［4］夏禹：即大禹，他是夏后氏部落领袖。古史说他继承鲧的治水事业，采用疏导的办法，三过家门而不入，历十三年才治服水患。相传龙门是大禹治黄河时凿成的。这两句是写龙门激浪，缅怀大禹功绩。　［5］"川进"二句：是说大河里青天白日迸溅激浪像下雨，岸旁林中无论早晚都飒飒生风。　［6］"人看"二句：极写龙门波高浪险，翻进为退。性：性情，脾气。断西东：指鸟儿不能再东西飞动。断：阻断，因龙门而阻断。　［7］"气逐"二句：水气逐随云雾腾归东海，洪声把石块从半空中震落。逐：追逐，逐随。驱：驱赶。　［8］沸沫：沸腾的泡沫。　［9］盘涡：激流所形成的旋涡。　［10］化鬐（qí）者：变化了脊鳍的鱼。指跳过龙门而变成龙的鱼。古代有"鲤鱼跳龙门"的传说。这两句是诗人的感慨，意思是说：要跳龙门的鱼，所攀的都是这条波高浪险的道路。言外之意是感叹社会不平，怀才不遇。

【赏析】

　　诗人以雄健的笔力，描绘了龙门的雄伟、险峻和"川进晴雨""声驱石落"的气势以及"近身毛乍竖，当面语难通"的感受，借此慨叹了社会的不平。

龙门口黄河岸边　摄影/王伟

# 温庭筠

（约812—866）唐代诗人、词人。原名岐，字飞卿，太原（今属山西）人。因辞章敏捷，八叉手能成八韵，时号"温八叉"。常出入歌楼妓馆，行为不检，为当时士流所轻。仕途不得意，官仅做到国子助教。其诗辞藻华丽，少数作品对时政有所反映。词多写闺情，风格秾艳。现存词六十余首，在唐词人中数量最多，大都收入《花间集》中。原有集，已散佚，后人辑有《温庭筠诗集》《金奁集》。

## 河中陪帅游亭[1]

倚阑愁立独徘徊[2]，欲赋惭非宋玉才[3]。
满座山光摇剑戟，绕城波色动楼台[4]。
鸟飞天外斜阳尽，人过桥心倒影来。
添得五湖多少恨[5]，柳花飘荡似寒梅。

【注释】

[1]河中陪帅游亭：一作"陪河中节度使游河亭"。 [2]阑：即栏，栏干。 [3]宋玉才：宋玉似的才气。宋玉：战国时楚国人，屈原的弟子，富有文才，传世作品有《九辩》《招魂》《高唐赋》和《风赋》等。 [4]"满座"二句：写水中倒影。山映水中，如同剑戟；波色摇动，犹倾楼台。 [5]五湖：即太湖、洮漏、彭蠡、青草、洞庭五湖。

【赏析】

这首诗写春天黄河波光粼粼、宁静安详的情景。"满座山光摇剑戟，绕城波色动楼台"，写活了此时景物！

# 刘沧

（生卒年不详）唐朝诗人。字蕴灵，鲁（今属山东）人。大中八年（854）中进士，任华原尉，后迁龙门令。《全唐诗》存诗一卷。

## 秋日望西阳[1]

古木苍苔坠几层，行人一望旅情增[2]。

太行山下黄河水[3]，铜雀台西武帝陵[4]。

风入蒹葭秋色动，雨余杨柳暮烟凝[5]。

野花似泣红妆泪，寒露满枝枝不胜[6]。

【注释】

[1]西阳：即夕阳。 [2]旅情：旅途的情思。 [3]太行山：山名。绵延山西、河北、河南三省界的大山脉。又名五行山、王母山、女娲山等。 [4]铜雀台：汉代末年曹操所建。故址在今河北临漳县西南。铜雀台高十丈，周围殿屋一百二十间，于楼顶置大铜雀，舒翼若飞，故名铜雀台。武帝陵：魏武帝曹操的坟墓。 [5]"风入"二句：风吹苇荻翻动着无边的秋色，雨洒杨柳凝着朦胧的暮烟。余：多，足。 [6]"野花"二句：暮雨中的野花像身着红妆哭泣的少女，寒冷的露水似要将枝条压折。不胜：经不住。

【赏析】

　　这首诗写暮色秋雨中所见黄河岸边的自然风光。寓旅情于暮景中，委婉地表达了感伤的情怀。最后四句，悲而不壮，饱含秋意。

# 李频

（生卒年不详）唐代诗人。字德新，睦州寿昌（今浙江建德）人。少年聪颖秀悟，博闻强识，长于诗歌。给事中姚合诗名很高，他远走千里拜见。姚合奖其诗才并嫁女儿给他。大中八年（854）擢进士第。曾任侍御史，不徇私情。迁都官员外郎。任建州刺史时，以礼法治下，大得人心。死后，建州父老为他在梨山立庙。有《建州刺史集》一卷。《全唐诗》编其诗为二卷。

## 陕州题河上亭[1]

岸拥洪流急[2]，亭开清兴长[3]。

当轩河草晚，入坐水风凉[4]。

独鸟惊来客，孤云触去樯[5]。

秋声和远雨[6]，暮色带微阳。

浪静澄窗影，沙明发簟光[7]。

逍遥每尽日[8]，谁识爱沧浪[9]。

【注释】

　　[1]河上亭：即陕州河亭。详见刘禹锡《陕州河亭陪韦五大夫雪后眺望因以留别与韦有布衣之旧一别二纪经迁贬而归》注。[2]拥：抱，围裹。洪流：指黄河水。[3]清兴：清心雅兴。[4]"当轩"二句：写观感。隔窗看见暮秋的河草，坐上感到河边的风凉。轩：窗。[5]"独鸟"二句：写远景、近趣。独鸟一只看到诗人惊飞不停，孤云一片就象触碰了远去的帆樯。[6]和：应和。[7]"浪静"二句：风平浪息时，水上静映着亭窗的影子，海上的细沙发着簟竹一样的亮光。簟（diàn）：簟竹。[8]逍遥：安闲自得的样子。每：每每，每次。尽日：终日，整日。[9]识：知道，理解。沧浪：青沧色的水。此指游乐之趣。这两句是说：常常安闲自得的畅玩终日，有谁理解我对自然山水的热爱之情呢！

【赏析】

　　诗人满怀对祖国山水的热爱之情，描绘了陕州黄河的自然风光和自己的独特感受。全诗情趣盎然，清兴悠长。

# 司马扎

（生卒年不详）唐代大中时诗人。从存诗看，他是南方人，在长安附近住。他一生追求功名，但始终未能如愿。他有一些反映当时社会矛盾和人民疾苦的诗篇，但写得最多的还是叹息自己怀才不遇和抒发离愁别恨之作。《全唐诗》存诗一卷。

## 登河中鹳雀楼[1]

楼中见千里，楼影入通津[2]。

烟树遥分陕[3]，山河曲向秦[4]。

兴亡留白日，今古共红尘[5]。

鹳雀飞何处，城隅草自春[6]。

【注释】

[1]河中：见顾非雄《经河中》注。鹳雀楼：见王之涣《登鹳雀楼》注。 [2]通津：通达的津渡。津：渡口，指蒲津渡。 [3]陕：古地名，即今河南陕县，分陕：见李商隐《次陕州先寄源从事》注。 [4]秦：即指今陕西省，战国时是秦国，所以称秦。这两句写诗人东眺西望，充满怀古之情。 [5]"兴亡"二句：不管是兴是亡，白日仍然留存；无论是古是今，谁也难脱红尘。红尘：即人世。 [6]"鹳雀"二句：发思古之幽情。昔日的鹳雀哪里去了？城隅只留得萋萋春草。

【赏析】

这首诗前四句写登楼所见胜景，后四句写由此生发的幽幽怀古之情。"兴亡留白日，今古共红尘"，颇含旷达意。

# 罗隐

（833—909）唐朝诗人。字昭谏，自号江东生，唐末余杭（今属浙江）人，原名横，因十次考进士不中，改名罗隐。唐光启年间，被镇海军节度使钱镠纳为从事，后经魏博（今河北大名东北）节度使罗绍威密表推荐，改任给事中职。其诗长于咏史，但多所讥讽。有诗集《甲乙集》。

## 黄　河[1]

莫把阿胶向此倾，此中天意固难明[2]。

解通银汉应须曲[3]，才出昆仑便不清[4]。

高祖誓功衣带小[5]，仙人占斗客槎轻[6]。

三千年后知谁在？何必劳君报太平[7]。

【注释】

[1]这首诗题为《黄河》，意借歌咏黄河，抨击和讥讽唐王朝统治及其科举制度。　[2]阿胶：中药名，据说能用来澄清浊水。这二句是说，黄河浑浊，天意所定，即使抛进所有阿胶也无法澄清。暗指当时朝廷和黄河一样混浊不清。　[3]解通：接通。银汉：天河。曲：曲折。黄河水势似从天落，且有"九曲"之称，这句把二者联系起来，说黄河之所以能通天，是因为其河道曲折。实指欲到朝中做官，必须采用投靠巴结等"弯曲"手段。　[4]昆仑：山名，古人认为是黄河发源地。这句是说黄河发源便浑浊不清，暗讽那些靠投机、奉承入朝作官之人，一出场就不正当。　[5]高祖：即汉高祖刘邦。他在平定天下后大封功臣时说："使河如带，泰山若砺。"即言黄河象衣带一般狭窄，泰山象磨刀石那么平坦，其爵位才会失去。　[6]斗：星官名，即北斗星，古人用以象征皇室朝廷。客槎：木筏，代指西汉时张骞探黄河源事。以上二句借典故攻击朝廷，说皇亲贵族世代簪缨、霸占要位，好象真要等黄河如带时才肯放手。投靠他们的人，一经援引，即扶摇直上飞黄腾达。　[7]三千年：古时传说黄河几千年澄清一次。这二句是说，黄河三千才会澄清一次，谁等得上呢？既然如此，就不等候这种好消息了。言外之意，黄河很难澄清，朝廷中的乌烟瘴气同样也改变不了。表示对唐王朝很绝望。

【赏析】

　　据《五代史》补记：罗隐在科举考试时，恃才傲物，多所讥讽，故数举不中。后听从一相面先生所言，归隐钱塘（今浙江会稽）不再进京考试。这首诗即为这一时期所作。诗中借黄河的浑浊、弯曲、"通天"等自然现象及"黄河如带"、张骞探河源的历史典故，痛快淋漓地抨击讽喻了唐王朝的科举制度，句句紧扣黄河，而又句句别有所指，艺术手法颇为高明。

扎陵湖边的藏野驴　摄影 / 王伟

# 张乔

(生卒年不详)唐代诗人。池州(今安徽贵池)人,早年刻苦求学,咸通年间中进士。在东南和郑谷等人有"十哲"之称。其诗句清丽高雅为当时少见。今存诗二卷。

## 北 山 书 事[1]

黄河一曲山,天半锁重关[2]。

圣日雄藩静,秋风老将闲[3]。

车舆穿谷口,市井响云间[4]。

大野无飞鸟,元戎校猎还[5]。

【注释】

　　[1]北山:黄河上游河西走廊北侧山地的总称,唐时常在这一带兴兵打仗。书事:记事。　[2]天半:高空。形容山势高峻,如在半天之上。这二句写所记之事发生在黄河弯曲处的深山中。　[3]圣日:兴盛时期。藩:属国。静:安定。这两句是说:一度紧张的藩镇边境安定了下来,时值深秋,驻扎此地的老兵老将都很悠闲。　[4]舆:小车。市井:买卖交易的地方。　[5]大野:旷野。元戎:大军。校猎:打猎,围猎。

【赏析】

　　唐宣宗大中年间,黄河上游的河湟地区吐蕃降唐,失地复收,这里又出现和平安定的局面,这首诗即写当时的景况。黄河、深山,映衬着一幅安乐的图画:大小车辆在山谷峡口中川流不息,买卖市场上繁华不凡,喧闹的声音飞出山涧传到了空中;茫茫旷野不见飞鸟还往,只有将士围猎归来,足见此处已非荒凉、干戈之地。全诗清新流畅,写景传神,读之如临其境,如闻其声。

# 题河中鹳雀楼[1]

高楼怀古动悲歌[2],鹳雀今无野燕过。

树隔五陵秋气早[3],水连三晋夕阳多[4]。

渔人遗火成寒烧,牧笛吹风起夜波[5]。

十载重来值摇落,天涯归计欲如何[6]。

【注释】

[1]河中:河中府,以位居黄河中游得名,治所在今山西西南部。鹳雀楼:黄河古名胜,见王之涣《登鹳雀楼》注。 [2]悲歌:悲凉之声。 [3]五陵:西汉元帝以前,每筑一个皇帝陵墓,就在周围设置一县,令县令供奉园陵。其中高帝葬长陵,惠帝葬安陵,武帝葬茂陵,都在黄河中游支流渭水北岸。诗人此为虚指,并非真的看见。 [4]三晋:古地区名。春秋末年晋国的卿大夫韩、赵、魏三家瓜分晋国,成为战国时期的韩、赵、魏三国,史称"三晋"。包括今山西、河南及河北西南地区。 [5]渔人二句:写黄河岸边夜景。 [6]值:正当。摇落:凋谢,零落。指万木凋零的穷秋。归计:去向。

【赏析】

唐代诗人登临鹳雀楼多有所作,这首诗格调尤为悲凉、凄惋。诗中借"秋气""夕阳""寒烧""夜波"等黄河岸边景色,抒发了作者归计无着的惆怅心情。

# 李山甫

（生卒年不详）唐末五代诗人。字里，咸通年间几次应试均未成功，郁郁不得志，经常狂歌痛饮，排遣胸闷。后流落河北、陕西一带，先后在魏博、罗弘信府中从事。有诗集。

## 蒲关西道中作[1]

国东王气凝蒲关[2]，楼台帖出晴空间[3]。

紫烟横捧大舜庙[4]，黄河直打中条山[5]。

地锁咽喉千古壮[6]，风传歌吹万家闲[7]。

来来去去身依旧，未及潘年鬓已斑[8]。

【注释】

[1]蒲关：即蒲津关，又名临晋关。黄河古关隘，详见李隆基《早度蒲津关》注。 [2]国东：唐都长安以东。王气：象征帝王运气的瑞气。凝：凝聚，笼罩。 [3]楼台：指蒲津关城楼。帖：安静。 [4]紫烟：祥瑞的云气。捧：烘托。舜庙：蒲坂为远古时期帝王大舜的帝都，蒲津关城东门外有舜庙。 [5]中条山：在今山西省西南部，黄河从其西端流过。以上二句写作者蒲关西行途中所见。 [6]咽喉：指蒲津关地势险要，形同咽喉。千古壮：据《蒲州府志》载，春秋战国时期，蒲津关即为秦晋间的交通要冲，秦统一中国后，这里更成为关中与平原往来的要道。当时从山西采伐的木材、收获的谷物，都是从蒲关过黄河运往咸阳。 [7]歌吹：歌声与鼓乐。闲：悠闲，安乐。这句写风送歌乐、万家安宁的局面。 [8]潘：指晋朝文人潘岳。鬓已斑：头发斑白。相传潘岳长相很美，但到三十二岁时却长了白头发，后来"潘鬓"即成了人到中年早生华发的代名词。

【赏析】

这首诗以雄健的文笔，描写了黄河古渡蒲津关处的险要形胜、瑞祥气色和激流奔突的黄河水势及歌舞升平的安乐局面，并借以排泄了作者进取受挫的郁闷心情。

# 唐彦谦

（生卒年不详）唐代诗人。字茂业，并州晋阳（今山西太原）人。举进士十余载不中，咸通末及第。乾符末携家避地江南，曾任绛州（今山西新绛）、阆州（今四川阆中）刺史。后隐居鹿门山，自号鹿门先生。有《鹿门集》。

## 蒲 津 河 亭[1]

宿雨清秋霁景澄[2]，广亭高树向晨兴[3]。

烟横博望乘槎水[4]，日上文王避雨陵[5]。

孤棹夷犹期独往，曲阑愁绝每长凭[6]。

思乡怀古多伤别，此际哀吟意不胜[7]。

【注释】

　　[1]蒲津：黄河古渡口，在今山西永济县西，详见李隆基《早度蒲津关》注。河亭：唐代蒲津关城西门外黄河岸边有观河亭，作为观游赏胜之地，题咏多见唐人诗集。今已无址。　[2]宿雨：昨夜之雨。霁（jì）：雨后初晴。澄：清新。　[3]广亭：指河亭。向：对。兴：兴旺。　[4]横：笼罩。博望：指张骞因军功被封为博望侯。博望乘槎水：指黄河水。传说张骞寻黄河源头，乘槎而上到了天河，故以代指。　[5]日：阳光。文王避雨陵：蒲津以东的黄河两岸，有南北二崤道，称作南陵和北陵。据《陕县志》记载，周文王曾在北陵硖石的天洞上避过风雨。　[6]孤棹：独自划船。夷犹：从容不迫。期：期待。阑（lán）：栏杆。凭：凭栏远望。　[7]哀吟：悲哀之咏叹。胜：尽。以上四句说，孤舟独桨游渡黄河也无所畏惧，而站在这河亭上凭栏远望，却使人愁断肝肠，此刻即景咏吟，忧思绵绵。

【赏析】

　　雨后初霁，万物滋润。雾霭弥漫，覆裹着急急流动的"天河"水；旭日东升，撒向留迹百代的圣贤地。好一派温馨、清丽的黄河风光！然而这些却冲不断诗人忧愁凄楚的缕缕思绪。

# 罗邺

（生卒年不详）唐末诗人。余杭（今属浙江）人，屡考进士不中，漂泊于湘江、浦江间。后遇侍郎崔安潜。崔欲用之，为幕吏所阻。继而投奔督邮，仍不得志，又踉跄北征，赴职单于牙帐，抑郁而终。光化年间被唐昭宗追赐为进士，并赠官补阙。明人辑有《罗邺诗集》。

## 黄 河 晓 渡 [1]

大河平野正穷秋[2]，羸马羸僮古渡头[3]。
昨夜莲花峰下月[4]，隔帘相伴到明愁[5]。

【注释】

[1] 晓：天亮。渡：渡过。 [2] 大河：黄河。平野：平阔的荒野。穷秋：秋末。 [3] 羸（léi）：瘦弱。僮：书僮。这二句写深秋时节黄河渡口处的苍凉景象。 [4] 莲花峰：即华山中峰，诗中说作者昨夜在此宿身。 [5] 帘：门帘。后二句写诗人昨宵愁绪连绵，彻夜难寝。

【赏析】

这首诗从黄河渡口所见起笔，追述夜宿华山、对月长叹的无穷愁思。诗人另有"故乡依旧空归去，帝里如同不到来"句，均为寄托其连年落第、怀才不遇的惆怅心情之作。

# 胡曾

（生卒年不详）唐代诗人。邵阳（今属湖南）人。咸通中举进士不第，曾任汉南从事。其诗通俗明快。《咏史诗》一百五十首皆七绝，依据儒家思想评叙历史人物及历史事实，常被后来的讲史所引用。有《安定集》十卷，今佚。《全唐诗》录编其诗一卷。

## 黄　河

博望沉埋不复旋[1]，黄河依旧水茫然[2]。
沿流欲共牛郎语[3]，只得灵槎送上天[4]。

【注释】

[1]博望：即西汉博望侯张骞。详见李世民《黄河》篇注。不复旋：不再回还。旋：返回，归来。这句是说张骞死过很久，不再回来。 [2]茫然：苍茫辽阔的样子。 [3]牛郎：星名，隔河与织女星相对。古代神话传说，牛郎和织女是一对夫妻，被王母娘娘用银河隔开，准许每年农历七月初七相会一次。 [4]灵槎：神灵之槎，指张骞所乘的槎。传说张骞曾奉汉武帝命寻求黄河源头，乘槎沿黄河到了天上。

【赏析】

这是一首咏史诗。诗人看到黄河茫茫，遥思汉人张骞寻求河源的传说，写下此诗。

# 孟　津[1]

秋风飒飒孟津头[2],立马沙边看水流。
见说武王东渡日[3],戎衣曾此叱阳侯[4]。

【注释】

[1]孟津:黄河古津渡名,在今河南省孟县西南。相传周武王伐纣时与八百诸侯在此会盟,所以又叫"盟津"。 [2]飒飒:形容秋风的声音。孟津头:孟津渡头。 [3]武王:即周武王姬发。传说他曾联合庸、蜀、羌、微、庐、彭、濮等族,起兵讨伐殷纣王,于孟津东渡黄河,和纣王在牧野大战,灭掉殷朝。 [4]戎衣:军服,这里指戎装披挂。叱:大声呵叱。阳侯:传说中的波神。据传武王伐纣东渡孟津时,阳侯掀起大波,武王叱击之。这两句意为:见有人说周武王东渡黄河时,曾在孟津戎装披挂叱击阳侯一事。

【赏析】

　　这是一首咏史诗。立在秋风飒飒的黄河岸边,诗人追述了武王伐纣、叱击阳侯的历史传说。

孟津古渡口　摄影/王伟

# 吴融

（生卒年不详）唐代诗人。字子华，越州山阴（今浙江韶兴）人。龙纪元年（889）进士。韦昭度讨蜀时表掌书记，累迁侍御史，后受累罢官，流浪荆南（今湖北江陵）。久之召为左补阙以礼部郎中为翰林学士，拜中书舍人。继进户部侍郎。一度隐居，不久召为翰林奉旨。有诗集四卷传世。

## 出 潼 关[1]

重门随地险[2]，一径入天开[3]。

华岳眼前尽[4]，黄河脚底来。

飞轩何满路，丹陛正求才[5]。

独我疏慵质，飘然又此回[6]。

【注释】

[1]潼关：古关隘，黄河在此受华山山地所阻折向东流。陕、晋、豫在此以河为界。一向有"鸡鸣闻三省"之称。 [2]重（chóng）门：多重之门。地：地势。 [3]一径入天开：极言潼关地位之险要。径：道路。 [4]华岳：西岳华山。尽：一览无遗。这句说站在潼关望华山像在跟前一样。 [5]飞轩：高轩，古时大夫以上官员所乘之车。丹陛：宫殿的台阶，因漆为红色得名。 [6]独：只有。疏慵：懒散、怠慢。质：此指自身。飘然：昏昏沉沉。后四句说，高官乘载的飞轩占满了道路，朝廷正在求贤纳士，而自己却拖着怠倦的身，郁郁离京，可谓雄关易出，长安难进啊！

【赏析】

以古长安为中心的关中，位于黄河流域中段，历史上曾长期为我国政治、经济之中心，潼关正位于关中的东口，南依华山，北临黄河，中通一条狭窄的羊肠小道，往来仅容一车一马，进可窥视中原，退可设防坚守，是唐代最重要的关隘和咽喉。这首诗逼真地展示了潼关形胜的这一特点，并以此为背景，寄托了作者坐累免职、离京出关的茫然心境。

# 张蠙

（生卒年不详）唐末诗人，字象文，清河（今属北京）人。早年曾游塞外，咸通年间与张乔、许棠、郑谷等齐称"十哲"。乾宁二年（895）中进士，曾任校书郎、栎阳尉、犀浦令。五代时王建立蜀，又任膳部员外郎、金堂令等职。诗善五律、七律。

## 登单于台[1]

边兵春尽回[2]，独上单于台。
白日地中出，黄河天外来[3]。
沙翻痕似浪，风急响疑雷[4]。
欲向阴关度，阴关晓不开[5]。

【注释】

[1]单于台：在今内蒙古呼和浩特市西。据《汉书·武帝纪》载，元封元年（前110）汉武帝曾率兵登临此台。　[2]边兵春尽回：春日兵回，边关平静无事。　[3]"白日"二句：写朝阳跃地而出、喷薄向上之动态及黄河天外飞来、源远流长之形象。　[4]"沙翻"二句：写诗人所见所闻的独特感受。　[5]阴关：指阴山，汉代防御匈奴的天然屏障。后二句说，天已大亮，诗人很想到阴山那边去看看，但是那起伏连绵的阴山，雄关似铁，门户紧锁，根本无法通行。

【赏析】

这首描写黄河边塞风光的诗作，将白日、黄河、沙浪、风声，从远至近，自上而下，构成一幅有色彩、有动态、有音响的立体图画，把居高临下历历在目的塞外景色，写得势阔声宏，莽莽苍苍。尤其"白日地中出，黄河天外来"一联，语句浑朴，境界开阔，虽属晚唐之作，颇具盛唐气色，很为后人激赏。

# 徐夤

（生卒年不详）唐末五代诗人。泉州莆田（今福建莆田）人。屡举不中，大顺三年（892）登第，时已两鬓皆白。授秘书省正字。后依闽王审知，因礼待简略，遂拂袖而去，归隐延寿溪。朱温代唐，不肯为官，被迫害致死。有《探龙集》《钓矶集》。

## 河　流 [1]

洪流盘砥柱 [2]，淮济不同波 [3]。
莫讶清时少 [4]，都缘曲处多 [5]。
远能通玉塞 [6]，高复接银河 [7]。
大禹城门崄 [8]，为龙始得过 [9]。

【注释】

[1] 河流：指黄河。　[2] 洪流：波涛滚滚的巨大洪水，此指黄河三门峡之水势。砥柱：砥柱山，黄河名胜。详见颜之推《从周入齐夜渡砥柱》注。　[3] 淮济：淮河和济水。古时称江、河、淮、济为"四渎"。这句说黄河水势之猛壮，远非淮、济等河流所能比及。　[4] 讶：惊奇。清时少：黄河古来浑浊，传说千年才有一清。　[5] 缘：因为。曲：曲折，弯曲。黄河素有"九曲"之称。　[6] 玉塞：玉门关外。这句写黄河源远流长。　[7] 复：又，再。银河：天河。此取张骞探河源寻至天河的典故，极言黄河洪水的奔腾流急和曲折跌宕。　[8] 大禹城门：指龙门、禹龙口。崄（xiǎn）：高险。　[9]"为龙"句：取典"鲤鱼跳龙门"，详见李白《赠崔侍御》诗注。

【赏析】

这首诗以明快的节奏，凝练的语言，热情吟咏了黄河的风物特征。全诗无一"黄"字，但其中"盘砥柱""清时少""曲处多""通玉塞""接银河"以及"鲤鱼跳龙门"的神话传说，却又无不为黄河之表征。

# 贯休

(832—912)唐末诗人。俗姓姜,字德隐,婺州兰溪(今浙江兰溪县)人。七岁出家,云游各地。后定居西蜀,受到蜀主王建的礼遇,赐号"禅月大师"。诗尚奇崛,对统治者的骄奢淫逸勇于揭露、讽刺。也工书法。《全唐诗》存其诗十二卷。

## 古塞下曲(七首选一)

南北惟堪恨,东西实可嗟[1]。
常飞侵夏雪,何处有人家[2]!
风刮阴山薄,河推大岸斜[3]。
只应寒夜梦,时见故园花[4]。

【注释】

[1]嗟:表示感叹。这两句写对恶劣环境的怨恨、感叹。 [2]"常飞"二句:写气候恶劣,环境荒凉。侵夏雪:侵入夏天的雪,即夏天下雪。 [3]阴山:山名。今河套以北、大漠以南诸山的统称。这二句用夸张之笔写出了此地特有的悲壮气势。 [4]故园花:代指故乡。

【赏析】

这首诗是原诗第四首。描写内蒙一带黄河岸边气候的恶劣和环境的荒凉。"风刮阴山薄,河推大岸斜"两句中的"薄"和"斜"字,夸张而不失真,很富感染力。

宋金元

壶口瀑布　摄影/孟宪明

# 魏野

（960—1019）北宋诗人。字仲先，号草堂居士，陕州（今河南陕县）人。隐居不仕。工诗。原有《草堂集》十卷，后其子魏闲重编为《巨鹿东观集》，汇为七卷。

## 茅 津 渡[1]

数点归鸦啼远树，人行欲尽夕阳路。

暮霭还生竹坞村[2]，西风乍起茅津渡。

颙昂三两待舡人[3]，立赛扶筇望水滨[4]。

忽见炉中烟一缕，只应炊稻烹霜鳞[5]。

【注释】

[1]茅津渡：古黄河津渡名，一名陕津，又称太阳津。在今山西平陆县西南古茅城南。 [2]竹坞村：青竹掩映的村落。 [3]颙（yóng）昂：恭敬温顺的样子。舡：同"船"。 [4]立赛：比并站立。扶筇（qióng）：扶着手杖。筇是可作手杖的竹子，这里作"手杖"解。 [5]霜鳞：洁白如霜的鱼，泛指鱼。

【赏析】

诗人以传神之笔描绘了恬静平和的茅津渡暮景，和黄河滔滔滚滚、一泻千里的情景形成了强烈的对比，展示了黄河古渡处的别一风姿。

## 三 门 留 题[1]

何由通九曲[2]，始自凿三门。

夏禹功如小，东溟位岂尊[3]！

鼋鼍当日窟，鸡犬此时村。

涡恐和山漩，涛疑若石奔。

势愁春地轴，声想震天阍[4]。

寺庙中流耸[5]，烟云两岸屯。
楼台疑蜃吐[6]，舟楫畏鲸吞。
游客虽惊险，居僧不厌喧[7]。
如潮无振鹭，似峡欠啼猿[8]。
孤店经商少，雄司漕运繁[9]。
人家无钓具，鸟道有罿痕[10]。
丧胆寻遗迹，伤心吊溺魂。
圻城唐记列，砥柱祖名存[11]。
况复诗书载，狂题愧雅言[12]。

【注释】

[1]三门：即砥柱山，俗名三门山。详见司马光《谒三门禹祠二首》注。 [2]何由：什么理由。 [3]东溟：东海。 [4]舂：捣。地轴：古人传说，大地有轴。晋张华《博物志》说："地有三千六百轴，相互牵制。"天阍：天帝的守门人。此指天门。以上四句极写三门浪涛的猛烈与震撼。 [5]寺庙：指禹王庙，庙在三门南岸，建于唐天祐元年（904）。 [6]楼台疑蜃吐：怀疑岸边的楼台是不是蜃气所变。即疑为"蜃楼"。《史记·天官书》言："海旁蜃气象楼台，广野气成宫阙然。" [7]游客：诗人自指。居僧：指寺庙中的僧人。 [8]"如潮"二句：鹭不敢振羽，猿不敢留啼。此二句以无喻有，状写三门黄河之险漕运。 [9]漕运：水道运输。 [10]罿痕：罿（tán），拉纤的绳子。此句是说，三门危险，无人在此垂钓，所有的只是拉纤的绳索留下的印痕。 [11]此句是说砥柱上有唐人的铭刻。详见魏征《砥柱山铭》。 [12]"况复"二句：此二句说，三门砥柱有着先人的诗篇和铭文，我为自己的狂言而感到惶愧。

【赏析】

此诗对三门黄河惊险万状的描写，歌颂了大禹开凿三门山的丰功伟绩。黄河为什么能成就九曲之势？东海为什么能安享百水之尊？"鼋鼍当日窟"的险地为什么能变为"鸡犬此时村"，"雄司漕运繁"？皆因有大禹的开凿之功！魏野是陕州人，一生未仕，多次游历三门山。他曾在另一首诗里写道"各有溪居懒归去，经旬不是两相留"，人家并没有留他，他还是在此的寺庙里住了十几天。

# 梅尧臣

（1002—1060）北宋诗人。字圣俞，宣州宣城（今安徽宣城县）人。曾多次应试不中，一直沉于下僚。皇祐三年（1051）赐进士，为国子监直讲，官至尚书都官员外郎。其诗深远古淡。有《宛陵先生文集》。

## 黄　河<sup>[1]</sup>

积石导渊源<sup>[2]</sup>，沄沄泻昆阆<sup>[3]</sup>。
龙门自吞险<sup>[4]</sup>，鲸海终涵量<sup>[5]</sup>。
怒洑生万涡<sup>[6]</sup>，惊流非一状<sup>[7]</sup>。
浅深殊可测，激射无时壮<sup>[8]</sup>。
常苦事堤防，何曾息波浪<sup>[9]</sup>？
川气迷远山，沙痕落秋涨<sup>[10]</sup>。
槎沫夜浮光，舟人朝发唱<sup>[11]</sup>。
洪梁画鹢连<sup>[12]</sup>，古戍苍崖向<sup>[13]</sup>。
浴鸟不知清<sup>[14]</sup>，夕阳空在望<sup>[15]</sup>。
谁当大雪天，走马坚冰上<sup>[16]</sup>！

**【注释】**

［1］天圣九年（1031）诗人曾在河阳县（今河南孟县）任主薄，这首诗当为此时所作。　［2］积石：山名，传说大禹导河自此起始。渊：指黄河。　［3］沄沄：水流汹涌貌。昆阆：指昆仑山与阆风山，相传为神仙的住处。古时曾认为黄河发源于昆仑山，故说"泻昆阆"。　［4］龙门：山名，位于陕晋间黄河干流。此句极言黄河龙门之险峻。　［5］鲸海：大海。这句说黄河日夜东流，但大海却涵量无度，永远也填不满。　［6］洑：回流。涡：漩涡。　［7］惊流：指浪花。状：姿态。　［8］殊：不。这二句是说，河水深不可测，激浪无时不壮。　［9］事：从事。这二句说，长期以来，人们含辛茹苦地修筑堤防，可黄河浪涛哪里平息过呢！　［10］川气：河面上的雾气。沙痕：河滩上泥沙淤落的层状痕迹。　［11］槎沫：船首激起的浪花。舟人：

船工。朝（zhāo）：早晨。　　[12]洪梁。河桥。画鹢：代指船，因船头画有鹢鸟，故此称之。这句说连船为浮桥，横跨黄河之上。　　[13]古戍：指古代戍守关镇的建筑物。意言黄河沿岸多为历代战争要地。　　[14]浴鸟：在黄河边洗刷羽毛的小鸟。不知清：不知水清水浑。　　[15]"夕阳"句：说夕阳西沉，暮霭将临。　　[16]"谁当"二句：在这大雪纷扬的天气，谁能在坚冰上走马过河呢！

【赏析】

　　这首诗写黄河，从积石导流，昆阆起步，到龙门越险，鲸海宿身；从怒湫惊流、险滩沙痕，到浪遏飞舟，舵手晨歌；从河上浮桥，战地苍崖，到浴鸟戏水，走马坚冰。壮景传神，意留言外，足见其细致深入之诗风。

鄂陵湖的夏日　摄影/王伟

# 依韵和欧阳永叔黄河八韵[1]

少本江南客,今为河曲游[2]。
岁时忧漾溢[3],日夕见奔流。
啮岸侵民壤,飘槎阁雁洲[4]。
峻门波作箭[5],古郡铁为牛[6]。
目极高飞鸟,身轻不及舟[7]。
寒冰狐自听[8],源水使尝求[9]。
密树随湾转,长罾刮浪收[10]。
如何贵沉玉[11],川兴是诸侯[12]。

【注释】

[1]欧阳永叔:即欧阳修。有《黄河八韵寄呈圣俞》诗。 [2]河曲:地名,今山西芮城县西风陵渡一带。作者这里是泛指黄河弯曲处。 [3]漾溢:河水暴涨而泛滥。 [4]啮:咬,此指河水冲击。民壤:农田。槎:木筏。阁:放置,搁置,通"搁"。这里指船在河滩中搁浅。雁洲:水鸟栖身的河滩处。 [5]峻门:指黄河晋陕峡谷中的龙门。据《三秦记》:黄河下龙门时,其水速如箭,驷马难追。 [6]"古郡铁为牛"句:据《陕县志》载,陕州城北黄河中有铁牛,头南尾北,世传为大禹为镇河患所铸。古代人认为,"五行"中,铁为金,是水之母,牛属土,性能胜水,于是以为铁牛镇水可永保安澜。 [7]"目极"二句:望着天空中高飞的小鸟,也不如船在黄河中疾驶迅速。 [8]寒冰狐自听:相传狐性多疑,冬天必听河冰下无流水声才敢在河上通过。因此古时每逢冬日车马渡河,必等狐行后才敢渡。 [9]源水使尝求:指汉朝张骞寻河源之事。源:黄河源。使:使臣。尝:曾。 [10]罾(zēng):鱼网。刮:收渔网时刮浪而上。 [11]沉玉:据《史记·河渠书》载:元封二年(前109),汉武帝使汲仁、郭昌发卒数万人堵黄河瓠子决口,并亲临其处,沉白马、玉璧于河中,以祭河。 [12]川兴:指黄河安澜。以上二句说,当初汉武帝为何如此重视治理黄河,躬亲沉玉呢?因为古来只有黄河安全,才能称雄诸侯或稳固帝业。

【赏析】

这首步韵奉和诗,通过对决溢灾害、沿岸风情与历史陈迹的描述,表达了作者初见黄河时的深刻感受及其"治黄河者治天下"的思想。

# 送史供奉汴口都大[1]

河为中国患,亦为中国利[2]。
其患啮堤防,其利通粮馈[3]。
分流入浚汴,万货都城萃[4]。
积淫或暴涨,旱暵与滞寘[5]。
疏导欲其宜,径度有所异。
曩者多邀功,用之殊未至[6]。
十私而五公[7],岁久害愈炽。
溃溢必归尤,庙堂难决议[8]。
明明圣天子,自选中常侍[9]。
银铛插在貂,身小勇且智[10]。
上从广武城,下及淮与泗[11]。
回险帖凿繁,所画由所寄[12]。
尝以勤厥身,又能和众吏[13]。
前日有尽心,于今病憔悴[14]。
此职方藉人,加餐当自为[15]。

【注释】

[1]供奉:宋代官名。在皇帝身边供职的人。汴口:汴河在今河南荥阳东北广武涧中引黄河水东南流,河口即指此处。大:当为"水"之误。 [2]河:即黄河。因为汴水是引黄河水而来的。 [3]啮:咬。馈:祭享鬼神。此句是说,人神皆靠汴河供给。 [4]都城:指当时的首都汴梁。萃:聚集。 [5]暵(hàn):晒干。寘(zhì):遇阻。 [6]曩:昔。此二句说,过去治水的人多邀功,其实很不到位。此有表扬史供奉之意。 [7]十私而五公:私多公少,假公济私。 [8]庙堂:指朝廷,皇帝。 [9]常侍:指史供奉。 [10]"银铛"二句:称赞史供奉虽然个子不魁伟,但勇敢而有智

慧。　［11］广武：即汴口。淮：指淮河。泗：指泗水。　［12］回险：指河水回旋危险。凿繁：开凿的繁务。此二句说，河水的治理都是由史侍御所擘画与指挥。　［13］厥：助词，无意。此二句说史侍御既勤奋，又能和合下属。　［14］于今病憔悴：此句是说积劳成疾，身心憔悴。　［15］藉：通"籍"，薄册。这二句意为，此职位找到了确当的人，你要加餐自为，好好保重。

【赏析】

　　朋友欲去汴口都水治河，诗人以诗送别，感慨了"河为中国患，亦为中国利"的现实，对"曩者多邀功"，"十私而五公"的治河现象予以谴责，并用赞扬的口气嘱咐因治河而累病的朋友好好保重，"加餐当自为"，表现了真诚的关心与无奈。

青海门源黄河边的牧场　摄影／董保华

# 欧阳修

（1007—1072）北宋著名文学家、史学家。字永叔，自号醉翁、六一居士。吉州庐陵（今江西吉安市）人。仁宗天圣九年（1031）进士，曾任翰林学士、枢密副使、参知政事等职。其散文说理畅达、抒情委婉，被列为"唐宋八大家"之一。有《欧阳文忠公集》。

## 黄河八韵寄呈圣俞[1]

河水激箭险，谁言航苇游[2]？
坚冰驰马渡，伏浪卷沙流[3]。
树落新摧岸，湍惊忽改洲[4]。
凿龙时退鲤，涨潦不分牛[5]。
万里通槎汉，千帆下槽舟[6]。
怨歌今罢筑[7]，故道失难求[8]。
滩急风逾响，川寒雾不收。
讵能穷禹迹[9]，空欲问张侯[10]。

【注释】

[1]圣俞：北宋著名诗人梅尧臣的字。　[2]航苇：《诗经·卫风·河广》中有"谁谓河广，一苇杭之"句，意谓谁说黄河广阔，乘一片芦苇即可渡过。这里反其意而用之，谁说驾一片芦苇就能渡过黄河？　[3]"坚冰"二句：写黄河冬夏季的不同景状。　[4]"树落"二句：写惊涛拍岸，树倒河变之形势。　[5]凿龙：指龙门，相传为大禹所凿。退鲤：击退水中的鲤鱼，借用"鲤鱼跳龙门"之典故。潦（lǎo）：大水。不分牛：出于《庄子·秋水》，语谓秋水到来时，百川灌河，泾流之大，连河边的牛马都分辨不清了。　[6]槎：木筏。汉：银汉，天河。槽舟：运送官粮的船只。槽指槽运，即从水路运粮，供应京城或接济军需。北宋以前，黄河中下游河段曾一度成为槽运的"黄金水道"。　[7]罢（pí）：疲劳。筑：修筑堤防。　[8]"故道"句：黄河一旦改河，就很难回归故道。　[9]讵（jù）：怎。穷：穷尽。禹迹：

大禹治水的业迹。这句说大禹治水的事业怎能中断呢！　[10]张骞：西汉时博望侯张骞，传说他寻求黄河源曾到过天河。

【赏析】

　　明道元年（1032）作者在洛阳为西京留守推官，与梅尧臣常交游吟答，这首诗即为此时所作。诗中对黄河不同季节、各个河段的景色进行了生动的描述。

# 滑州归雁亭庆历三年[1]

长河终岁足悲风，亭古台荒半倚空[2]。

惟有归雁时最早，柳含微绿杏粘红。

【注释】

　　[1]滑州：即河南滑县古城，北宋时在黄河南岸。庆历，是宋仁宗赵祯的年号，庆历三年，即公元1043年。　[2]长河：即黄河。

【赏析】

　　柳色微绿，杏花初绽，诗人登上滑州归雁亭，亭冷台荒，浊流终古，寥唳而过的大雁似曾相识，幽深的诗情不禁油然而起。

# 苏舜钦

（1008—1048）北宋诗人。字子美，梓州铜山（今四川中江）人，后迁居河南开封。少慷慨，有大志。曾任大理评事、集贤校理、监进奏院。政治上属范仲淹为守的革新集团，因此在庆历四年（1044）秋，受保守势力弹劾而废官，退居苏州沧浪亭，过着寄情山水的生活。诗与梅尧臣齐名，号称"苏梅"。诗风豪放雄健，甚为欧阳修所重。有《苏学士文集》。

## 维舟野步呈子履[1]

白日出高冈，远野春气动[2]。
苍鸠鸣相欢[3]，幽草色已弄[4]。
系舟大河曲[5]，登步目一纵[6]。
逍遥玩物华，所乐与君共[7]。
已忘窜逐伤[8]，但喜怀抱空[9]。
古人负才业[10]，未必为世用。
吾侪性疏拙[11]，摈弃安足痛[12]。
四顾不见人[13]，高歌免惊众。

【注释】

[1]维舟：系舟。野步：田野中散步。子履：即陆经，字子履，仁宗时在朝中任集贤殿修撰，后因事被贬谪。与欧阳修、苏舜钦相友善。 [2]春气：春天田野中迷蒙的水气。 [3]苍：草青色。鸠：鸟名。苍鸠：即绿鸠、斑鸠一类的鸟。 [4]"幽草"以上四句：写春天远野的美景。弄：摆弄，呈弄。 [5]大河曲：黄河弯曲处。 [6]登步：登高野步。 [7]物华：自然景色。君：子履。以上四句写游玩之乐。 [8]窜逐：流放。 [9]怀抱：心意，胸襟。这两句是说：游兴自然，忘了废官放逐的忧伤，只觉胸襟开阔。 [10]负：背负，这里指"拥有"。 [11]吾侪（chái）：吾辈。性疏拙：本性粗疏拙笨，言自己不善官场迎逢。 [12]摈（bìn）弃：抛弃。以上四

句写对罢官的认识。　[13]"四顾"二句：写自己的放旷行为。

【赏析】

　　这首诗当写于一○四五年初春被罢官之后。诗人在大河曲系舟登岸，逍遥游乐，对优美、神秘的大自然充满了欣喜、热爱之情，以至政治上的失意也被忘掉了。开头四句，宛然一幅"早春远野图"。

## 滞　舟[1]

落照满长河[2]，流水暖冲融[3]。
中有凫鹥群[4]，上下随和风[5]。
捕鱼没浅浦[6]，矫翅入紫空[7]。
嬉游意自得，肯顾冥冥鸿[8]！
伊余何所适[9]？舟滞数见穷[10]。
十步九暗滩，咫尺不可通[11]。
獠工裂吻噪[12]，舍楫将何从[13]。
巨絙挽屡断[14]，有如拔山峰。
夕忧寇盗至，蹶弩映岸丛[15]。
徊徨但搔首[16]，叹息无所容[17]。
曾无鸟禽乐，虚在人曹中[18]。

【注释】

　　［1］滞：沉滞，滞陷。　　［2］落照：落日的余辉。长河：黄河。　　［3］冲融：深而满的样子。　　［4］凫（fú）：野鸭。鹜（wù）：鸭子。　　［5］和风：温和的微风。　　［6］没（mò）：没入，沉入。浅浦：河边水浅的地方。　　［7］矫翅：矫健的翅膀。紫空：天空，高空。　　［8］顾：转头看。冥冥：高无，深远。鸿：大雁。以上六句是说：凫鹜或捕鱼，或高飞，嬉游自得，它们怎肯顾看高天中的大雁呢？意即凫鹜自乐，不愿旁顾，感慨自己的苦恼和不自由。　　［9］伊：语助词，无实义。余：我。适：往。　　［10］穷：困厄。数见穷：多次被困。　　［11］咫尺：比喻距离很近。古代称八寸（一说七寸）为一尺。　　［12］"獠工"句：是说船工们张开大口呼喊。　　［13］楫：船桨。　　［14］"巨絙（gèng）"句：是写启动滞舟时的艰难。巨絙：粗绳索。挽：拉。　　［15］蹶（jué）：踏，用脚推。弩（nǔ）：用机械发射的弓。也叫"窝弓"。力强，可以远射。蹶弩：用脚踏而使机张开的大弩。　　［16］徊徨：徘徊，傍徨。搔首：搔头，发愁的样子。　　［17］无所容：无处容身。　　［18］人曹：人群，人世。最后两句抒发诗人的感慨。

【赏析】

　　"十步九暗滩，咫尺不可通"，"巨絙挽屡断，有如拔山峰"，诗人准确地写出了黄河行舟的艰难和滞舟所付的艰辛，并用"嬉游意自得"，"上下随和风"的凫鹜群来衬托搔首徘徊、无以适从的滞舟人，抒发了人不如鸟的感慨。

# 韩琦

（1008—1075）北宋诗人。字稚圭，相州安阳（今属河南）人。仁宗天圣五年（1027）进士。历任将作监丞、开封府推官、右司谏等。宋夏事起，为陕西安抚使。久在兵间，功绩卓著。与范仲淹并称"韩范"。新政失败后，出知扬州等地。英宗时为相。神宗立，坚辞相位，出判相州。河北地震，黄河决口，徙判大名府，充安抚使。谥忠献。有《安阳集》五十卷。

## 元城埽行河[1]

怒河秋涨俯都城[2]，纵啮长堤岂易平。
气悍若从天上落，势高难使地中行[3]。
筑垣居水虽危事，沈马回波是至诚[4]。
故道几时循禹迹[5]，免教常岁害民生。

【注释】

[1]元城：地名。宋时属大名府。此诗当写于诗人"徙判"大名府之时。埽：古代治河工程中用以堵水的器物，多以柳七草三捆扎而成。凡用埽料修筑的河堤也叫埽，无城埽即此。行河：在河上行走视察。 [2]怒河秋涨俯都城：多年的黄沙淤积，宋时的黄河已成悬河。故曰"俯"。 [3]"气悍"二句：状河势凶悍。 [4]沈马：公元前一〇九年，汉武帝征发数万人堵塞瓠子决口，并亲临工地。沉白马、玉璧以祭黄河，并作《瓠子歌二首》。此句是说治河要像汉武帝那样有着至诚的虔敬与必胜的决心。 [5]故道，禹迹，皆指大禹治水分河为九时的河道，此句反映了诗人的愿望。

【赏析】

黄河汹涌，险象环生。"气悍若从天上落，势高难使地中行"，作为地方长官的诗人，巡河视事，感慨甚烈，决心效仿汉武帝的至诚之心，让河归故道，重蹈禹迹，"免教常岁害民生"。

# 邵雍

（1011—1077）北宋哲学家、诗人。字尧夫，其先范阳（今河北涿县）人，随父迁徙共城（今河南辉县）。自号安乐先生。三十岁后游河南，隐居苏门山百源，人称百源先生。与司马光等守旧派相好，和程颢、程颐往来密切。嘉祐时，屡授官职，均称疾不就。诗多以日常生活为内容。有《伊川击壤集》。

## 题　黄　河

谁言为利多于害，我谓长浑未始清[1]。

西至昆仑东到海[2]，其间多少不平声！

【注释】

[1]谓：说。未始清：未尝澄清过。古人认为，黄河千年一清。黄河清，圣人出。[2]昆仑：即昆仑山，黄河发源地。

【赏析】

这首诗由黄河的长浑不清质疑黄河的"利多于害"，以怒涛之声联想到人世的不平，不仅是感慨，更是否定。

# 司马光

（1019—1086）北宋大臣、史学家。字君实，陕州夏县（今山西闻喜）涑水乡人。民称涑水先生。宋仁宗宝元元年（1038）进士。历知谏院、翰林学士。因反对王安石变法，出知永兴军（今陕西西安），后退居洛阳，主编《资治通鉴》。哲宗继位，召他入主国政。任尚书左仆射，兼门下侍郎，尽废新法，复辟旧制。死后赠太师、温国公，谥文正。历史著作有《资治通鉴》，诗文有《司马文正公集》。

## 谒三门禹祠二首[1]

### 一

信矣禹功美[2]，独兼人鬼谋[3]。

长山忽中断[4]，巨浸失横流[5]。

迹与天地久[6]，民无鱼鳖忧。

谁能报盛德，空尔荐醪羞[7]。

【注释】

[1]三门：山名。即砥柱山，俗名三门山。详见颜之推《从周入齐夜渡砥柱》注。禹祠：即禹王庙。在马河社三门南岸，唐天祐元年（904）建。 [2]信矣：诚哉。信：诚实，不欺。矣：语气词。禹功：大禹治水的功德。据《史记·夏纪》：大禹"导河积石，至于龙门，南至华阴，东至砥柱，又东至盟津"。这里特指大禹在此三门山凿山通河的功绩。 [3]人鬼：三门山有人门、鬼门、神门。 [4]"长山"句：指大禹凿山通河的壮举。 [5]"巨浸"句：巨大的积水不再乱流。 [6]"迹与"二句：歌颂大禹的功绩。 [7]荐：献。醪（láo）：浊酒，美酒。羞：美味的食物。最后两句是说虽献上美酒甘食，也不能报答大禹的盛大恩德。

# 二

赑屃青崖裂[8]，喧豗白浪豪[9]。
客舟浮木叶[10]，生理脱鸿毛[11]。
柏映孤峰短[12]，铭书绝壁高[13]。
河师不耕织[14]，容易戏风涛。

## 【注释】

[8]赑屃（bì xì）：猛壮有力的样子，这里指滔滔洪水。 [9]喧豗（huī）：喧闹。这两句是说：猛壮有力的黄河水劈裂了青色的石崖，白浪滔滔，喧闹不息。 [10]客舟：来来去去的船只。木叶：树叶。 [11]生理：生存之理。鸿毛：大雁的羽毛。比喻极轻之物。这两句是说：来去的船只像漂浮的树叶那样小，又像大雁脱下的羽毛那样轻。 [12]柏映孤峰短：三门山在河边的孤峰又细又高，上边长一棵老柏树，只有尺把高。当时人们很感奇怪。短：指这又矮又老的柏树。 [13]铭书绝壁高：唐太守李世民曾令镌铭于砥柱，魏徵所写《砥柱山铭》就刻在山阴绝壁上（见前魏徵诗），字大盈尺，宋时已残缺，仅可辨。 [14]河师：河上水师，即船工、渔人。耕织：种田织布，泛指农事。最后二句是说：黄河虽然波高浪险，船工们却搏击风涛，来去自如。

## 【赏析】

这两首诗描写拜谒禹祠所见的三门圣迹和汹涌壮阔的黄河景象，热情赞颂了大禹治水、开凿三门山的伟大功绩。"柏映孤峰断，铭书绝壁高"一联，记载了三门山当时尚存的文物古迹。

# 河北道中作[1]

绿柳阴中白浪花,河边日日暗风沙。
解鞍纵马悄无事[2],隐几看书随处家[3]。

【注释】

[1]河北:路名。路是宋朝的行政区域名。治所在大名府(今大名县东),辖境相当于今河北省易水、雄县、霸县和天津市海河以南,及山东、河南黄河以北的大部地区。 [2]纵马:放开马匹。 [3]隐几:倚着几案。随处家:随便哪里都是家。

【赏析】

这首诗写黄河的别一风姿:绿柳成荫,风平浪静。诗中营造了宁静平和的意境,表达了恬淡豁达的情怀。


# 河 边 晚 望

高浪崩奔卷白沙,悠悠极望入天涯[1]。
谁能脱落尘中意[2],乘兴东游坐石槎。

【注释】

[1]悠悠:渺远之状。 [2]尘中意:指世俗的名利思想。

【赏析】

这首诗写黄河高浪崩奔的壮阔景象,最后二句是由此而发的人生感慨。

# 刘敞

（1019—1068）北宋诗人。字原父，或作原甫。新喻（今江西新余）人。仁宗庆历六年（1046）进士，以大理评事通判蔡州。历任太子中允、翰林院侍读学士、集贤院学士、判南京留守司御史台。曾奉使契丹。五十岁时卒于官。有《公是集》七十五卷，已佚。

## 河 之 水

自河决商胡，八年于兹矣。用事者议，塞之与勿塞，至今未决，而河颇为害。予至河北，问河之曲折，作《河之水》章，以告病[1]。

河之水兮，一直而一曲。
嗟汤汤兮安所属[2]。

河之水兮，一浊而一清。
嗟汤汤兮何时平！

【注释】

[1]河决澶州商胡埽，此为庆历八年（1048），八年后，也就是至和三年（1056），诗人奉使契丹，此诗当写于是时。病：病害，危害。 [2]嗟：叹词，表感叹。汤汤：大水的样子。属：归属。

【赏析】

诗人来到河北，看到决溢八年未能安澜的黄河，感慨不已。"安所属""何时平"，诗人用发问的语气表达了深切的愿望与期盼。

# 题澶州阳桥有感[1]

河水东赴海,还从天上回[2]。
宁知今日波,还复前时来[3]。
岸柳亦已荑,原田正莓莓[4]。
念我平生欢,怅然使心哀。

**【注释】**

[1]澶州:地名,宋时属开德府。 [2]"河水"二句:旧时认为,黄河水是和天河相通的,故有此句。详见刘孝孙《早发成皋望河》注。 [3]宁知:怎知。此二句说,怎么知道今天的河水,不是前时来过的呢! [4]荑:草木初生时的芽。莓莓:青草美盛的样子。

**【赏析】**

此诗有着孩童般的想象力,"宁知今日波,还复前时来"一联,尤其刺激读者情思。河水去而复来,而时光却一去不返。站在阳桥之上,看着眼前的滚滚流水,诗人的哀思不禁如潮般涌来。

## 王安石

（1021—1086）北宋政治家和文学家。字介甫，晚号半山，临川（今江西临川）人。宋仁宗庆历二年（1042）进士，神宗时先后两度任宰相。执政期间，积极改革旧制，推行新法，对黄河的治理和利用也有所推进。后因旧党反对被罢相，晚年退居江宁（今南京市），抑郁而死。有《临川先生文集》等著作传世。

### 黄　　河[1]

派出昆仑五色流[2]，一支黄浊贯中州[3]。
吹沙走浪几千里，转侧屋间无处求[4]。

【注释】

[1]这首诗描写黄河的雄浑与灾害。　[2]派：水的支流，此指黄河水系。昆仑：山名，古时认为是黄河的发源地。五色流：《初学记》中有"光出河，休气四塞"句，郑玄注释说，"荣光，五色，从河中出"。诗中取意即出于此。　[3]黄浊：浊流。中州：古中国之代称。　[4]转侧：转换方位，此指黄河改道。间：里巷之门。

【赏析】

作者是诗人也是政治家，在其先后两度出任宰相期间，对治理黄河有独立的主张和见解。这首诗说黄河源出昆仑，横贯中国，吹沙走浪，一泻千里，一旦决溢改道，两岸屋舍荡然无存。全诗沉雄、畅达，颇具气势。

# 我欲往苍海[1]

我欲往苍海,客来自河源[2]。
手探囊中胶,救此千载浑[3]。
我语客徒尔[4],当还治昆仑[5]。
叹息谢不能,相看涕翻盆[6]。
客止我且往,濯发扶桑根[7]。
春风吹我舟,万里空目存[8]。

【注释】

[1]苍海:指东海。 [2]河源:黄河源。 [3]囊:口袋。胶:指阿胶,中药名,据说能用来澄清浊水。千载浑:指黄河水自古以来就浑浊不清。 [4]徒:白费力。 [5]"当还"句:治理黄河必须正本清源,而不能徒治其末。意指治国安邦唯从根本上革新变法才有出路。 [6]涕翻盆:泪如倾盆大雨,写那位治河者理想告空,悲伤之状。 [7]濯(zhuó):洗。濯发,此意指超脱尘俗,操守高洁。扶桑:指东方日出处的神木。 [8]"万里"句:说万里云空,尽收眼底。

【赏析】

这首诗借关于黄河治理方法的一番对话,寄托了作者立志高远的政治理想。意境开阔,状景传神。

# 范纯仁

（1027—1101）北宋诗人。字尧夫，苏州吴县（今江苏苏州）人。范仲淹子。皇祐进士。初任地方官，后为朝官。因反对王安石变法，出知河中府。元祐三年（1088）拜尚书右仆射兼中书侍郎，后又被贬永州。徽宗即位，以观文殿大学士、中太一官使召之。不久死于许州（今河南许昌）。谥忠宣。有《忠宣文集》。

## 题河中府名阁堂

谁擘中条太华开[1]，万家填郭耸楼台[2]。
岳呈仙掌日边见[3]，河泻龙门天上来[4]。
烟霭远分秦甸阔[5]，山川都抱舜城回[6]。
坚碑应是当年石[7]，重见吾皇咏起哉[8]！

【注释】

[1]"谁擘"句：传说黄河流经华山被阻，绕山曲行，河神巨灵擘开华山为二，左为中条山，右即华山，河水得以畅流。 [2]郭：外城。古代在城的外围加筑一道城墙，城外和加筑的这道城墙内的地方就叫"郭"。 [3]岳：指西岳华山。呈：呈现，呈上。仙掌：华山峰名，在今陕西华阴县。峰侧石上有掌痕，从下面看，五指俱全，很像手掌。 [4]河：黄河。龙门：见薛道衡《敬酬杨仆射山斋独坐》注。 [5]秦甸：秦都城咸阳郊外的地方。这里泛指秦地，即今陕西。 [6]舜城：即蒲州。相传虞舜曾在此建都。城内多有古迹。回：环绕。 [7]坚碑：坚硬的石碑。指为舜铭功的碑。 [8]吾皇：指宋神宗赵顼。最后二句是说：虞舜的铭功碑该是当年的坚石吧，今日见到宋皇似在讽劝其勤勉为政。换句话说，就是要宋神宗赵顼以虞舜为榜样勤勉施政。

【赏析】

这首诗描写在河中府名阁堂所见山川河流气势雄浑壮阔的景象。"岳呈仙掌日边见，河泻龙门天上来"，既见河中形胜，又见山河雄姿。

# 苏轼

（1037—1101）北宋大文学家。字子瞻，号东坡居士，眉山（今属四川）人，苏洵长子。嘉祐二年（1057）进士，因反对王安石变法被放外任。哲宗时任翰林学士，曾出知杭州，官至礼部尚书。绍圣元年（1094）再次被贬。死后追谥文忠。学识渊博，是继欧阳修之后北宋文坛杰出的领导者。为文明达晓畅，是"唐宋八大家"之一，与欧阳修并称"欧苏"。其诗清新豪健，与黄庭坚并称"苏黄"。词风豪放，与辛弃疾并称"苏辛"。书法丰腴跌宕，有天真烂漫之趣，与蔡襄、黄庭坚、米芾并称"宋四家"。有《东坡全集》《东坡乐府》。

## 河　复

君不见西汉元光元封间[2]，河决瓠子二十年[3]。

巨野东倾淮泗满[4]，楚人恣食黄河鳝[5]。

万里沙回封禅罢[6]，初遣越巫沉白马[7]。

河公未许人力穷[8]，薪刍万计随流下[9]。

吾君盛德如唐尧[10]，百神受职河神骄。

帝遣风师下约束，北流夜起澶州桥。

东风吹冻收微渌[11]，神功不用淇园竹[12]。

楚人种麦满河淤，仰看浮槎栖古木[13]。

【注释】

[1]河复：黄河回复故道。诗前原有序文："熙宁十年（1077）秋，河决澶（chán）渊（治所在今河南清丰县），注巨野，入淮泗，自澶魏（魏州，治所在今河北大名东北）以北皆绝流，而齐楚大被其害。彭门城下水二丈八尺，七十余日不退，吏民疲于守御。十月十三日，澶州大风终日，既止，而河流一枝已复故道。闻之甚喜，庶几（也许）可塞乎！乃作河复诗，歌之道路，以致民愿，而迎神庥（神的庇荫），盖守土者（诗人自指。这时诗人是徐州知州）之志也"。　[2]元光、元封：皆汉武帝的年

号。　［3］"河决瓠子"句：元光三年（前132），黄河在瓠子决口一次，直到元封二年（前109），汉武帝征发数万人，亲赴现场，方才堵住。详见刘彻《瓠子歌二首》注。从元光三年到元封二年，是二十三年，"二十年"是取其近似数。　［4］巨野：即巨野泽。在今山东巨野县北。　［5］楚人：楚地的人。恣食：随意吃。　［6］万里沙：地名。在山东掖县北，汉武帝元封元年，曾祈祀万里沙。封禅：见《瓠子歌二首》注。罢：指武帝行封禅仪式后回来。　［7］越巫：越地之巫。巫：祈祷求神的人。沉自马：汉武帝在堵塞瓠子决口时，曾把白马、玉璧投入河中祭祀河神。　［8］河公：河神，即河伯。　［9］薪刍：柴草。万计：说用柴草之多。武帝当时曾命随从人员至将军以下皆负薪堵河。　［10］"吾君"以下四句：宋神宗像唐尧一样有大德，百神都庇庥而只有河神骄横。天帝遣风神下来约束河神，黄河得以回归故道。风师：风伯，即风神。　［11］渌：绿水。　［12］神功：即指"帝遣风师下约束"，"东风吹冻收微渌"。淇圆竹：武帝率众堵河时，当时薪草不足，就伐淇园之竹以塞河。　［13］"楚人"二句：写大水初退时的情景。种麦时满地都是淤泥，抬头看，木筏子挂在老树枝上。可见洪水之大。槎：木筏。

## 【赏析】

熙宁十年（1077）四月，诗人知徐州，七月，黄河在澶渊决堤，八月水到了徐州城下，十月退。这段时间里，诗人一直带领徐州的官兵、市民防水筑堤。此诗即写于这年冬天，抒发了对于河复故道的欣喜之情。

## 答吕梁仲屯田[1]

乱山合沓围彭门[2],官居独在悬水村[3]。
居民萧条杂麋鹿[4],小市冷落无鸡豚。
黄河西来初不觉,但讶清泗奔流浑[5]。
夜闻沙岸鸣瓮盎[6],晓看雪浪浮鹏鲲[7]。
吕梁自古喉吻地[8],万顷一抹何由吞[9]?
坐观入市卷闾井[10],吏民走尽余王尊,
计穷路断欲安适[11]?吟诗破屋愁鸢蹲[12]。
岁寒霜重水归壑[13],但见屋瓦留沙痕。
入城相对如梦寐,我亦仅免为鱼鼋[14]。
旋呼歌舞杂谈笑,不惜饮釂空瓶盆[15]。
念君官舍冰雪冷,新诗美酒聊相温。
人生如寄何不乐,任使绛蜡烧黄昏[16]。
宣房未筑淮泗满[17],故道堙灭疮痍存。
明年劳苦应更甚,我当畚锸先黔髡[18]。
付君万指伐顽石[19],千锤雷动苍山根,
高城如铁洪口快[20],谈笑却扫看崩奔[21]。
农夫掉臂免狼顾[22],秋谷布野如云屯。
还须更置软脚酒[23],为君击鼓行金樽。

## 【注释】

　　[1]吕梁:山名。在今江苏省铜山县西南。屯田:官名,即屯田员外郎的简称。　　[2]合沓(tà):重叠。彭门:代指彭城。　　[3]悬水村:诗人自注:吕梁地名。　　[4]"居民"二句:写悬水村的萧条冷落。麋鹿出入于村中,市上不见鸡和猪。麋鹿:兽名。俗称"四不象"。　　[5]讶:惊讶。　　[6]瓮盎:都是陶制盛器,腹大口小。　　[7]鹏鲲:传说中的大鸟和大鱼,这里借喻汹涌翻滚的黄河怒涛。上句的"瓮盎"是摹河决之声,这句的"鹏鲲"是状河浪之形。　　[8]喉吻地:《水经》:"吕梁乃自古黄河喉襟唇吻之地"。言其是河水必经之地。　　[9]"万顷"句:极言河水之汹。万顷良田一抹而过,何用"吞"字来形容它!　　[10]"坐观"二句:河水入市淹了村子,吏民皆逃,唯剩自己。闾井:村落。王尊:汉代人,他任东郡太守时,黄河涨漫到瓠子金堤,堤坏,吏民奔走。王尊愿以身填堤,祝祷于河神,独立河堤不动。这里诗人是以王尊自比。　　[11]安适:到哪里去。　　[12]"吟诗"句:像悲愁的老鹰一样蹲在破屋里吟诗。鸢(yuān):老鹰。　　[13]"岁寒"二句:言洪水之深。　　[14]鱼鼋:鱼鳖。　　[15]釂(jiào):喝干,饮尽。　　[16]绛蜡:红蜡。绛蜡烧黄昏:黄昏时便燃起红蜡。　　[17]宣房:汉武帝在堵住瓠子决口后,于堤上建了宣房宫。这里借指河防建设。　　[18]畚(běn):盛土的筐子。锸(chā):起土的铲子。黥(qíng):在脸上刺字。髡(kūn):剃去头发。黥髡,都是古代的刑罚。此处指来服劳役的"刑余之人"。这句意思是:我将带头做这种担土掘泥的劳役。　　[19]万指:千人万指。泛指人多。伐顽石:为筑城而开山取石。顽:坚。　　[20]洪口:洪水决口处。快:快乐、畅快。　　[21]却扫:完埽。扫即"埽"。埽是宋时护岸和堵口常用的一种工具。多用秫秸、芦苇等物编织而成。堵河时埽中填土。崩奔:指河中高浪奔腾。连同上句是说:筑起了高城,堵塞了洪口,人们在岸上谈笑着看河中高浪。　　[22]掉臂:挥手而去。狼顾:狼走路时,因怕袭击,常常回顾其后。免狼顾:这里是借喻无后顾之忧的意思。　　[23]软脚:设宴慰劳远行归来的人。

## 【赏析】

　　这首诗形象地描绘了黄河洪水来时如鸣瓮盎、如浮鹏鲲,"万顷一抹何由吞"的凶险情景,并抒发了水中脱险的感慨,勉励仲屯田要重建高城,为民解忧。

# 黄　河

活活何人见混茫[1]，昆仑气脉本来黄[2]。

浊流若解污清济[3]，惊浪应须动太行[4]。

帝假一源神禹迹[5]，世流三患梗尧乡[6]。

灵槎果有仙家事[7]，试问青天路短长。

【注释】

[1]活活：水流声。混茫：混沌迷蒙的样子。　[2]"昆仑"句：语本《尔雅》："河出昆仑墟，色白，所并渠千七百一川，色黄。"　[3]浊流：指黄河水。清济：清清的济水。济：水名，古与江、淮、河并称四渎。源出河南省济源县王屋山，故道过黄河而南，东流至山东，与黄河并行入海。清，是与黄河的"浊"相对而言。　[4]太行：山名。是绵延山西、河北、河南三省的大山脉，黄河流经其下。　[5]帝：天帝。假：借。一源：黄河源，代指整个黄河。神禹迹：使大禹所留下的痕迹神化了。　[6]三患：即多惧、多事、多辱。《庄子·天地》说：尧到华地，华地封人祝他"富""寿"，"多男子"。尧辞而不受，说："多男子则多惧。富则多事，寿则多辱"，认为这是"三患"。封人认为尧不足以为圣人，圣人是"天下有道则与物皆昌，天下无道则修德就闲，千载厌世，去而上仙，乘彼白云，至于帝乡，三患莫至，身常无殃，则何辱之有？"说罢，不理尧而去。尧：传说中上古的圣明君主。梗：阻塞。　[7]灵槎：即仙槎。指张骞寻找黄河源头而到天河的传说。详见刘孝孙《早发成皋望河》注。最后二句是说：张骞如果真的到了天河，请问青天的路途究竟有多长？

【赏析】

这首诗由混沌迷茫的黄河联想到古代的神话传说，抒发了对世事的感慨。

# 范祖禹

（1041—1098）北宋诗人。字淳甫，一字孟得，成都华阳（今四川成都）人。仁宗嘉祐八年（1063）进士。从司马光编修《资治通鉴》，居洛阳十二年。历任秘书省正字、著作左郎、右谏议大夫、礼部侍郎，拜翰林学士。因反对章惇入相而被贬多地。死后追封龙图阁学士，谥正献。《宋史》有传。

## 砥柱四首

黄河倾落九天来，砥柱三山立欲摧[1]。
　　崖谷吐吞成雾雨，蛟龙战斗作风雷。

巨灵赑屃两山开[2]，东放黄河万里来。
　　地轴横斜做斡转，天维欹侧恐倾摧[3]。

禹开砥柱放河奔，浊浪轩轩日月昏。
　　唯有三门君不见，惊波一起动乾坤。

砥柱初开禹力穷，黄河从此去朝宗[4]。
　　长鲸一喷连山起，岌岌高于太华峰[5]。

【注释】

　　[1]三山：即三门山。 [2]巨灵：河神。传说古时华山和对岸的山峰是连在一起的。因为挡住了黄河水的道路，被巨灵神手撕脚踏而分成两山，河水得以通过。赑屃：猛壮有力的样子，这里指滔滔河水。两山：华山和首阳山。 [3]地轴：大地的轴。详见魏野《三门留题》注。天维：拴天的绳子。 [4]朝宗：原指诸侯或地方长官朝见帝王，这里是指东海。 [5]岌岌：高耸的样子。

【赏析】

　　《砥柱四首》写黄河飞落九天、怒触三门，浊浪轩轩、日月昏昏的惊险情状，想到巨灵神擘山通河，地轴横斜、天维欹侧的伟力和大禹凿开砥柱，放河东奔的功绩，暗喻了对高浪岌岌、万里奔腾的黄河朝宗东海的赞美。

# 黄庭坚

（1045—1105）北宋诗人、书法家。字鲁直，号山谷道人，又号涪翁。分宁（今江西修水）人。宋英宗治平四年（1067）进士，历任北京（今河北大名）国子监教授、秘书省校书郎兼神宗《实录》检讨官，迁著作佐郎。一生仕途坎坷，晚年死于被贬地宜州（今广西宜山）。他出于苏轼门下，而与苏轼齐名，世称"苏黄"。重视诗法，有独到之处，是江西诗派的宗师。诗论标榜杜甫，提倡"无一字无来处"。有《山谷集》。书法与苏轼、米芾、蔡襄合称"宋四家"。书迹有《华严疏》等。

## 和谢公定河朔谩成[1]（八首选一）

急雨长风諡两河[2]，欣然河伯顺风歌[3]。
行观东海方寸少[4]，不以黄流更自多[5]。

【注释】

[1]谢公定：即谢悰，字公定。黄庭坚多有诗赠他。河朔：地区名，泛指黄河以北。谩成：随意写成。谩：同"漫"。随意，任意。　[2]諡（shì）：给予。两河：指河北和河东。　[3]河伯：黄河神。欣然河伯：即"河伯欣然"的倒装。　[4]东海：古时称现在的黄海和东海为"东海"。方寸：一寸见方，是说其小、少。　[5]黄流：黄河水。这两句是说：东海水减少一点，也不会因为黄河的注入而增高方寸。河伯何须欣欣然顺风高歌！

【赏析】

原诗有八首，所选是第一首，写诗人的感慨。"行观东海方寸少，不以黄流更自多"，很见古诗句法的老道与简练。

## 同尧民游灵源庙寥献臣置酒用马陵二字赋诗[1]

灵源庙前木[2],我昔见拱把[3]。
七年身屡到,郁郁荫檐瓦[4]。
春风响马衔[5],并辔客萧洒[6]。
更愿少君贤[7],置酒意倾写[8]。
斋堂有佳处[9],花柳轻娅姹[10]。
莲塘想旧叶,稻畦识枯苴[11]。
开关抚洪河[12],黄流极天泻[13]。
忆昔武皇来,系鼍沉白马。
从官亲土石,襁负至鳏寡[14]!。
空余瓠子诗[15],哀怨逼骚雅[16],
白圭自圣禹[17],今谁定真假。
晁子发谠言[18],圣功谅难亚[19]。
排河著地中[20],势必千里下。
移民就宽闲[21],何地不耕稼。
此论似太高[22],吾亦茫取舍[23]。
有器可深川[24],吾未之学也[25]!

## 【注释】

[1] 尧民：即晁尧民，常与黄庭坚讨论诗艺、政论等，黄多有诗赠之。灵源庙：在北京（故址在今河北大名东北）城西，黄河东岸。"用马陵二字赋诗"，即依"马陵"二字的韵写诗。　[2] 木：树。　[3] 拱把：用手把一把，量一量。拱：两手相合。把：一只手把之。　[4] 郁郁：葱笼茂繁的样子。这句是说昔日可把的小树长成荫翳着檐瓦的大树了。　[5] 马衔：马口衔勒。　[6] 并辔：骑马相并而行。辔：马缰绳。萧洒：超逸脱俗。　[7] 愿：倾慕，这里是称赞的意思。少君：指寥献臣。倾写：即"倾泻"，形容畅快淋漓的样子。　[9] 斋堂：指灵源庙。　[10] 娅姹：明媚、美丽的样子。　[11] 枯苴（chá）：枯干的草。此指干稻草。这两句是用两个形象的比喻写怀旧的情绪。　[12] 抚：摸，摩挲。这里是说黄河很近。洪河：黄河。　[13] 黄流：黄河水。极天泻：从天而泻。　[14] 武皇：即汉武帝刘彻。襁负：用襁褓背负。这里指妇女。鳏（guān）寡：老年无偶的男女。以上四句是追昔汉武帝元封二年（前109）征发数万人堵塞瓠子决口一事。详见刘彻《瓠子歌二首》注。　[15] 瓠子诗：指《瓠子歌二首》。　[16] 逼：追近。骚雅：指屈原的《离骚》和《诗经》中的"大雅""小雅"。这是对《瓠子歌二首》的称赞。　[17] 白圭：名丹，圭是其字，战国时人，善于治水，据传能胜过大禹。　[18] 晁子：即晁尧民。谠（dǎng）：美言，正直的话。　[19] 圣功：圣人的功德。这句是说：圣人们的功德谅必难分大小。　[20] 排河：排水。　[21] 宽闲：宽敞安闲之处。　[22] 此论：指晁尧民所发的议论，即"排河"以下四句。　[23] 茫：茫然不知。　[24] 器：指浚川杷，北宋时所制疏浚水道的器械。其法是：取八尺巨木，装上一排二尺长的木齿，象杷一样。用石头压下去。两头系上大绳，拴在大船上。两船相距约八十步，各有滑车绞之，杷来去挠荡泥沙。深川：使川深。川指黄河。　[25] 未之学：未学之，没有学过使用浚川杷的操作方法，意即我不懂治河之道。

洪河壮观游[26]，太府佳友朋[27]。
春色挽我出，东风如引绳[28]。
昏昏版筑气[29]，王事始繁兴[30]。
大堤如连山，小堤如冈陵。
增卑更培薄[31]，万杵何登登[32]。
忆昨河失道[33]，平原鱼可罾[34]。
田莱人未复[35]，疮大国方惩[36]。
忽念未耜闲[37]，为民保丘塍[38]。
百县伐鼛出[39]，夜半废曲肱[40]。
吾侪愧禄廪[41]，游衍事鞍乘[42]。
晁子汉公孙，新去司马丞[43]。
出干大农部[44]，才术见嗟称[45]。
我坐广文舍[46]，七年读书灯。
结发入场屋[47]，肯谓河难凭[48]。
尔来触事短[49]，痴甚霜前蝇[50]。
世味极淡薄[51]，不了人爱憎[52]。
唯得一卮酒[53]，尚能别淄渑[54]。
所以对樽俎[55]，未曾问斗升。
酌我良已多[56]，狂言恐侵陵[57]。
暮云吞落日，归鸟求其朋。
冷官仆马瘦[58]，及门鼓腾腾[59]。

【注释】

　　[26]壮观：大观，形容奇伟可观的黄河风景。　　[27]太府：官名，掌管贡赋货财。此为第二首，即用"陵"字而赋的诗。　　[28]引绳：牵引的绳子。这两句是说：融融春色挽我出来，东风和煦如同引绳。　　[29]昏昏：修筑河堤时荡起的尘土。版筑：一种筑墙法，即用两版相夹，中间放泥，用杵舂实。这里是指修筑黄河堤防。　　[30]王事：为君王服劳役的事，公事。　　[31]增卑：使低的增高。卑：低下。培薄：把薄处加厚。增卑培薄是指筑堤治河工程。　　[32]杵（chǔ）：筑堤用的棒槌。登登：杵声。　　[33]失道：离开大禹所开凿的故道。　　[34]平原：广阔平坦的原野。罾（zēng）：一种用木棍或竹竿做成支架的鱼网，这里指罾鱼的行为。　　[35]莱：长满杂草。这句是说田中杂草丛生，无人耕种。　　[36]疮：喻指国家之疾患。懋：苦。这句是说，疾患之大使国家深陷愁苦。　　[37]念：念及，想起。耒耜（lěi sì）：古代一种象犁的农具，这里用作农具的统称。　　[38]丘塍（chéng）：田中的土埂。丘：古代划分田地的单位。《周礼·地官·小司徒》："九夫为井，四井为邑，四邑为丘。"　　[39]鼖（gāo）：小鼓，古代有劳役之事即敲鼓。　　[40]曲肱（gōng）：曲肱而枕。即枕着胳膊睡觉。肱：从臂到肘的部分，也泛指胳膊。这句是说半夜起来做农活。　　[41]禄廪：即俸禄。禄：官吏的俸给。廪：粮仓，这里指粮食。　　[42]游衍：纵意游乐。连上句是说：自己纵意骑马游玩，愧领了国家的俸禄。　　[43]司马：官名，宋时司马为军府之官，在将军之下，综理一府之事，参与军事计划。司马丞是司马的助理官。　　[44]大农：官名，即大司农，掌管租税钱谷盐铁和国家的财政收入，为九卿之一。部：部门。　　[45]"才术"以上四句：是称赞晁尧民的。　　[46]广文：唐时，在国子监增开广文馆，设博士、助教等职，领国子学生中修进士业者，诗人当时在北京任国子监教授。　　[47]结发：古代男子自成童开始束发，所以称童年或年轻时为结发。场屋：旧时科举考试的地方。也叫科场。　　[48]河难凭：《论语·述而》有"暴虎凭河"句，意即空手搏虎，徒步渡河，比喻冒险蛮干，有勇无谋。河滩凭：是说徒步难以渡河。　　[49]尔来：从"结发入场屋"以来。触事短：犹现在说"不会办事"。触：接触，触及。　　[50]"痴甚"句：是说比寒霜前的苍蝇还痴呆。　　[51]世味：人世的滋味。犹言世情。　　[52]不了：不了解，不知道。　　[53]卮（zhī）：酒器。容量四升。　　[54]淄渑（shéng）：二水名。都在山东省。相传二水异味，合则难辨，唯有春秋时齐国的易牙能分辨出来。这里喻指可以分辨出酒的味道，即不懂世事唯懂酒。　　[55]樽俎（zǔ）：同"尊俎"。

盛酒食的器具。樽以盛酒，俎以盛肉。斗升：泛指酒器。　［56］酌：斟酒，饮酒。　［57］侵陵：即"侵凌"，侵犯欺凌。　［58］冷官：职位不重要、清闲冷落的官。此为诗人自指。　［59］及门：指受业弟子，即学生。

## 【赏析】

　　这首诗写于元丰二年（1079）春。诗人此时在北京任国子监教授已有七年。全诗叙述了和友人一起游灵源庙的所见所闻所议所感。"大堤如连山，小堤如冈陵，增卑更培薄，万杵何登登"，可见当时防水筑堤的宏大工程。从此诗还可以看出当时筑堤的具体方法和不筑黄河堤、"移民就宽闲"的世人高论。

# 渡　河

客行岁晚非远游[1]，河水无情日夜流。

去年排堤注东郡[2]，诏使夺河还此州。

忆昔冬行河梁上，飞雪千里层冰壮[3]。

人言河源冻彻天[4]，冰底犹闻沸惊浪。

## 【注释】

　　［1］岁晚：一年将尽时，犹现在说"年底"。这句是说：年末客旅他乡并非为了游乐。　［2］"去年"二句：元丰四年（1081）夏四月，黄河小吴埽大决，自澶州注入御河北流。宋神宗下诏："东流已填淤不可复，将来更不修闭小吴决口，候见大河归纳，应合修立堤防"，使黄河回河北故道。排堤：决堤。东郡：即澶州。汉称澶州为东郡。此州：即指东郡。　［3］层冰：厚冰，重重叠叠的冰。　［4］河源：黄河发祥地。最后两句是虚写黄河，借"人言"极状河源汹涌之貌。

## 【赏析】

　　元丰六年（1083）冬，诗人自吉州太和（今江西泰和）改官德州（今山东陵县）渡过黄河，有感而作。

# 郭祥正

（生卒年不详）北宋诗人。字功父，太平州当涂（今属安徽）人，少有诗名。梅尧臣称他"真太白后身也！"举进士。熙宁中以殿中丞致仕。后通判汀州，知端州，又弃去，隐居青山至死。他的诗气味才力，时近李白。有《青山集》。

## 徐州黄楼歌寄苏子瞻[1]

君不见彭门之黄楼[2]，楼角突兀凌山丘[3]。
云生露暗失柱础，日升月落当帘钩[4]。
黄河西来骇奔流，顷刻十丈平城头。
浑涛春撞怒鲸跃[5]，危堞仅若杯盂浮[6]。
斯民嚚嚚坐恐化鱼鳖[7]，刺史当分天子忧[8]。
植材筑土夜运画[9]，神物借力非人谋。
河还故道万家喜，匪公何以全吾州[10]？
公来相基叠巨石[11]，屋成因以黄名楼。
黄楼不独排河流，壮观弹压东诸侯[12]。
重檐斜飞掣惊电[13]，密瓦莹净蟠苍虬。
乘闲往往宴宾客，酒酣诗兴横霜秋。
沈思汉唐视陈迹[14]，逆节怙险终何求[15]？
谁令颈血溅砧斧？千载付与山河愁。
圣祖神宗仗仁义，中原一洗兵甲休。
朝廷尊崇郡县肃[16]，彭门子弟长欢游[17]。
长欢游，随五马[18]。
但看红袖舞华筵[19]，不愿黄河到楼下。

【注释】

[1]徐州黄楼：徐州又名彭城，治所在今江苏徐州市。宋神宗熙宁十年（1077）七月，黄河决于澶州曹村，河道南徙，分为两派：一合北清河入于淮，一合南清河入于海。八月，徐州大水，苏轼率众日夜防河。（参见苏轼《河复》注）水退后，百姓欢歌，在城东门建大楼，垩（è）以黄土，取"土实胜水"意。名"黄楼"。苏子瞻：即苏轼，字子瞻。郭祥正和苏有诗往来酬赠。　[2]彭门：彭城东门。　[3]突兀：形容高耸的样子。凌：凌越，超过。　[4]"云生"二句：极写黄楼之高和黄楼之美。帘钩：挂门帘的钩。　[5]舂（chōng）撞：撞击。鲸：俗称鲸鱼。哺乳动物，胎生，生长在海里，体长可达三十多米，是现在世界上最大的动物。　[6]危堞：高高的城堞。　[7]斯：这，这里。嚣（xiāo）嚣：众人喧哗的声音。　[8]刺史：指苏轼。天子：指宋神宗。　[9]植材：即"置材"，置办筑堤材料。运画：运筹谋画。[10]匪：通"非"。公：指苏轼。吾州：徐州。　[11]相基：相看楼基。　[12]弹（tán）压：制服，镇压。东诸侯：东边的各个州郡，这里以"诸侯"代之。　[13]"重檐"二句：描写黄楼巍峨壮美。掣（chè）：拉牵。蟠苍虬（qiú）：青色的虬形蟠屈的雕镂纹饰。蟠：盘屈。虬：有角的小龙。　[14]沈思：即"沉思"。汉唐：汉朝唐朝。陈迹：陈年古迹。　[15]逆节怙（hù）险：依靠着险要之地而做违反节操之事。　[16]尊崇：尊贵，高贵。郡县：犹言府县。郡大于县。肃：肃静无事。　[17]彭门子弟：即彭城子弟。　[18]五马：太守的代称。这里指苏轼。　[19]红袖：指歌女。华筵：光华盛大的筵席。

【赏析】

这首诗以雄浑奔放的气势，描绘了彭城当年"浑涛舂撞怒鲸跃"的黄河水势，并以对黄楼重檐斜飞、密瓦莹净、"云生雾暗失柱础，日升月落当帘钩"的赞美，歌颂了苏轼为政的功绩。

# 孔平仲

北宋诗人。字义甫,一作毅父,临江新喻(今江西新余)人。英宗治平二年(1065)进士。历任密州教授、秘书丞、集贤校理、江南东路转运判官、京西南路刑狱、户部、金部郎中。与兄文仲、武仲并称"三孔"。黄庭坚有"二苏联璧、三孔分鼎"之誉。

## 题清斯堂

河流与淮接,于此一堂成[1]。
水色已可爱,主人心更清。
鱼潜晚日静,柳落秋空明。
本自无尘土,何须歌濯缨[2]!

【注释】

[1]河:黄河。淮:淮河。堂:即清斯堂,此堂于黄河与淮河的交汇处而建。 [2]濯缨:《孟子·离娄》:"沧浪之水清兮,可以濯我缨;沧浪之水浊兮,可以濯我足。"

【赏析】

诗人于深秋季节登临建于黄河与淮河交汇处的清斯堂,夕阳空明,鱼潜水净,诗人借《孟子》的典故表白了自己和堂主同样的清洁如水的情操,"本自无尘土,何须歌濯缨"。

# 贺铸

（1052—1125）北宋诗人。字方回，号庆湖遗老、北宗狂客，卫州（今河南汲县）人。以唐贺知章为远祖，因自称越人。历任监军器库门、徐州宝丰监，通判泗州、太平州，管勾杭州洞霄宫。善为词章，为填词名家。因词有"梅子黄时雨"句，时称"贺梅子"。诗也为世人所重。自编有《庆湖遗老诗集》前后集。

## 登黄楼有怀苏眉山[1]

登黄楼，望黄州[2]，

黄州望不见，楼下水东流。

水流何可留，浮云更悠悠。

伤心泽畔客[3]，憔悴楚兰秋。

【注释】

[1]黄楼：楼在徐州，为苏轼任太守时所建。详见郭祥正《徐州黄楼歌寄苏子瞻》注。苏眉山：即苏轼。苏轼为四川眉山人，故称。 [2]黄州：地名，今在湖北。时苏轼被贬于此地，任黄州团练副使。此句表现诗人对苏轼的怀念。望黄州，一个"望"字，尽显了诗人对苏轼的怀念。 [3]泽畔客：诗人自称。

【赏析】

诗人秋日登上黄楼，看楼下河水东去，楼头白云悠悠，想起战胜洪水后建楼的前辈东坡先生正谪居黄州。诗人满心悲伤，"黄州望不见"，"憔悴楚兰秋"。

# 再涉南罗渡[1]

辛酉八月赋。是夏大河西徙,遂可徒涉。

滞水生苔没马蹄,涨沙隐约见(自注:胡甸)金隄[2]。
禹功寖久人无继,未信东流不复西。

【注释】

[1]南罗渡:渡口名,在当时的大名府。辛酉:宋元丰四年(1081)。《宋史·河渠志》:"四月,小吴埽复大决,自澶(州)注入御河,恩州危甚。" [2]金隄:隄,即堤。金堤,意为坚固的黄河大堤。诗人自注:胡甸,亦即胡甸这段河堤。

【赏析】

诗人写涉过南罗渡所见景象,滞水生苔,金堤隐隐。想到治水的英雄大禹和大禹创造的治水功绩,看眼前溃水西流,遂用"未信东流不复西"的诗句表达了美好的愿望。

陕西合阳的黄河湿地　摄影/王伟

# 吕本中

（1084—1145）北宋诗人。字居仁，学者称东莱先生，开封（今属河南）人。北宋时历任济宁主薄、泰州士曹掾、枢密院编修、职方员外郎。南宋高宗时召为起居舍人、赐进士出身。擢中书舍人，兼侍读，权直学士院。因反对和议罢职。

## 商 村 河 决[1]

今年河口决商村，远望飞涛匹马奔。
曲港定无蛟鳄横，下田甘受雨泥浑。
衣裳虮虱藏针缝，头面尘沙露爪痕[2]。
犹恐因循葬鱼腹，故人无地与招魂[3]。

【注释】

[1]商村：黄河的重要村段，北宋时属开德府。 [2]"衣裳"二句：身上多虮虱，脸上有沙痕。头面：头脸。 [3]因循：守旧法而不知变通。此二句是说，生怕不知变通而淹死，亲人们前来招魂而找不到地方。

【赏析】

商村河决，飞涛如万马奔腾，无人能阻。泥汙遍地，居无完室。虮虱藏于衣缝，沙尘罩上头面。人人都害怕不小心被水淹死，让后来招魂的亲人们找不到地方。诗人以委婉的诗句表达了洪水给人们造成的生活和心理的伤害。

# 范成大

（1126—1193）南宋诗人。字致能，号石湖居士，吴郡（今江苏吴县）人。绍兴二十四年（1154）进士，历任处州知府，知静江府兼广南西道安抚使，四川制置使，参知政事等职。曾出使金国，坚强不屈，几乎被杀。晚年退居故乡石湖。所作爱国诗篇如使金途中绝句七十二首，表现了渴望收复中原、统一祖国的心情。田园诗清新朴素，精致逸丽。号称"南宋四大家"之一。有《石湖居士诗集》等。

## 渐　　水[1]

黄流日夜向南风[2]，道出封丘处处逢[3]。
紫盖黄旗在湖海[4]，故应河伯欲朝宗[5]。

【注释】

[1]渐水：诗人自注说："黄河将决，其地则伏流先出，名曰渐水。河身日涉而南，过封丘到胙城（在今河南封丘县北）界中，已有渐水。去汴京大约五十里耳。" [2]黄流：黄河水。南风：借指南方。 [3]封丘：即今河南封丘，位于黄河北岸。 [4]紫盖黄旗：紫盖、黄旗，皆指云气。古人附会为象征帝王之气。湖海：意指南宋皇帝偏安的江南。 [5]河伯：黄河神。朝宗：原指诸侯或地方长官朝见帝王，这里指朝见南宋皇帝。《周礼·春官·大宗伯》："诸侯朝于天子，春见曰朝，夏见曰宗。"百川归海也叫"朝宗"。南宋建炎二年（1128），赵构政权为防止金兵南进，曾在汴京决开黄河。自此黄河自泗水入淮南流。诗人这里是以黄河南流朝于大海喻指金国也应尊南宋为帝，即朝宗于南宋。

【赏析】

这首诗是诗人出使金国路上所写七十二首绝句之一，表现了强烈的爱国热情。

龙门，又叫禹门　摄影/孟宪明

## 刘迎

（？—1180）金代诗人。字无党，号无诤居士。东莱（今属山东）人。大定十四年（1174）进士，任幽州王府记室，后改任太子司经。诗作能强烈地反映当时社会现实，较著名的有《淮安行》《修城行》和《河防行》等。

### 河 防 行[1]

南州一雨六十日[2]，所至川源皆泛溢[3]。
黄河适及秋水时[4]，夜来决破陈河堤[5]。
河神凭陵雨师借，晚未及晴昏复下[6]。
传闻一百五十村，荡尽田园及庐舍[7]。
我闻禹时播河为九河[8]，一河既满还之他[9]，
川平地迥势随弱[10]，安流是以无惊波。
只今茫茫余故迹[11]，未易区区议疏辟[12]。
三山桥坏势益南[13]，所过泥沙若山积。
大梁今世为陪京[14]，财赋百万资甲兵[15]。
高谈泥古不须尔[16]，且要筑堤三百里[17]。
郑为头，汴为尾[18]，准备他时涨河水。

### 【注释】

[1]行：古代诗歌的一种体裁。　[2]南州：泛指当时金国的南方地区。　[3]川源：河流和平原。川：河流。源：本作"原"。泛溢：泛滥漫溢。　[4]适及：恰好到了。　[5]陈河：指黄河经陈留的一段。金代时，黄河大致分走北、中、南三条泛道，南面一支由延津西分出后，经封丘、开封、陈留，下接杞县、襄邑（今睢县）、宋城（今商丘），至虞城与正流（中流）汇合。　[6]"河神"二句：河伯施淫威，雨师逞凶狂，

昏天黑地，不见晴日。河神：黄河神，即河伯。凭陵：侵凌，进逼。雨师：司雨之神。借：凭借。　[7]荡尽：冲淹涤荡净尽。　[8]禹：即大禹，古代治河英雄。播河：分黄河。九河：西代黄河自孟津往北，分为九道，即徒骇、太史、马颊、覆釜、胡苏、简、絜、钩盘、鬲津。九河古道，湮废已久，因年代久远，已不能尽考其址。　[9]"一河"句：是说一条河满了，让水流到其他河里。　[10]川平地迥：河水平静，地土辽远。势：水势。　[11]故迹：指大禹所凿九河故迹。　[12]区区：少，小。疏辟：疏导，开辟。　[13]三山桥：不详。　[14]大梁：今开封市。陪京：陪都，就是在国都以外另设的都城。北宋灭亡后，金主完颜亮贞元元年（1153）自上京（今黑龙江省阿城南）迁都于燕，称中都，不久又改名北京，而以汴梁（大梁）为南京。[15]"财赋"句：连年征战，财赋国力都用到战争上，做了甲兵之资。　[16]泥古：拘泥于古代成规，不知变通更新。不须尔：不须要了。尔：语气词。　[17]筑堤：修筑黄河堤。　[18]郑：郑州，即今河南省郑州市。汴：汴梁，即今河南省开封市。

【赏析】

　　这首诗反映了黄河秋水泛滥的严重灾情，用对大禹治河圣迹的缅怀，谴责了统治者连年征战、甲兵巨资的行为，并表达了自己的防河治水思想。

# 河　桥

　　桃李香中八九家，青旗高挂绿杨斜[1]。
　　晚来风色渡头急，满地萧萧杨白花[2]。

【注释】

　　[1]青旗：青色的酒旗。　[2]杨白花：白杨树的花穗。

【赏析】

　　此诗写初夏时节的河边风光，清新如洗，一派祥和，朴素而美丽。这在历代黄河诗中颇为少见。

# 赵秉文

(1159—1232)金代文学家。字周臣,号闲闲老人,磁州滏阳(今河北磁县)人。大定二十五年(1185)进士,官至礼部尚书。工诗文书画,诗歌豪放清新,不拘一格,内容多写自然景物,也有反映社会现实的作品。有《闲闲老人滏水文集》。

## 逍 遥 楼[1]

黄河城上逍遥楼,何人能作逍遥游。

断霞落日今犹古,明月清风春复秋。

千里兵尘常漠漠,五年心事漫悠悠[2]。

中条太华不忍见[3],云自高飞水自流。

【注释】

[1]逍遥楼:在河中府,名追鹳雀楼。 [2]五年心事漫悠悠:诗人曾在此为官,五年心事当指为官于此地的年数。 [3]中条太华:即中条山和太华山。

【赏析】

写诗人登斯楼的感慨。"黄河城上逍遥楼,何人能作逍遥游",开首一句,就写出了世上诸人的困惑与无奈。面对千年一瞬的断霞落日、明月清风,诗人闭目抚愁,高耸的中条山和太华山是不见了,但"云自高飞水自流",岁月苍茫,时光如逝,写出了我们共同的感伤。

## 三 山 渡 口

春水三山渡,斜阳八字堤。

河淤树身短,沙截草痕齐[1]。

地纳黄流大,天衔浚泽低[2]。

故人不我见,愁思使人迷。

【注释】

[1]此二句写出了黄河岸边的特殊景象。淤泥埋短了树身,流沙切断了草地。 [2]天衔:天把泥衔走。此句是说,浚泽低是天为。

【赏析】

春天渡河,河堤像"八"字一样舒展而开。黄水连天,浚泽无际。"河淤树身短,沙截草痕齐",看着眼前的景色,诗人想起了远方的友人,不禁愁思凄迷,不能自已。

# 和钦止河中即事[1]

鹳鹊楼前一望时,长河寂寞送斜晖[2]。

人歌人哭几兴废,年去年来今是非。

寒雨渭流人断渡,秋风汾水雁来稀[3]。

千村万落人烟霭,更许砧声暮捣衣。

【注释】

[1]这是写于河中府与朋友钦止的一首和诗。 [2]长河:黄河。 [3]渭流:指渭河。渭河古称渭水,是黄河最大的支流,发源于甘肃省定西市渭源县鸟鼠山,至渭南市潼关县汇入黄河。汾水:即汾河,古称汾,黄河的第二大支流,源头在山西省神池县,于万荣县荣河镇汇入黄河。

【赏析】

这虽是一首唱和诗,但诗情饱满,场面壮阔。西渭北汾,寒雨秋风。"人歌人哭几兴废,年去年来今是非",在寒砧万杵的捣衣声中,千村万落的烟霭正冉冉而升。

# 李道玄

金代诗人。又名李通玄。号通玄子。大定至元宪宗元年时期人。居山西河津道庵,常在河中府、平阳、永济一带活动。其诗歌内容多劝人修行。

## 登鹳雀楼观河

地上长河天底山,天吴怒激浪回还[1]。
争如楼上无名客[2],不起风波自在闲。

【注释】

[1]天吴:水神名。《山海经·海外东经》:"朝阳之谷,神曰天吴,是为水伯……其为兽也,八首人面,八足八尾,皆青黄。" [2]争如:怎如。无名客:诗人自指。

【赏析】

诗人登上鹳雀楼,看黄河流水,怒浪回还。由此而感慨起尘世的人生,"不起风波自在闲",有明显的劝世之意。首句"地上长河天底山",壮阔有力。

## 重 游 河 中

四十年前此地游,繁华几换度春秋。
黄河不在兴亡縠[1],依旧滔滔东注流。

【注释】

[1]縠(gòu):原指箭能射击到的范围。喻指牢笼、圈套。

【赏析】

诗人四十年后重游旧地,繁华几度,春秋屡变,而黄河依然滔滔东去,不改气势,遂有此慨:黄河不在兴亡縠,依旧滔滔东注流。

## 完颜璹

（1172—1232）金代诗人。本名寿孙，字仲实，又字子瑜，自号樗轩老人。世宗孙，越王永功长子。博学才俊，善为诗。历任奉国上将军、银青光禄大夫、开府仪同三司等。初封胙国公，进封密国公。晚年有自刊诗集。已佚。

### 绝 句

孟津休道浊于泾[1]，若遇承平也敢清。
河朔几时桑柘底，只谈王道不谈兵[2]。

【注释】

[1]孟津：黄河古渡口，在今河南孟县县北。详见李白《赠崔侍御》注。浊于泾：意即孟津的黄河水比泾河还混浊。古有"泾渭分明"的成语。渭水清，泾水浊。 [2]河朔：地区名。泛指黄河以北。桑柘底：桑柘树的下边。此二句说，什么时候在河朔的桑树或者柘树下，我们只谈王道不谈战争。

【赏析】

此诗表达了诗人天下安定、政治清明的理想。虽说孟津的黄河水混浊不清，但如果实现了承平美好的理想，黄河也是可以清的。古有"黄河清，圣人生"的说法。

# 周昂

（？—1211）金代诗人。字德卿，真定（今河北正定）人。大定年间进士，官至六部员外郎，元军至，死难。有《常山集》，今佚。《中州集》存其诗一百首。

## 砥 柱 图

鬼门幽险深百篙[1]，人门过窄逾两牢[2]。

舟人叫渡口流血，性命咫尺轻鸿毛[3]。

开图便览风雷怒[4]，素发飘萧激衰暮[5]。

河来天上石不移，安得此心如砥柱[6]！

【注释】

[1]幽险：幽深危险。百篙：极言其水深。篙是撑船之物。鬼门：参见颜之推《从周入齐夜渡砥柱》注。　[2]两牢：指崤山中险峻狭窄的南、北二崤道。　[3]"舟人"二句：摆渡凶险艰难，船工们生死咫尺，命如鸿毛。叫渡：喊着号子摆渡。　[4]图：即"砥柱图"。　[5]素发：白发。飘萧：飘动的样子。衰暮：衰老，年迈。　[6]"河来"二句：表现了对砥柱的赞叹。

【赏析】

观览砥柱图，船工们呼号口流血、性命轻如鸿毛的情景清晰地呈现在诗人面前。此诗既描绘了三门砥柱渡河的惊险万状，也表达了观瞻砥柱图的感慨。

# 李俊民

（1176—1260）金代诗人。字用章，自号鹤鸣老人，泽州晋城（今山西晋城）人。承安五年经义进士第一。任应奉翰林文字。后任沁水令，未几弃官教授乡里，隐居嵩山等地达二十年。入元后，忽必烈以安车召见，加号庄靖先生，归山不仕。

## 过 龙 门 [1]

流水潺潺漱石根[2]，又还怀古过龙门。

行人但礼龛中像[3]，谁识当年禹作痕[4]。

【注释】

[1]龙门：山名。在陕西省韩城县与山西省河津县间。详见薛道衡《敬酬杨仆射山斋独坐》注。 [2]漱：含水洗。 [3]龛中像：指神龛中的神像。 [4]禹作痕：龙门是大禹治水时所劈开。

【赏析】

诗人再次经过龙门，看到行人只知道上香神龛，却把大禹治水的功德忘到了一边，禁不住大发感慨：谁识当年禹作痕！

# 麻革

（1184后—1261前）金代诗人。字信之，号贻溪，临晋（今山西临猗）人。元好问任内乡令，曾和杜仁杰、张澄等同隐内乡山中，以作诗为业。金末入南京，为太学生。金亡后北渡，隐居居延。以教授而终。有"海内名士""文章巨公"之称。

## 过 陕[1]

万古津茅据上游，崤函西去接秦头[2]。
悲风鼓角重城暮[3]，落日关河百战秋。
形胜古来须上策，尘埃岁晚只羁愁[4]。
豺狼满地荆榛合，目断中条是故丘[5]。

【注释】

[1]陕：即陕州。治所在今河南省陕县。黄河流经城下。 [2]津茅：即茅津渡。详见魏野《茅津渡》注。崤（xiáo）函：古代对崤山和函谷关的统称。相当于今陕西潼关以东至河南新安县地。高峰绝谷，峻阪迂回，形势十分险要。秦头：秦国的边界。 [3]重（chóng）城：指陕州城。有城有郭，故为重城。 [4]上策：古有上、中、下三策。上策最佳。羁愁：羁绊，停留。 [5]豺狼满地：似有所指。中条：即中条山。故丘：故乡。

【赏析】

悲风鼓角，关河落日，千古形胜。诗人经过陕州，看山川四野，豺狼满地；想家国民生，百战犹多。中条山就在并不遥远的地方，那是诗人的家乡啊！

# 元好问

（1190—1257）金代文学家。字裕之，号遗山，秀容（今山西忻县）人。祖系出自北魏拓跋氏。兴定进士，官至尚书省左司员外郎。金灭亡后，不再做官。工诗文，在金元之际颇负重望。诗词风格沉郁，诗作题材广泛，反映国破家亡的现实之作成就最高。论诗反对柔靡雕琢，崇尚天然、真淳。作有《遗山集》，编有《中州集》。

## 俳体雪香亭杂咏（十五首选一）[1]

落日青山一片愁，大河东注不还流[2]。
若为长得熙春在[3]，时上高台望宋州[4]。

【注释】

[1]俳体：旧时诗文凡内容以游戏取笑为主的，称为俳谐体，略称俳体。雪香亭：据扬奂《汴故宫记》，雪香亭在汴宫仁安殿西边。　[2]大河：黄河。金时黄河下游走了三条泛道，南边的一条从汴京北流过，达于归德。参见刘迎《河防行》注。　[3]熙春：温暖的春天。此处代指金朝。　[4]宋州：即春秋时的宋地，今河南商丘一带，金时属归德府辖境。

【赏析】

这十五首诗当写于天兴二年（1233）春天诗人未出汴京以前，蒙古军包围了金朝的都城南京（今河南开封市），金朝末代皇帝完颜守绪（哀宗）逃往归德（今河南商丘市）。第二年正月，金哀宗在蔡州自杀，金朝灭亡。此诗是原诗的第三首，表现了诗人无可奈何的沉重深苦的哀愁。

**陈赓** （1190—1274）金代诗人。字子飏，临晋（今属山西）人。曾任河东山西道行中书省参议。金亡后隐居不仕，流传诗作有二十首，收于《河汾诸老诗集》。

## 蒲 津 晚 渡 [1]

云涛注壶口[2]，水府蟠九垒[3]。
公子莫争舟[4]，蛟龙方骫骳[5]。

【注释】

[1]《蒲津晚渡》是诗人《蒲中八咏为师岩卿赋》中的一首，其他七首是《虞坂晓行》《舜殿薰风》《首阳晴雪》《东林夜雨》《西岩叠巘（yǎn）》《妫汭夕阳》《王宫飞湍》，都是歌咏当时蒲州胜景之作。　[2]壶口：山名，在今山西省乡宁县内旧吉县西南。黄河自北而来，至此倾泻于西崖，悬注如壶，故名。　[3]水府：水神所辖的区域。蟠：盘伏、屈曲。九垒：指龙宫水府的壁垒建筑。九，极言其多，非实指。　[4]公子：对渡河人的尊称。　[5]骫骳（wěi bèi）：委曲宛转。这句是说，水中蛟龙正宛转伸屈，蠢蠢欲动，随时准备啮人。

【赏析】

这首诗以丰富的想象，生动地状写了蒲津渡口存在的危险。

# 陈庾

（1194—1261）金代诗人。字子京，临晋（今属山西）人。陈赓的弟弟。金末隐居卢氏山中，每天和弟子讲习问辨，学生很多。著述颇丰。今仅存诗十九首，见《河汾诸老诗集》，其余均失传。

## 蒲 津 晚 渡[1]

中条山色照黄河[2]，竞渡行人晚更多[3]。
城上危楼倚霄汉[4]，凭栏有客正悲歌[5]。

【注释】

[1]蒲津晚渡：是《题师岩卿蒲中八咏》中的一首，其他七首与陈赓同题诗注同。 [2]中条山：在山西西南部，黄河北岸。详见韩愈《条山苍》注。 [3]竞渡：争渡。 [4]危楼：高楼。霄汉：天空极高处。霄，云。汉，天河。 [5]悲歌：悲壮之歌。

【赏析】

这首诗写蒲津渡傍晚的壮美景色，宛然若画：中条山色、黄河流水、晚渡行人以及城上高楼和楼上引吭高歌的客子都清晰可见。

# 李献甫

（1194—1234）金代诗人。字钦用，河中（今山西永济）人。兴定五年（1221）进士。初任咸阳主薄、行台令史，正大初年，随使西夏，以功任庆阳总帅府经历官、长安令、尚书省令史，充行六部员外郎。死于蔡州之难。有《天倪集》，已佚。

## 河上之役三首（选二）

### 之 二[1]

新筑河堤要策勋，万人采尽北壖薪[2]。
青青好藉曹州柳[3]，旧是中原一段春。

### 之 三[4]

万夫卷土障横流，负土成山水未收。
明日落成真盛事，谁能作赋拟黄楼[5]。

【注释】

[1]《河上之役三首》所选为原诗第二首。 [2]策勋：谓纪功于策。壖薪：河边空地上的柳。 [3]曹州柳：诗人自注："曹州陷没已久。" [4]所选为原诗第三首。 [5]黄楼：宋时苏轼宰徐州时所建。详见郭祥正《徐州黄楼歌寄苏子瞻》注。

【赏析】

诗人忠实地记录了河上之役的情状。新筑河堤的人们听说要策勋记功，一时砍尽了曹州的薪柳。虽然"万夫卷土障横流，负土成山水未收"，但诗人已经在想，明天堵住河水，筑好河堤，由谁像苏子瞻赋一篇像《黄楼》那样的诗篇呢！

# 曹之谦

（生卒年不详）金代诗人。字益甫，云中应（今山西大同）人。与元好问先后登第，并同任东曹省掾。入元后，居平阳三十年，与诸生讲学。有《兑斋文集》，已佚。有诗四十五首，存于《河汾诸老诗集》。

## 蒲津晚渡[1]

黄河城下水沄沄[2]，船去船来几夕曛[3]。
老尽津头垂钓客，柳阴相对白鸥群[4]。

【注释】

[1]蒲津晚渡：是《题师岩卿蒲中八咏》中的一首。见陈赓同题诗注。 [2]城：指蒲州城，在黄河东岸。 [3]曛（xūn）：日落的余光。 [4]白鸥：一种水鸟。善飞翔，能游水。

【赏析】

这首诗以沄沄河水、船来船往的"动"为背景，用传神省简的笔触勾勒了绿柳荫中与白鸥相对的垂钓老人。以动衬静，以静显动，很富于感染力。

# 段克己

(1196—1254)金代文学家。字复之,号遁庵,别号菊庄,绛州稷山(今属山西)人。金末进士。入元朝后,和弟成己避居龙门山中二十余年而卒,人称遁庵先生。兄弟均擅长文学,赵秉文称其为"二妙"。诗风清健。后人集有《二妙集》。

## 戊申四月游禹门有感[1]

黄河一线天上来,两山突兀屏风开[2]。
天生圣人为万世[3],惊涛拍岸鸣春雷。
冷云直上三千尺,石巅古庙高崔巍[4]。
断碑岁月不可考,丹青剥落空莓苔[5]。
嗟乎去古盖已远[6],荒辞漫汗相惊猜[7],。
安居平土果谁力[8],愚民耳目诚可哀!
一声渔笛起何处[9],沧州雅兴还悠哉[10]。

【注释】

[1]这首诗写于公元一二四八年四月,诗人当时隐居龙门山。禹门:即龙门。相传为大禹治水时所凿,故又称禹门。详见薛道衡《敬酬杨仆射山斋独坐》注。 [2]两山:指夹河而立的龙门山。突兀:高耸的样子。屏风:室内陈设的作为挡风或遮蔽的用具。此处喻指龙门山。 [3]圣人:人格品德最高的人,这里指夏禹。 [4]巅:山顶。古庙:指禹王庙。崔巍:山势高峻的样子。 [5]丹青:古代绘画用的颜料,此处指画在庙里的绘画。莓苔:青苔。 [6]嗟乎:感叹词。去:离,距。 [7]荒辞:年代久远、不易辨解的文字。漫汗:广大。 [8]."安居"二句:能够安居乐业、不受水害靠谁的力量呢?愚昧无知的人真是可哀!诗人抒发感慨中歌颂了大禹的功绩。 [9]渔笛:渔人笛声。 [10]沧州:即。沧洲,滨水的地方,古时称隐居人的住所。此处是诗人自指。雅兴:高雅的兴趣。

【赏析】

这首诗描写了惊涛拍岸、冷云直上的禹门壮景和夏禹庙里丹青剥落、荒辞漫汗的情形,表现了诗人隐居自得、悠哉游哉的雅兴。

# 赵子正
金代诗人。生平、籍贯均不详。

## 题风陵渡[1]

一水分南北[2],中原气自全[3]。

云山连晋壤[4],烟树入秦川。

落日黄尘起,晴沙白鸟眠。

晚输今正急[5],忙杀渡头船[6]。

【注释】

[1]风陵渡:在山西永济县南,黄河北岸。古称风陵关,又称风陵津,相传风后葬在此地,故名。 [2]一水:指黄河水。 [3]中原:指黄河中下游地区。气:指构成万物的物质。 [4]"云山"以下四句:场面阔大。远景渺茫雄浑,近景清晰有趣。晋:古代候国名。春秋时据有今山西省大部和河北省西南地区,地跨黄河两岸。秦川:地名,自大散关以北到岐雍,夹渭川南北两岸,沃野千里,因为是古秦国故地,故称秦川。约包括今陕西、甘肃两省之地。 [5]晚输:傍晚的河上运输。 [6]忙杀:即"忙煞",意思是忙得很。煞:形容极甚之词。

【赏析】

这首诗写夕阳西下风陵渡远眺近睹的自然风光以及河上运输的紧张繁忙,浑茫而优美。

风陵渡　摄影／孟宪明

## 陈孚

（1240—1303）元代诗人。字刚中，天台临海（今浙江临海）人。天才过人，任侠不羁。至元中，以布衣上《大一统赋》，署为上蔡书院山长，累官至台州路总管府治中，死后追封海陵郡公。著有《观光稿》一卷，《交州稿》一卷，《玉堂稿》一卷，附录一卷，并行于世。

### 黄　河

千载金汤拥上流[1]，只今惟有荻花秋。
江南客子笑无语[2]，闲看黄河绕汴州[3]。

【注释】

[1]金汤：金城汤池的省称，喻城池的坚固。拥：阻挡。这句是说，千百年来坚固的城池阻挡着黄河的上流。所以下边说，"闲看黄河绕汴州"。　[2]江南客子：诗人自指。　[3]汴州：治所在今河南省开封，辖境相当于今开封市和开封、封丘、尉氏、杞县、兰考等县。

【赏析】

诗人就眼前所见，表现了旷放的情怀。诗歌信手拈来，不假雕琢，浑然天成。

# 黄　河　谣[1]

长淮绿于苔[2]，飞下桐柏山[3]。
黄河忽西来，乱泻长淮间。
冯夷鼓狂浪[4]，峥嵘雪崖堕[5]。
惊起巫支神[6]，腥涎沃铁锁[7]。
两雄斗不死[8]，大声吼乾坤[9]。
震撼山岳骨，磨荡日月魂[10]。
黄河无停时，淮亦流不息。
东风吹海波，万里涌秋色。
秋色不可扫[11]，清烟映芦花[12]。
白鸟一回互[13]，长鸣下汀沙[14]。
黄灵奠四渎[15]，各剖盘古髓[16]。
千古今合流[17]，神明胡乃尔[18]？
渔翁一鬓霜[19]，扁舟依古树。
隔浦欲叩之[20]，翩然凌波去[21]。

### 【注释】

[1]谣：歌谣。　[2]长淮：长长的淮水。淮：即淮河，古代四渎之一。源出河南桐柏山，东经安徽、江苏入洪泽湖。其下游原来流经淮阴、涟山入海。宋建炎二年（1128），南宋赵构政权为阻止金兵南进，在开封决开黄河，河水自泗水入淮河，此是黄河历史上长期泛淮入海的开始。金章宗明昌五年（1194），黄河再次夺淮。苔：青苔。　[3]桐柏山：在今河南省桐柏县西南，淮河的发源地。　[4]冯夷：黄河神名，即河伯。一说为河伯之妻。　[5]峥嵘：高峻的样子。雪崖：比喻黄河激浪。　[6]巫支神：即无支祁，淮水神名。相传禹治洪水，在桐柏山获淮涡水神，名无支祁，善应对言语，能辨淮水的深浅，源头的远近。形若猿猴，缩鼻高额，青躯白首，金目雪牙，颈伸百尺，力逾九象。后颈锁大铁，鼻穿金铃，被锁在淮阴龟山脚下，淮水始得以安流入海。　[7]沃：浇。　[8]两雄：指冯夷和无支祁。　[9]乾坤：天地。　[10]磨

荡：即"摩荡"，形容气势雄伟。　[11]扫：扫除。　[12]清烟：澄清洁净的细烟。　[13]回互：回环交错。　[14]汀沙：水边沙地。　[15]黄灵：西人把东、西、南、北、中称为五方，黄灵是五方中央神。奠：放置。四渎：指长江、黄河、淮水、济水。四条河流皆独流入海。　[16]盘古：即盘古氏。我国神话中开天辟地首出创世的人。盘古髓：喻指九州大地。　[17]合流：指河淮合流。　[18]神明：即神祇。胡：何故。乃：这样。以上四句是说，黄灵神放置四条江河，各按自己的河道流行，千年未变，而今合流，神祇何故这样呢？　[19]鬓霜：两鬓染霜，霜喻指白发。　[20]浦：水滨。叩：询问。　[21]翩然：轻盈迅疾的样子。凌波：起伏的波浪。

【赏析】

　　这首诗不仅描写了黄河乱泻长淮间、两雄争斗撼乾坤的雄壮气势，还表示不理解黄河夺淮的神明意旨，想问古树下那个两鬓染霜的渔翁吧，人家却驾着扁舟翩然离去。结尾饶有情趣，诗意耐人寻味。

陕西韩城的黄河　摄影/王伟

# 袁桷

（1266—1327）元代文学家。字伯长，庆元路鄞县（今属浙江）人。元成宗大德初年，荐为翰林国史院检阅官，累迁翰林侍讲学士。熟习掌故，长于考据。诗格清隽，造语工致，有《清容居士集》。

## 河 船 行[1]

黄河之船如切瓜[2]，黑金铺钉水爬沙[3]。
高桅不肯著船底[4]，四面绚索相交加[5]。
轮囷薪稿浮山来[6]，淮船争避吴船开[7]。
往回南北任衣食，不学荡子多嫌猜[8]。
好风千帆乱流去，我独抱辛走行路[9]。
从来宴安多后虞[10]，一失天公不相顾[11]！
解凌已过桃花来[13]，沂流九曲扬飞埃[13]。
不闻赤鲤上天上[14]，但见鱼鳖争喧豗[15]。
船前养驴豕同圈[16]，借力于驴共牵挽[17]。
莫嫌我鞭太粗毒[18]，大胜江南人代畜。

【注释】

[1]行：古代诗歌的一种体裁。　[2]切瓜：切成的瓜，两头尖，中间大，喻河中船的形状。　[3]黑金：黑色金属，指铁。古人把金、铜、铁称作黄金、赤金、黑金。黑金铺钉：是说河船的坚固。爬沙：指动物爬梳沙土而行进的样子。　[4]桅：船桅杆。著：触，接触。　[5]绚索：皆指绳子。索即犬绳。交加：错杂相集。　[6]轮囷（qūn）：高大的样子。薪稿：柴和禾杆。　[7]淮船：淮河之船。吴船：吴地之船。　[8]荡

子：游荡不归的男子。嫌猜：疑忌。　［9］抱辛：持守辛劳。　［10］宴安：安逸。虞：忧虑。　［11］天公：天帝。　［12］解凌、桃花：皆为黄河水名。作者自注说："黄河正月为解凌水，二三月为桃花水。"　［13］沂（sù）流：逆流而上。九曲：指黄河河道曲折之多，飞埃：腾飞的烟埃。此处喻黄河浪翻波涌的水气。　［14］"不闻"句：据传，每年三月，黄河鲤鱼上渡龙门，得渡者即成龙，否则点额而回。　［15］喧豗：哄闹声。　［16］豕（shǐ）：猪。　［17］借力于驴：向驴借力，即用驴拉船。江南拉纤用人，此地拉船用驴，故下有"大胜江南人代畜"句。　［18］粗毒：粗暴狠毒。

【赏析】

　　诗人以生动的笔触状写了"黄河行船如切瓜"，"轮困薪稿浮山来"的情景，并对以畜拖船的做法大为赞尝："莫嫌我鞭太粗毒，大胜江南人代畜。"

# 黄　河

乘槎使者问河源[1]，织女相逢事惘然[2]。
从此竟传天上去，不知沧海几桑田[3]！

【注释】

　　［1］乘槎使者：指汉代的张骞。神话传说张骞受武帝命寻求黄河源，曾到天河，见到织女。详见储光羲《夜到洛口入黄河》注。　［2］惘然：不知所以。　［3］"不知"句：不知沧海几度变为桑田。意思是说：不知张骞河源遇织女的传说还要流传多少年！

【赏析】

　　这首诗是对张骞天河遇织女的神话传说所发的感慨。

# 柳贯

（1270—1342）元代文学家。字道传，号乌蜀山人，浦江（今属浙江）人。至正年间任翰林待制。通经史，与黄溍、虞集、揭傒斯齐名，称"儒林四杰"。散文长于议论，诗善于描写景物变化。有《柳待制文集》。

## 登徐州城上黄楼北望河流作[1]

高楼背水压奔冲[2]，影动云虹落水中。
土色从黄宜制胜[3]，河声触险听分洪[4]。
却思沉璧千年日[5]，欲问乘槎八月风[6]。
汴泗交流平似席[7]，南行北播本同功[8]。

【注释】

[1]徐州：地名。即今江苏省徐州市。黄楼：见郭祥正《徐州黄楼歌寄苏子瞻》注。 [2]奔冲：奔突冲撞。指黄河水势。 [3]土色从黄宜制胜：黄楼建成后，用黄土粉刷，取"土实胜水"之意。 [4]分洪：使洪水分流以去险情。 [5]沉璧：指汉武帝沉玉璧、白马以祭河神，堵塞瓠子决口一事。元封二年（前109年），汉武帝征发数万人堵塞瓠子决口，他亲临现场，投玉璧、白马祭祀河神。 [6]欲问乘槎八月风：古代传说，大海与天河相连，曾有人乘槎到了天河，见了牵牛、织女。后来此传说又附会到了寻求黄河源的汉人张骞身上。详见储光羲《夜到洛口入黄河》注。 [7]汴泗：汴河和泗水。 [8]南行北播：指黄河流向。黄河古时北流，大禹曾播河为九，以减水势。金元时，黄河南流。最后二句是说，只要治水有方，河无水患，南流北流都是一样有功的。

【赏析】

诗人登上黄楼，北望大河，遥想千年治河史事，认为只要河无水患，南流北流都是同样有功的。

# 萨都剌

（1272—?）元代诗人。字天锡，号直斋，蒙古人。祖父因功留居云、代，遂居于雁门（今山西省代县）。泰定四年（1327）中进士。累官御史，因弹劾权贵，左迁闽海廉访知事。他的诗清丽俊逸，间有豪迈奔放之作。词亦有名。有《雁门集》。

## 彭城杂咏呈廉公亮佥事（七首选一）[1]

黄河三面绕孤城[2]，独倚危栏眼倍明[3]。
柳絮飞飞三月暮，楼头犹有卖花声。

【注释】

[1]彭城：地名。古时尧封彭祖于此，号大彭氏国，故址在今江苏省徐州南铜山县，元时属河南江北道。廉公亮：名廉惠山海牙，字公亮。曾任监察御史，历佥河东、河南、江西廉访司事。廉公亮佥河南廉访司事当在此时，诗人故以诗呈之。 [2]孤城：即彭城。 [3]危栏：高楼上的栏槛。

【赏析】

这首诗是原诗的第七首，写暮春三月独倚危栏的所见所闻，其形其声，清晰如在眼前。

# 黄河夜月

斗杓照水半垂天[1],水气涨天如白烟。
南北橹声争上下[2],月中闻鼓避官船[3]。

【注释】

[1]斗杓:即北斗柄。北斗七星,四星象斗,三星象杓。杓即"柄"。 [2]橹:划船的工具。大的叫"橹",小的叫"楫"。 [3]官船:国家的船只。

【赏析】

这首诗写月色之中的黄河美景和繁忙的河上运输。"月中闻鼓避官船"一句,可窥当时河上运输制度之一斑!

# 过古黄河堤

迢迢古黄河[1],隐隐若城势[2]。
古来黄河流,而今作耕地。
都道变通津[3],沧海化为尘。
堤长燕麦修[4],不见筑堤人。

【注释】

[1]迢迢:辽远的样子。 [2]隐隐:隐约,不分明。若城势:象城池一样的形势。 [3]都道:通往京都的大道。通津:通达的津渡。 [4]燕麦:植物名。初为野生,燕雀食之,所以得名。

【赏析】

这首诗写了所见古黄河堤的情状,对"古来黄河流,而今作耕地"的世事深表感慨,流露出一片怅惘情怀。"迢迢古黄河,隐隐若城势",逼真,传神,浑茫。

## 朝发黄河即事[1]

晨发大河上[2],曙色满船头。
依依树林出,惨惨烟雾收。
村墟杂鸡犬,门巷出羊牛。
炊烟绕茅屋,秋稻上垅丘。
尝新未及试,官租急征求[3]。
两河水平堤,夜有盗贼忧。
长安里中儿[4],生长不识愁。
朝驰五花马[5],暮脱千金裘[6]。
斗鸡五坊市[7],酣歌最高楼。
绣被夜中酒,玉人坐更筹[8]。
岂知农家子,力穑望有秋[9]。
桓褐常不完[10],粝食常不周[11]。
丑妇有子女,鸣机事耕畴[12]。
上以充国税,下以祀松楸[13]。
去年筑河防,驱夫如驱囚[14]。
人家废耕织,嗷嗷齐东州[15]。
饥饿半欲死,驱之长河流[16]。
河源天上来,趋下性所由。
古人有善备,鄙夫无良谋[17]。
我歌两河曲,庶达公与侯[18]。
凄风振枯槁,短发凉飕飕。

【注释】

[1]即事:眼前的事物。多用作诗题,如言即景等。 [2]大河:黄河。 [3]"尝新"二句:说新秋尚未来得及尝尝,官家的租子已急急征求。 [4]长安里中儿:泛指都市中的富家子弟。 [5]五花马:把马鬃剪成五个花瓣的骏马。唐朝开元、天宝年间,凡名马都把马鬃剪成花瓣的形状,所以以五花马作为良马的代称。 [6]千金裘:价值千金的珍贵皮衣。 [7]五坊市:泛指都市的玩乐之处。五坊是唐代皇帝饲养猎鹰、猎犬的官署,分雕、鹘、鹞、鹰、狗五坊。 [8]更筹:古代夜间报更的牌。 [9]穑(sè):泛指耕耘收种。 [10]裋(shù)褐:粗陋衣服。 [11]粝食:粗劣食物。 [12]耕畴:耕种土地。 [13]松楸(qiū丘):指墓地上种的松树和楸树,以此代指墓。 [14]"去年"二句:据《元史·顺帝纪》:至正九年五月,顺帝曾"诏修黄河金堤"。 [15]齐东州:即今山东省地。 [16]长河:指黄河。这句是说农民们被驱往黄河筑堤。 [17]鄙夫:鄙陋浅薄的人,这里指那些执政的官僚们。 [18]庶:希望。

【赏析】

这首诗写于元顺帝至正十年(1350)丞相脱脱与贾鲁议论治理黄河时。全诗用对比的手法,谴责了纨绔子弟的穷奢极欲,对黄河两岸人民衣不遮体、食不果腹的悲惨生活表示了深切的同情。

壶口激流 摄影/孟宪明

# 揭傒斯

（1274—1344）元代文学家。字曼硕，龙兴富州（今江西丰城）人。幼年家贫，读书刻苦，早有文名，官至翰林侍讲学士。曾总修辽、金、宋三史，因积劳病死，谥文安。诗歌清婉丽密，较有情致。有《揭文安公全集》。

## 入黄河和李提举韵[1]

黄河发西极[2]，浩浩纳众浑[3]。

势挟天地转，怒作雷霆奔。

小大无不容，至明若大昏[4]。

阴阳有逆顺[5]，水性无亡存[6]。

梦乘牛斗槎[7]，濯足昆仑源[8]。

俯视大瀛海[9]，独为百谷尊[10]。

【注释】

[1]提举：官名。朝中的高级官员。和韵：和他人诗词，仍用原韵，叫和韵。 [2]西极：西方极远之处。 [3]浩浩：水流盛大的样子。纳：接收。众浑：众多浑浊的水流。 [4]至明：极其光明。大昏：愚昧，昏暗。以上两句写黄河的怀抱。 [5]阴阳：古代以阴阳解释万物化生，凡天地、日月、昼夜、男女以至肺腑、气血皆分属阴阳。 [6]水性无亡存：水具有随势而流的特性，所以说无有存亡之理。 [7]牛斗：二十八宿中的牛宿和斗宿。 [8]昆仑源：即黄河源。古人认为黄河发源于昆仑山。 [9]大瀛海：浩瀚的海洋。 [10]百谷尊：众谷之首。谷：流水道。

【赏析】

这首诗描写了"势挟天地转，怒作雷霆奔"的黄河气势和"浩浩纳众浑""至明若大昏"的宽广胸襟，最后以乘斗牛之槎的梦境作结，表现了诗人阔大的胸怀和丰富的想象力。

# 王艮

（1278—1348）元代诗人。字止善，元绍兴诸暨人。历两浙都转运盐使司、海道漕运都万户府经历，核减盐引，除运船为风所败者之粮。后迁江浙行省检校官，除江西行省左右司员外郎，奸人诬两省民巨额迹避田赋，艮皆破其诳妄。后以淮东道宣慰副使致仕。论诗取法古人之雄浑。

## 黄河道中

荒荒大野兼天远，浑浑长河与海通。

云暗春城榆荚雨，浪翻沙岸鲤鱼风[1]。

简书上计千艘集，玉帛来朝九域同[2]。

献纳愿陪青琐议，衰迟已是白头翁[3]。

【注释】

[1]榆荚雨：榆荚初绽之雨。鲤鱼风：九月的风。梁简文帝《艳歌篇》有"灯生阳燧火，尘散鲤鱼风"。 [2]简书：古无纸，有事书于简，故称。后世因指文书、信札等。玉帛：瑞玉和缯帛。古代祭祀、会盟时用的珍贵礼品。此二句说，愿向皇上献良计，让九域之地的国家都来朝贺。 [3]青琐：宫门上刻的青色图纹，后亦借指宫门。白头翁：白头老翁。

【赏析】

大野荒荒，长河浑浑，诗人行走在黄河岸边，"简书上计千艘集，玉帛来朝九域同"，表达了愿为国献妙计，使国家强大，让天下各国都来朝拜的强烈愿望。

# 马祖常

（1279—1338）元代诗人。字伯庸，雍古部人，居靖州天山（今属新疆）。高祖在金末为凤翔兵马判官，子孙因以马为姓。元统年间任御史中丞等职，后辞官居光州。其诗多写田园生活，圆密清丽，颇见工力。散文多碑志之作。有《石四集》。

## 黄　河

尘海东南去[1]，云山西北高。
黄流荡中潏[2]，万里费波涛[3]。

【注释】

[1]尘海：据《淮南子·共工怒触不周山》："地不满东南，故水潦尘埃归焉。"故称东南之海为尘海。　[2]潏（yù）：水涌出。这句是说黄河水在其中汹涌奔流。　[3]费：光闪闪的样子。

【赏析】

这首诗描写了黄河贯穿祖国大地，波光闪闪，惊涛万里的情景。

## 黄河舟中月夜

十丈云帆拂斗杓[1]，星槎风急浪花飘[2]。
夜深露冷银河近，卧听天孙织绛绡[3]。

【注释】

[1]斗杓：北斗柄。　[2]星槎：相传汉代张骞奉武帝之命寻求黄河源，曾泛槎天河遇织女星。故称星槎。　[3]天孙：即织女星。织女是古代神话传说中天帝的外孙女，巧于纺织。绛绡（jiàng xiāo）：深红色的薄纱。

【赏析】

诗人月夜泛舟黄河，望着天上、水上的优美景色，遥想古代的神话传说，不禁思绪飘忽，悠悠难已。"卧听天孙织绛绡"一句，虚事实写，颇感真切。

# 张翥

（1287—1368）元代诗人。字仲举,世称蜕庵先生,晋宁（今属云南）人。早岁居杭州,学诗,学理学。至正初,以隐逸荐为国子助教,官至翰林学士承旨,加河南行省平章政事。曾参修宋、辽、金三史。诗多歌功颂德之作,也有些反映社会矛盾的篇章。有《蜕庵集》《蜕岩词》。

## 黄　河

橹后风才顺[1],桅头日未斜。

旧河通瓠子[2],新浪涨桃花[3]。

得鲙因沽酒[4],闻鹃更忆家[5]。

迢迢云气外,北望是京华[6]。

【注释】

[1]橹：行船工具,比桨长大,安在船梢或船旁,用人摇。　[2]旧河：指黄河故道。瓠子：古水名。详见高适《自淇涉黄河途中作》注。　[3]桃花：即桃花汛。　[4]鲙：切细的鱼肉。沽酒：买酒。　[5]鹃：即杜鹃鸟。古人认为杜鹃的啼叫是催征人归家。　[6]京华：即京都。因京都是文物、人才汇集之地,故称京华,元朝京都即今北京,所以说"北望是京华"。

【赏析】

这首诗写行船黄河怀乡思归的羁旅情怀。

# 成廷珪

（1289—约1362）元末诗人。字原常，一字元章，又字礼执，兴化（今江苏兴化）人。博学工诗，好学不倦，孝敬母亲，植竹庭院，题匾"居竹轩"，因自号"居竹"。晚年遭乱，奔赴艰险，年七十八，殁于云间。有《成柳庄诗集》《居竹轩集》传世。

## 闻中原河决盗起有感

中原九月黄河水，平陆鱼龙吹波起。
飞霜肃肃鸿雁来，禾黍漂流桑枣死[1]。
大风怒号扬飞尘，白昼剽掠如无人[2]。
官军不诛海东贼，县吏乃杀西村民[3]。
夜闻羽书起丁力[4]，老稚嗷嗷向谁泣。
我当六十将奈何，扶杖淮南望淮北。

【注释】

[1]肃肃：状霜雪之貌。 [2]"大风"二句：恶劣天气里，盗贼肆无忌惮如入无人之境。 [3]"官军"二句：对当政者的抗议和控诉，不诛贼人，反杀村民。 [4]羽书：军事文书。插羽毛以示紧急。丁力：劳力。

【赏析】

秋末冬初，黄河决溢，中原大水，"禾黍漂流桑枣死"。此时，盗贼蜂起，白日抢掠，诗人闻之焦心。更让人焦心的是，官军来了不去缉盗，县吏反而杀害百姓。当诗人听说官府的羽书要来征调民工，想起那些嗷嗷哭泣的老人和孩子，六十岁的诗人无能为力，只能扶着拐杖遥寄他的同情与牵挂。

# 周权

（生卒年不详）元代诗人。字衡之，号此山，处州（今属浙江）人。曾游京师，以诗见袁桷，得到袁桷器重，被荐为馆职，诗名渐盛。诗风简淡和平。有《此山集》。

## 八里庄渡淮入黄河水浑不可饮过徐入清河水方澄洁信笔闲记[1]

河流汩汩如泾水[2]，浊浪崩腾疾驰驶[3]。
一石中胶数斗泥[4]，舟客居民皆饮此。
黄河不复行故道[5]，下注清淮通海涘[6]。
十人度索上一洪[7]，寸寸强弓挽难起[8]。
屹然趺坐如僧禅[9]，日与篙师同愠喜[10]。
青山一发认邳州[11]，萧条莫上鱼豚市[12]。
酒边一笑我何为？独冒惊涛行万里。
争如林下混樵渔[13]，俯仰啸歌行复止[14]。
回头寄语北山云[15]，征尘待向风前洗。

【注释】

[1]淮：淮河。徐：徐州。清河：古泗水别名清水，宋以后通称清河。金代后今江苏徐州市以下一段为黄河所夺。故有"过徐入清河"句。 [2]汩汩（gǔ）：河水急流的样子。泾水：渭河支流，在陕西省中部，源出宁夏回族自治区六盘山东麓，到陕西省交陵县入渭河。因上游流经黄土高原，挟带了大量泥沙，所以河水浑浊。 [3]崩腾：动荡，纷乱。 [4]石（dàn）：容量单位。十斗为一石。中（zhòng）胶：将阿胶投入水中。胶即阿胶，中药名，据传阿胶投入水中能沉淀泥沙，使浊变清。 [5]故道：指黄河未夺淮以前的水道。 [6]清淮：即淮河。淮河水清，故谓清淮。海涘：海边。此处指大海。 [7]度索：喻指拉纤。拉纤中，遇大浪艰难处，常要一寸一寸

地牵曳纤绳,像是要丈量绳索的长短一样。　〔8〕弓:古代计算单位,五尺为一弓。以上二句写行船的艰辛。　〔9〕屹然:高高耸起的样子。跌坐:双脚交叠而坐。僧禅:僧人坐禅。此句是说自己端坐在船上,像和尚坐禅一样,动也不敢动。　〔10〕篙师:撑船掌篙的人。愠(yùn)喜:恼怒,欢喜。　〔11〕青山一发:是说距离遥远,远看青山就象一丝头发一样。邳(pi)州:州名。治所在下邳(今属江苏省)　〔12〕萧条:寂寞冷落,毫无生气。鱼豚市:卖鱼肉、猪肉的市场。此句写邳州人民生活艰难,虽守着黄河,却很少有卖鱼卖肉的。　〔13〕争如:怎如。樵渔:樵夫渔人。　〔14〕俯仰肃歌:低头抬首长啸歌吟。此句写诗人想象中的自由自在的生活。以上四句,慨叹自己惊涛骇浪、旅途万里的生涯,对自由自在、俯仰啸歌的渔樵生活表示向往。表现出封建士大夫的偏见,渔人樵民就能自由自在,随心行止吗?　〔15〕寄语:传话,转告。

【赏析】

　　浊浪崩腾,泥沙翻卷,众人拉纤,寸寸强挽。诗人生动地描写了黄河行船的艰辛和沿途所见的情景,并慨叹了自己惊涛万里、羁旅行役的生活,表现了出世隐退的思想。

望见黄河　摄影/孟宪明

# 王思诚

（生卒年不详）元代诗人。字致道，嶩阳（今属山东）人。至治进士。至正间任监察御史。出任河南山西道肃政廉访使司事。陕西行台欲凿黄河三门山，引水入关陕地。思诚度其不可，作诗历叙其险，陈述利害，执政纳其议。拜为通议大夫、国子祭酒。

## 三门砥柱[1]

鬼斧神工砥柱开[2]，黄流滚滚自天来。
三门浪卷千堆雪，五户滩砅万壑雷[3]。
漕转多虞舟楫败[4]，疏排几使匠夫哀[5]。
唐虞平治功归禹[6]，庙下丰碑满绿苔[7]。

【注释】

[1]三门砥柱：即砥柱山。俗名三门山。三门即鬼门、神门、人门。详见颜之椎《从周入齐夜渡砥柱》注。 [2]鬼斧神工：形容技艺之精巧，似非人工所能为。据传三门山是大禹治水时凿成，所以此句是赞叹大禹治河之功的。 [3]砅（lì）：履石渡水。 [4]漕转：水道转运。虞：忧虑。舟楫败：意即舟覆人亡。 [5]疏排：疏河排水。 [6]唐虞：即陶唐氏尧和有虞氏舜。古史说尧舜之时为太平盛世。 [7]庙下丰碑：指大禹庙中记载大禹治河功绩的石碑。

【赏析】

诗人着力描绘了砥柱山的险，黄河浪的凶，并以"庙下丰碑"之状，对神禹的治水之功进行了颂扬。

## 陈基

（1314—1370）元末明初诗人。字敬初，台州临海（今属浙江）人。受业于当时著名学者黄溍，随之游京师，被授以经筵检讨一职。元末，割据于吴地的张士诚闻其名，召为江浙右司员外郎，参其军事，张士诚称王，授内史之职，后迁学士院学士。军旅倥偬，飞书走檄多出其手。朱元璋平吴，爱其才，召之参与《元史》的纂修，书成后赐金而还，卒于常熟河阳里寓所。有《夷白斋稿》。

### 潼 关

河浑浑，关崿崿，太古以来神禹凿[1]。

前车未行后车却，去马一鸣来马愕[2]。

自从虎视继龙兴，周道不复如砥平[3]。

至今惟有秦川路[4]，千里秋风落叶声。

【注释】

[1]河：黄河。关：潼关。崿崿：危崖高耸的样子。 [2]愕：惊愕，害怕。 [3]虎视：虎之雄视。龙兴：喻新王朝的兴起。周道：周时的道路。砥：磨刀石。 [4]秦川：自大散关以北达于岐雍，夹渭川南北岸。因是秦故国所在，故有此称。

【赏析】

雄关崿崿，黄河滔滔，"前车未行后车却，去马一鸣来马愕"，潼关自古皆称重镇。周朝的大路像磨刀石一样平坦安宁。可自从虎视龙兴，群雄并起，通往秦川的道路只能听见秋风吹落树叶的声音了，也就是让人陡生凉意与恐惧。

# 释大䜣

元代著名诗僧。俗姓陈,字笑隐,号蒲室,赐号广智全悟禅师,南昌人。为径山宗杲门下第五代传人。他深得元室推重,领三品文阶,授太中大夫,加赐为"释教宗主"兼掌五山十刹,在元代汉地佛教界地位极其尊崇。有《蒲室集》十五卷。

## 黄 河 阻 风

九域重寻禹迹荒[1],喜听悬水夜浪浪。

中原逶迤河流壮,元气汪洋地脉长。

万里风云来黯淡,五更星斗下光芒。

我行不有神灵助,风送天香自帝傍[2]。

【注释】

[1]九域:九州。代指中国。 [2]天香:祭神的香。

【赏析】

诗人渡河阻风,夜宿河岸,故对黄河有了精细的体察。"中原逶迤河流壮,元气汪洋地脉长"一联,既赞黄河,也赞中原,最后一联"我行不有神灵助,风送天香自帝傍"更是对当时朝廷的赞美。

# 陈秀民

（约公元 1350 年前后在世）元代诗人。字庶子，四明（一作温州）人。博学善书。初官武冈城步巡检，擢知常熟州。后为张士诚参军。历浙江行中书省参知政事翰林学士。工诗，有《寄情稿》。

## 邳　　州[1]

青山一发见邳州，落日云迷故国愁。

父老空传黄石在，仙人已伴赤松游[2]。

乾坤不信无清气，河水胡为尚浊流[3]。

野树昏鸦栖未定，数声哀角起高楼[4]。

【注释】

[1] 邳州：地名。当时在黄河岸边。在今江苏。　[2] 黄石，即黄石公（约公元前292至公元前195），秦汉时道家代表人物，思想家，军事家，别称圯上老人、下邳神人，后被道教纳入神谱。《史记·留侯世家》称其避秦世之乱，隐居东海下邳。其时张良因谋刺秦始皇不果，亡匿下邳。于下邳桥上遇到黄石公。黄石公三试张良后，授与《太公兵法》，临别时有言："十三年后，在济北谷城山下，黄石即我矣。"张良后来以黄石公所授兵书助汉高祖刘邦夺得天下，并于十三年后，在济北谷城下找到了黄石，取而葆祠之。后世流传有黄石公《素书》和《黄石公三略》。赤松：即赤松子，又名赤诵子，学五千文，号左圣南极南岳真人左仙太虚真人，古代中国神话传说中的上古仙人。相传为神农时雨师。能入火自焚，随风雨而上下。赤松子教神农氏祛病延年。他还能跳入火中去焚烧自己而无任何损害。他常常去神仙居住的昆仑山，住在西王母的石头宫殿里。他还能随着风雨忽上忽下戏耍。现在天上管布雨的神仙仍是赤松子。　[3] 胡：何。　[4] 哀角：悲伤的角声。

【赏析】

落日云迷，远远地望见邳州，多像我遥远的家乡！老百姓传说着黄石公的故事，说他现在还活着。而更远的神仙赤松子，带了一群仙人到处云游。难道天地间就没有"清气"了？为什么黄河流淌的还是如此混浊！昏鸦栖晚树，哀角起高楼，诗人更生出悲凉的感觉。

明清

茅津渡　摄影 / 孟宪明

# 宗泐

（1318—1391）明代僧人。俗姓周氏，字季潭，临安（今云南建水）人。奉使西域求遗经，还授右街善世。欲授以官，固辞。存有《全室外集》。

## 望 河 源[1]

积雪覆崇冈[2]，冬夏常一色。

群峰让独雄[3]，神君所栖宅[4]。

传闻嶰谷篁[5]，造律谐金石[6]。

草木尚不生，竹产疑非的[7]。

汉使穷河源[8]，要领殊未得[9]。

遂令西戎子[10]，千古笑中国。

老客此经过[11]，望之长太息[12]！

立马北风寒，回首孤云白。

【注释】

[1]河源：黄河发源于巴颜喀拉山的约古宗列盆地。宗泐和尚到西域取经途经河源地区时写下了此诗。 [2]覆：覆盖。崇冈：高大的山冈。 [3]独雄：超群出众，一峰独雄。 [4]神君：对神灵的敬称。栖宅：栖息之地。 [5]嶰（xiè）谷：昆仑山北谷名。篁：竹。 [6]造律：制造定音的仪器。律：用竹管或金属管做成的定音器。谐：和谐。金石：钟磬类乐器。这两句是说，相传用昆仑嶰谷的竹子做成的乐器，声音可以和钟磬相和谐。 [7]非的：不确实。 [8]汉使穷河源："汉使"指西汉人张骞。传说张骞曾奉武帝命寻求黄河源。 [9]要领：喻指事物的关键、重要之处。这二句是说，张骞并未找到黄河的源头。 [10]西戎：古时对我国西北部少数民族的总称。西戎子，即西戎地人。 [11]老客：诗人自指。 [12]太息：叹息。

【赏析】

这首诗对河源地区草木稀少、终年积雪、北风凛冽、白云飘飞的独特景色进行了生动的描绘，并对汉人张骞寻河源一事发了感慨。"积雪覆崇冈，冬夏常一色"，"立马北风寒，回首孤云白"两联，尤具特色。

## 高启

（1336—1374）明代诗人。字季迪，长州（今江苏苏州）人。元末曾隐居吴淞青丘，自号青丘子。博学工诗，与杨基、张羽、徐贲齐名，称"吴中四杰"。明洪武初年，召修《元史》，为翰林院国史编修。授户部右侍郎，不受。写诗常有所讽刺，后被朱元璋借故腰斩。其诗风格豪放清逸，笔调沉雄悲壮，是明代成就最高的诗人之一。有《高太史全集》。

### 黄 河 水

黄河水西来，一折一千里，
　四折东流归渤海，浑涛浊浪深无底。
　　旧传一清三千年，圣人乃出天下安[1]。
　　河水之清一何少，吁嗟至治何由还[2]！
　　我愿河水年年清，圣人在上圣复生，
　　千龄万代常太平。

【注释】

[1]圣人：君主时代对帝王的尊称。黄河水浑浊，古时以黄河水清为瑞祥之兆。李康《运命论》："黄河清而圣人生。"这句是说，黄河水清，圣明君主则跟着出现，天下百姓就可以安享太平。　[2]吁嗟：叹息声。至治：极好的治世。这句是说，黄河清圣人生，什么原因非要三千年才生一个圣人呢！

【赏析】

这首诗借黄河常浑难清的特点，表现了自己美好的政治理想。希望皇上能做个使黄河水清、百姓安居的有道明君，让世道"千龄万代常太平"。

## 张宣

（约1341—1373）明代诗人。字藻重，江阴（今属江苏）人。明太祖洪武初年召修元史，授翰林编修，呼为"小秀才"。后坐事被谪濠梁，死于道中。

### 晓发孟津渡黄河寒甚[1]

北风吹面如刀利，黄河流水奔突骑[2]。
公家事多无了期，鼓枻冲寒复宵济[3]。
河阳古城岸河北[4]，基址尚存楼橹废[5]。
繁华已逐时变迁，井邑尽为耕牧地[6]。
七国封疆东接韩[7]，九州分野西连冀[8]。
武王经此诛独夫，八百诸侯不期会[9]。
圣明德华遍九垓[10]，草木鱼虫亦沾被[11]。
巡行到处市恩威[12]，不咏贤劳歌既醉[12]。

【注释】

[1]孟津：又称盟津，古黄河津渡名。详见胡曾《孟津》注。 [2]奔突骑：喻指黄河水像战马一样奔驰冲突。 [3]宵济：天不亮即渡河。 [4]河阳：古县名。治所在今河南孟县西，黄河北面，是古代洛阳的外围重镇。 [5]楼橹：古代军中用以瞭望敌军的无顶盖高台。 [6]井邑：都是古代区域单位。八家为一井，四井为一邑。这里指河阳城故地。 [7]七国：指战国时的齐、楚、魏、燕、韩、赵、秦。韩国，疆域在今山西东南部和河南中部。 [8]九州：古代中国设置九个州。据《书·禹贡》：九州为冀、豫、雍、扬、兖、徐、梁、青、荆。分野：分界。冀：冀州，境地有今山西省大部和山东西北部、河北省东南部地区。 [9]"武王"二句：相传周武王曾在孟津盟会各方，不期而遇八百诸侯。渡河击商，经过牧野会战，推翻了纣王的暴虐统治。独夫：众叛亲离的统治者。此指殷纣王帝辛。 [10]德化：以德感人。九垓（gāi）：意同"九州"。 [11]沾被：沾染覆盖。这两句是对武王圣明功德的极力赞颂。 [12]巡行：周行视察。周代时，帝王常外出巡视，考察。市：同"示"。恩威：恩德与威势。这是帝王巡行的两个方面。 [13]贤劳：劳苦。

【赏析】

诗人冒着割面北风，于凌晨早发渡过黄河，面对"井邑尽为耕牧地"的河阳古城，抒发了自己的幽幽怀古之情。

# 黄哲

(生卒年不详)明代诗人。字庸之,番禺(今属广东)人。明初被荐任翰林待制,出任京平府通判,误坐法死。他曾建一轩,名"雪蓬",人称"雪蓬先生"。工诗,有《雪蓬集》。

## 河 浑 浑[1]

河浑浑,发昆仑,渡沙碛,经中原[2],
喷薄砥柱排龙门[3],环嵩绝华熊虎奔[4],
君不闻汉家博望初寻源[5],扬旌远涉西塞垣[6],
穷探幽讨事奇绝[7],云是天津银潢之所接[8]。
葱岭三时积雪消[9],流沙万派从东决[10]。
东州沃壤,徐豫之墟[11]。怀山襄陵,赤子为鱼[12]。
夕没钜野,朝涵孟潴[13],茫茫下邑皆沉污[14]。
民不粒食乡无庐,桑畦忽变葭苇泽,
麦垅尽化鼋鼍居[15]。
宫中圣人方旰食[16],群公夙夜忧旷职[17]。
星郎起乘博望槎[18],西去盟津求禹迹[19]。
始闻古道行千艘,一朝转徙才容刀[20]。
奔冲倏忽骇神怪[21],浅不浮沤泥没篙[22]。
我上梁山望曹濮[23],长叹沧桑变陵谷[24]。
万人举锸功莫施[25]犹拟宣防再兴筑[26]。
宣防汉武威[27],曷若尧无为[28]?
洪波阅九载,端拱垂裳衣[29]。
元圭锡夏后[30],安得辞胼胝[31]!
龙门一疏凿,亘古功巍巍[32]。
巍巍功可成,河水浑复清。

【注释】

[1]浑浑：水流奔涌的样子，意同"滚滚"。　[2]沙碛（qì）：沙漠。黄河上游曾流经数处沙漠。这里是泛指黄河上游流经之地。　[3]喷薄：震荡。砥柱：见薛道衡《敬酬杨仆射山斋独坐》注。　[4]嵩：嵩山。华：华山。熊虎：喻指黄河激浪怒涛。　[5]博望：指汉代人张骞。他随大将军卫青击匈奴，有功封博望侯。曾奉汉武帝命寻求黄河源。　[6]垣（yuán）：星位。古时分星为上、中、下三垣。西塞垣：即西天。　[7]穷探幽讨：穷尽幽深险远处进行探讨。　[8]天津银潢：天津、银潢皆天河的别名。　[9]葱岭：古代对今帕米尔高原和昆仑山、天山西段的统称。据说葱岭其山高大，上边长满了葱，故名。三时：指春、夏、秋三个农时季节。　[10]从东决：向东方决流。　[11]东州：泛指黄河中下游的广大地区。徐豫：指古九州中的徐州、豫州。徐州，即济水以东地区；豫州，即今黄河以南、湖北南漳以西地区。　[12]怀山襄陵：洪水盛大的样子。怀山：怀抱山岳。襄陵：大水漫上丘陵。赤子：原指婴儿，引申为子民百姓。　[13]钜野：即巨野，泽名。在今山东巨野县北，也叫大野泽。涵：包容，浸泡。孟潴（zhū）：即孟猪，古泽名。故址在今河南商丘东北。　[14]茫茫：水阔无边的样子。沉污：沉积的污水。　[15]"民不粒食"以下三句：是说河患给人民带来的灾难。人民无米可食，无房可居，桑田变成了长满芦苇的水泽，麦田变成了鱼鳖虾蟹的水窝。葭（jiā）苇：初生的芦苇。鼋鼍（yuán tuó）：即大鳖和扬子鳄。此处代指水族动物。　[16]圣人：谀称皇帝。旰（gàn）食：晚食，指事务忙不能按时吃饭。　[17]群公：谀称大臣们。夙夜：早晚。旷职：旷废职务。　[18]星郎：古指郎官为星郎。此指探讨黄河的命官。博望槎：汉代博望候张骞寻求黄河源时乘坐的槎。　[19]盟津：即孟津，古黄河津渡名。详见胡曾《孟津》注。　[20]刀：刀形小船。　[21]奔冲：奔突冲撞。倏忽：迅疾的样子。　[22]浮沤：水中气泡。　[23]梁山：在今山东省东平湖西、梁山县南。曹濮：曹州和濮州。曹州，治所在今山东荷泽；濮州，治所在今山东鄄城北旧城。　[24]沧桑：沧海变桑田。陵谷：高岸为谷，深谷为陵。沧桑、陵谷均喻指世事的巨大变化。　[25]锸（chā）：锹。　[26]宣防：也作宣房。汉元封二年（前109），武帝征发数万人堵塞瓠子决口，工成，在堤上建宣房宫。　[27]汉武：汉武帝刘彻。　[28]尧：传说中古帝陶唐氏的号。尧时为太平盛世。　[29]端拱：帝王敛手无为而治。　[30]元圭：即玄圭，黑色的玉。古代举行典礼时所用的一种玉器。《书·禹贡》："禹锡玄圭，告厥成功。"相传大禹

治水历时十三年,终除水患,功加四海,尧赐玄圭,以显其功成。锡:赐给。夏后:即夏禹。夏后氏部落首领,舜死后,禹继任部落联盟首领。 [31] 胼胝(pián zhī):手掌脚底因长期劳动摩擦而生的厚茧。 [32] 亘古:终古,整个古代。巍巍:高大的样子。

【赏析】

　　这首诗写黄河奔腾万里、咆哮古今的宏大气势以及给两岸人民带来的沉重灾难,对大禹治水的功绩表示了由衷的赞美。全诗豪气磅礴,场面宏大。

黄河口湿地　摄影/董保华

# 沈梦麟

（生卒年不详）明代诗人。字原昭，吴兴（今属浙江）人。少有诗名。元末归隐，明代一直未出仕。工于七言律体，时称"沈八句"。著有《花溪集》。

## 中秋夜泊黄河

黄流滚滚浪翻盆，百尺帆樯上下奔[1]。

月色偏于今夜白，河源不改旧时浑。

雷行西北通天极[2]，风送蛟龙入海门[3]。

欲酹一觞歌九叙[4]，千秋万岁禹功存。

【注释】

[1]帆樯：航船桅杆。 [2]雷行：喻指黄河浪涛声。天极：天边。 [3]蛟龙：即蛟。古代传说中的一种动物。 [4]酹（lèi）：把酒洒在地上表示祭奠。觞（shāng）：盛满酒的杯子。九叙：即九序，九功之次序。九功指六府（水、火、金、木、土、谷）三事（正德、利用、厚生）。大禹时把九功按顺序编成歌曲让百姓唱。

【赏析】

中秋月夜，诗人泊舟黄河，看浊流滚滚，帆樯上下，不禁思绪万端，遂酹酒一杯，歌颂大禹治河的功德。

# 薛瑄

（1392—1464）明代诗人。字德温，号敬轩，河津（今属山西）人。永乐进士，官至礼部右侍部，兼翰林院学士，卒后谥文清。文章雅正，诗冲淡高秀，吐言天拔。有《薛文清集》《河汾诗集》《从征名言》等。

## 黄河阻风遣闷

远岸沙飞风浪浑，流澌不断下三门[1]。
蛟龙冻蛰波心水[2]，舟楫寒依渡口村。
破闷自须吟丽句[3]，消愁谁与贳清樽[4]？
临流若忆殷贤相[5]，回首傅岩烟雾昏[6]。

【注释】

[1]流澌：河水解冻时流动的冰块。三门：三门山，即砥柱山。 [2]蛰：蛰伏。 [3]丽句：华丽妙语。 [4]贳（shì）：赊欠。清樽：清酒，美酒。樽：酒器。 [5]殷贤相：指殷商时的傅说（yuè）。傅说是商王武丁的宰相，与伊尹齐名。他出身贫贱，在傅岩从事版筑劳作，武丁因梦而得到他，任之以宰相。 [6]傅岩：地名。在今山西平陆，是傅说版筑劳作之处。

【赏析】

诗人被大风所阻，不得渡河，为解闷遣怀，写下此诗。"远岸沙飞风浪浑，流澌不断下三门"，远近俱见；"蛟龙冻蛰波心水，舟楫寒依渡口村"，虚实相生。

# 陕 州 渡 河[1]

飞楫太阳渡[2],回头召伯祠[3]。

水平风势缓,山晓日光移。

九曲来天汉[4],三门涌地维[5]。

匆匆此按节[6],何以答明时[7]!

【注释】

[1]陕州:地名。治所在今河南陕县。周朝初年,周公和召公以此地为界分治东西,陕以西归召公,陕以东属周公。 [2]飞楫:飞快地划桨。太阳渡:古黄河津渡名,又名茅津渡。在今山西平陆县西南古茅城南。 [3]召伯:即召公。名姬奭,西周初年政治家。周文王庶子,曾佐助武王灭商,是周公的得力助手。周成王时,任太保,和周公分陕而治。 [4]九曲:言黄河河道曲折之多。天汉:天河。 [5]地维:古代以为地是方的,有四角,用大绳系着,故叫地维。 [6]按节:按节徐行,缓缓行进的样子。 [7]明时:圣明的时代。

【赏析】

诗人清晨于陕州渡过黄河,眼前水势平缓、晓色映山的美景,使诗人陡生了愧对圣时的感情。

# 李东阳

（1447—1516）明代诗人。字宾之，号西涯，湖广茶陵（今属湖南）人。天顺进士，官至吏部尚书、华盖殿大学士。其诗典雅工丽，多题赠、咏史之作。成化、弘治年间，形成了以他为首的茶陵诗派，成为明代一大诗家。有《怀麓堂集》。

## 过 黄 河

清口驿前初放船[1]，长淮东下水如弦[2]。
劲催双橹渡河急，一夜狂风到海边。

【注释】

[1]清口：古地名。在今江苏淮阴西。金、元后黄河夺泗入淮，清口遂为河防要地。 [2]"长淮"句：是说河水迅疾。水如弓弦船如箭，弦：弓弦。

【赏析】

这首诗用生动形象的比喻写黄河水的迅猛疾速。

# 乔宇

（1457—1524）明代政治家。字希大，号白岩，乐平（今山西昔阳）人。成化二十年（1484）进士。累官至吏部尚书，加少保。后因忤帝意，被夺官，死谥庄简。善写诗文，有《乔庄简公集》。

## 龙　　门[1]

两峰环峙接空青[2]，万里黄流路所经[3]。
声挟飙轮吹不断[4]，色翻坤轴运无停[5]。
谁能鼓枻歌渔夫[6]，我欲乘槎访客星[7]。
千载河清思献颂[8]，会当移楫问川灵[9]。

【注释】

[1]龙门：见薛道衡《敬酬杨仆射山斋独坐》注。　[2]两峰：指龙门口夹岸两山。空青：青色的天空。　[3]"万里"句：言龙门是黄河的必经之路。　[4]飙轮：御风而行的车。此处指车行之声。　[5]坤轴：古代人所想象的地轴。　[6]鼓枻：摇动船桨。歌渔夫：唱渔夫们的歌。　[7]"我欲"句：是化用张骞寻河源，得遇织女星的传说故事。　[8]河清：黄河水浑浊难清，古人以黄河水清为瑞祥的征兆，相传黄河清，圣人生。　[9]会当：该当。川灵：河川的神灵。此处指河神。

【赏析】

这首诗写涛涌浪卷、声如飙轮的龙门险状，表现了诗人期望黄河澄清、圣上清明的政治理想。

# 刘大夏

(生卒年不详)明代诗人。字时雍,华容(今属湖北)人。天顺进士,官至兵部尚书。弘治年间曾奉诏治理黄河,颇有成绩。死后谥忠宣。

## 泊舟北渡及风雨中循河相度[1]

满天风雨北风狂,舟泊长河古渡旁[2]。
隐几沉心论岁月[3],推蓬极目看帆樯[4]。
黄流何日安常道,白发承恩返故乡[5]。
却忆同年诸俊杰[6],正抽衷缕补君裳[7]。

【注释】

[1]循河:顺着黄河。相度:观察测量。 [2]"满天风雨北风狂":一句中两个"风"字,当误。长河:黄河。 [3]隐(yǐn)几:倚着几案。 [4]推蓬:推开蓬门。蓬门即柴门,此指船舱之门。 [5]承恩:蒙受皇上恩泽。 [6]同年:古代科举制度,称同榜而中的人为同年。 [7]衷缕:贴身内衣的线缕。这句以生动的比喻说明同年诸生正为皇上效力尽忠,就象抽出自己贴身内衣的线缕来补皇上的衣裳一样。

【赏析】

这首诗写于弘治年间奉诏治理黄河时,记述了诗人在狂风暴雨中观察测量黄河水情的情形。最后二句写同年诸生为国效劳,含有自勉意。

# 王琼

（？—1532）明代诗人。字德华，太原（今属山西）人。成化二十年（1484）进士，授工部主事，立功最多，卒后谥恭襄。著述很多，有《双溪杂记》《晋溪奏议》《漕河图志》《北边事迹》《西番事迹》等。

## 黄 河 秋 月

泉脉流来绕故城[1]，冷涵秋气逼人清。

金波净漾冰轮皎[2]，玉液寒澄宝鉴明。

海客遗珠空有泪[3]，湘娥解佩竟无情[4]。

临流欲扣冯夷府[5]，试问苍虬睡可醒[6]？

【注释】

[1]泉脉：指黄河流水。 [2]金波：和下句中的"玉液"意同，皆指月光下的黄河水。冰轮：和下句中的"宝鉴"意同，皆喻指明月。这两句是同义反复。 [3]海客遗珠空有泪：海客即鲛人，据说泣泪能变成珍珠。晋人张华《博物志》说：鲛人水居如鱼，能织绢，眼睛能泣泪。出水后，寄居人家卖绢，临走时，向主人家要一个器物，泣泪成珠，器满后酬谢主人。 [4]湘娥：指舜帝的妃子娥皇和女英。传说舜帝南巡死于苍梧（今湖南省宁远县）之野，娥皇女英追踪至洞庭，听到舜死的消息，南望痛哭，后投湘水而死。佩：玉佩。古人佩带的饰物。 [5]冯夷：黄河神名。一说为河伯之妻。 [6]虬（qiú）：传说中的无角龙。

【赏析】

这首诗写秋月下的黄河景色。月光溶溶，秋气清清，而河水则若金波玉液，净漾寒澄。诗人生发出丰富的想象，天上人间、神话传说皆成了珠玑妙语。

# 李梦阳

（1473—1530）明代文学家。字天赐，又字献吉，号空同子，庆阳（今属甘肃）人，后徙河南扶沟。弘治进士，曾任户部郎中，因反对宦官刘瑾被下狱。刘瑾败死，又任江西提学副史。文学上主张"文必秦汉，诗必盛唐"，反对虚浮的"台阁体"，与何景明等人称"前七子"。其诗刻意仿古，少数篇写得深刻雄健。有《空同集》。

## 秋　望

黄河水绕汉宫墙[1]，河上秋风雁几行。

客子过壕追野马[2]，将军韬箭射天狼[3]。

黄尘古渡迷飞挽[4]，白月横空冷战场。

闻道朔方多勇略[5]，只今谁是郭汾阳[6]？

【注释】

[1]汉宫墙：长安（今陕西省西安市）的城墙。汉朝建都长安。　[2]客子：诗人自指。壕：护城河。野马：指尘埃。《庄子·逍遥游》："野马也，尘埃也，生物之以息相吹也。"　[3]韬箭：把箭盛在袋中。韬：弓套。天狼：星名。借指北方贪残的敌人。这句是说，将军携带弓箭准备抵御敌人的侵略。　[4]飞挽：指飞驰的车子。挽：拉牵。　[5]朔方：北方。此句意为听说北方有很多勇敢而有谋略的将才。　[6]郭汾阳：唐朝名将郭子仪。安史之乱时郭子仪任朔方节度使，在河北大破史思明，后又配合回纥军收复长安、洛阳等地，因功升任中书令，进封汾阳郡王。汾阳：古邑名，在今山西静乐县西。

【赏析】

清秋季节，诗人看黄河远上，鸿雁凌空，古渡、黄尘、战场、白月，不禁想起北方守边的战士，热切地盼望有唐代郭子仪那样的名将出现，以抵御敌人的侵略。全诗雄浑流丽，历来为人称道。

## 王崇献

(生卒年不详)明代诗人。字季征,公安(今属湖北)人。弘治进士,任礼部主事,累官尚宝卿。嘉靖中,擢右佥都御史,巡抚宁夏,请求归家。

### 河 决 歌

八月九月河水溢,贾鲁堤防迷旧迹[1]。
涓涓起自涧溪间,顷刻岸崩数千尺[2]。
我行见此殊衔恤[3],观者如堵咸股栗[4]。
怒气喷却九天风,声若万雷号镇日[5]。
晡时东注如海倒[6],平原千里连苍昊[7]。
人家远近百无存,禾黍高低付一扫[8]。
人民垫溺不知数[9],牛羊畜产何须顾!
仓皇收拾水中粮,拟向他乡度朝暮[10]。
每思山东富庶乡[11],百年生育荷吾皇[12]。
哀哉河伯何不仁[13],忍使一旦成苍茫!
闻道当年瓠子河,兴卒十万功不磨[14]。
况复曹南水势雄[15],庙堂发策当如何[16]?
君不见,东村子,父兮救子父先死;
又不见,西村女,母子相持死不已。
安得治河最上策[17],流泪匍匐献天子[18]。

【注释】

　　[1]贾鲁：元代人。顺帝时，黄河大决于山东曹县，泛滥长达七年之久。贾鲁奉命巡河道。察地形，往复数千里，备知要害，被任命为总治河防使。他征发民工十五万，历时八个月，使河复故道。　[2]"涓涓"二句：写黄河初决险状。涓涓细流从河堤中渗出，顷刻间，岸崩千尺，大水泛滥。涧溪：涧和溪，皆指山间的小股流水。　[3]衔恤：忧愁。　[4]观者如堵：观看河决的人象墙一样，形容人多。股栗：大腿发抖，形容十分恐惧。　[5]镇日：整日。　[6]晡（bū）时：申时，即下午三点到五点。　[7]苍昊：苍天。以上四句，写河决之势和河患之烈。千里平原，一片泽国，水天一色，不见人物。　[8]一扫：指被洪水一扫而光。　[9]垫溺：被泥沙压死，被水淹死。　[10]拟向他乡度朝暮：打算去外乡他处度日月。　[11]山东：即今山东省。　[12]生育：生长养育。荷：承受。　[13]河伯：黄河神。　[14]"闻道"二句：写汉武帝发卒堵塞瓠子决口一事。功不磨：谓武帝堵河之功千古不磨。　[15]曹南：紧临黄河的曹州南部。　[16]庙堂发策：朝廷发动策划。庙堂：宗庙明堂。古代帝王遇大事，告于宗庙，议于明堂，故以庙堂代指朝廷。这句是说，朝廷将采取什么对策呢？　[17]安得：怎得。　[18]匍匐：伏地而行，天子：即皇帝。古代认为君权神授，皇帝治理人民是秉承天意，故称天子。

【赏析】

　　这首诗生动地记述了黄河决堤山东境内的真实情状，以鲜明、形象的实例描写河水泛滥给人民带来的深重灾难。"怒气喷却九天风，声若万雷号镇日"，读之惊心；"父兮救子父先死"，"母子相持死不已"，感人至深，催人泪下。

# 陆深

（1477—1544）明代诗人。初名陆荣，字子渊，号俨山，上海人。少以文章知名，弘治十八年（1505）进士，官至詹事府詹事。赏鉴博雅，著作宏富，有《俨山集》《河汾燕闲录》《春雨堂杂钞》《春风堂随笔》《玉堂漫笔》等。

## 泛 黄 河

淼淼望不极[1]，连天送浊流。
浮沉经塞外[2]，淘洗向中州[3]。
鸥弄千帆雨，沙明两岸秋。
灵槎频讯问[4]，乘兴欲遨游[5]。

【注释】

[1]淼（miǎo）淼：河水辽阔的样子。不极：无极，没有尽头。 [2]塞外：泛指我国西北边境一带。 [3]中州：泛指我国中原地区。 [4]灵槎：仙槎。传说张骞寻找黄河源，乘槎曾到天河。频：多次，屡次。 [5]遨游：游乐。最后二句是说，寻源的仙槎应多去天河讯访，我也想乘兴前去游乐。

【赏析】

诗人由浊浪连天、浩淼无际、鸥翔沙明的黄河秋景，联想到古代的神话传说故事，兴味盎然地想去天河遨游。

# 何景明

（1483—1521）明代文学家。字仲默，号大复山人，信阳（今属河南）人。弘治进士，官至陕西提学副使。与李梦阳齐名，同致力于文学复古运动，是"前七子"中有影响的人物。有《大复集》。

## 渡 河

夙征肇延津[1]，明晨临大河。
洪源下积石[2]，砥柱屹嵯峨[3]。
渺渺梁宋区[4]，污漫纵经过[5]。
自非陵与岸[6]，于安障其波。
扬帆赴中流[7]，四顾莽无涯。
崇云徂广泽[8]，迅风夕吹沙。
积阴不可测，鱼龙偃相加[9]。
前无千尺梁[10]，一苇胡足夸[11]！
人生寡恒居[12]，奚异波上槎。
岂无舟楫志[13]，漂泊当奈何！

【注释】

[1]夙征：早早起程。肇：始。延津：县名，治所在今河南延津县。这句是说天很早就从延津启程了。　[2]洪源：洪水之源，此指黄河源。积石：积石山，即阿尼玛卿山。在青海省东南部，延伸到甘肃南部边境。传说大禹治水"导河积石"，即指此处。　[3]砥柱：即砥柱山。屹：山峰高耸的样子。嵯峨：山势高峻。　[4]渺渺：辽远的样子。梁宋：梁指今开封一带。战国时魏国曾建都大梁（今河南开封），简称梁。宋指今河南商丘一带。周成王时，微子曾封于此，号宋公，为宋国。梁宋区：泛指河

南开封到商丘的广大地区。 [5]污漫：污秽恶浊。 [6]陵：丘陵，山陵。 [7]中流：河中间。 [8]崇云：积云。徂（cú）：往、到。 [9]偃：偏僻隐蔽之处。 [10]千尺梁：高大坚固的桥梁。 [11]一苇胡足夸：《诗经·河广》："谁谓河广，一苇杭之。"这句是说黄河水深浪险，渡河不易。胡：何。 [12]"人生"二句：是说人生就像水上的船一样，很少能长住一处。恒居：长住。奚：何。 [13]舟楫：划船用的工具，比喻能救时济世的宰辅大臣。

## 【赏析】

这首诗描写了旅途经过黄河所见的积阴罩野、浓云复泽、迅风吹沙、河水浑茫的自然景色，表现了壮志难酬的感伤情怀。

三门峡古渡口的黄河滩　摄影／王伟

**谢榛**（1495—1575）明代文学家。字茂秦，号四溟山人，临清（今山东临清）人。"后七子"之一。初与李攀龙、王世贞等结诗社，推他为首，后因与李攀龙等不合而被排挤。主张熟读唐诗，只需领会精神、声调，不必模拟字句。其诗以律绝见长。有《四溟集》《四溟诗话》。

## 渡 黄 河

路出大梁城[1]，关河开晓晴[2]。

日翻龙窟动，风扫雁沙平。

倚剑嗟身世[3]，张帆快旅情。

茫茫不知处，空外棹歌声[4]。

【注释】

[1]大梁城：即今河南开封。 [2]关河：山河。 [3]"倚剑"句：是说虽有满怀壮志，无奈身世坎坷，不能实现。 [4]棹歌：船歌，边划船边唱歌。这句是说天外传来划船的歌声。

【赏析】

这首诗写离开大梁城北渡黄河的情景。"日翻龙窟动，风扫雁沙平"两句，一写河中，一写河岸，动静情态俱现。

## 张经

（？—1555）明朝官吏。初姓蔡，后改姓张，字廷彝，号丰州，侯官（今福建福州）人。正德间进士，累官至南京兵部尚书，左都御史。因得罪严嵩党羽，被诬劾下狱处死。有《半洲集》。

### 兰河晓渡

月落金城鼓角残[1]，危关晓色拂雕鞍[2]。

黄河渺渺中原隔，紫塞迢迢边地寒[3]。

西望旌旗连瀚海[4]，东来风雪满皋兰[5]。

萍踪万里休惆怅[6]，虎节龙沙亦壮观[7]。

【注释】

[1]金城：地名。古城在今甘肃皋兰县西北黄河北岸。鼓角：战鼓和号角，古代军中用以传号令壮军势。　[2]危关：高高的楼关。雕鞍：雕刻的马鞍。　[3]紫塞：秦汉时筑长城，土皆紫色，故称紫塞。　[4]瀚海：指沙漠。　[5]皋兰：山名，在甘肃省兰州市，黄河从山下流过。　[6]萍踪：以水中浮萍比喻行踪不定。惆怅：感伤、懊恼的样子。　[7]虎节：古代使者所持的虎形信物。龙沙：地区名，古时指我国西部、西北部边远山地和沙漠地区。

【赏析】

这首诗描写了晓月西沉、曙色微露时渡河的所见所闻，表现了诗人的豪迈气概。黄河渺渺，紫塞迢迢，西瀚海，东皋兰，阔大的场面，使诗显得很有气魄。

# 张时彻

（1504—？）明代诗人。字维静，号东沙，浙江鄞县人。嘉靖二年（1523）进士，累官至南京兵部尚书。寄情文酒，有《芝园全集》。

## 渡 黄 河

黄河回九曲，适郚乍经过[1]。
积雨初添涨，无风亦自波。
人行沙岸少，树近夕阳多。
为爱沧浪曲[2]，因之鼓枻歌[3]。

【注释】

[1]适郚：才过郚节。郚：初夏季节名。　[2]沧浪曲：是说以沧浪为歌。《孟子·离娄》："沧浪之水清兮，可以濯我缨；沧浪之水浊兮，可以濯我足。"　[3]鼓枻歌：摇着船桨放声高歌。枻：船。

【赏析】

这首诗写初夏季节渡黄河所见的壮美景色及由此产生的欢乐情景。

# 李攀龙

（1514—1570）明代文学家。字于鳞，号沧溟，历城（今山东济南市）人。少孤家贫，读书刻苦，嗜诗歌，邻里视为狂生。嘉靖进士，官至河南按察使。与王世贞同为"后七子"首领，认为文自西汉、诗自盛唐以下都不足观。所作诗多拟古人，少数诗篇对时政有所暴露，较有艺术感染力。有《沧溟集》。

## 黄　河

复就三秦役[1]，还为四牡歌[2]。

北风扬片席[3]，大雪渡黄河。

才岂诸郎少[4]，名非一郡多。

儒官明主意[5]，吾道好蹉跎[6]。

【注释】

[1]三秦：泛指今陕西省一带。项羽破秦入关，把秦国关中之地一分为三，故名。　[2]四牡：驾车的四匹牡马。这句是说自己勤于国事。　[3]"北风"句：极言风雪之大。片席：雪片象席子一样大。李白《北风行》："燕山雪花大如席，片片吹落轩辕台。"　[4]"才岂"二句：是诗人所发的牢骚：我们的才气少吗？我们的名声已非一郡所知！诸郎：同道诸人。　[5]儒官：古代的学官，掌握学校教育。主意：主张、办法。　[6]吾道：我辈的道路。蹉跎：虚度光阴。

【赏析】

北风怒号，大雪纷飞，诗人冒着严寒舟渡黄河，看同船诸郎，想半生道路，感慨顿生，流露了对社会的不满情绪。

# 李先芳

(生卒年不详)明代诗人。字伯承,号北山,濮州(治所今属山东)人。嘉靖二十六年(1547)进士,官终尚宝司少卿。有《东岱山房稿》《清平阁集》等。

## 由商丘入永城途中作<sup>[1]</sup>

三月轻风麦浪生,黄河岸上晚波平。
村原处处垂杨柳<sup>[2]</sup>,一路青青到永城。

【注释】

[1]商丘:古邑名。在今河南商丘县南。永城:县名,即今河南永城,在商丘东南。 [2]村原:村庄和原野。

【赏析】

这首诗写一路所见黄河岸边的暮春风光。语言朴实天然,韵味清新如淘,明丽似画,历历在目。

# 张佳胤

（生卒年不详）明代诗人。字肖甫，号居来山人。铜梁（今属四川）人。嘉靖二十九年（1550）进士，官至兵部尚书，加太子太保，赠少保。所写诗文，才气纵横，时露警拔。有《居来山房集》。

## 登函关城楼[1]

楼上春云雉堞齐[2]，秦川芳草自萋萋[3]。
黄看雨后河流急[4]，青入窗中华岳低[5]。
客久独凭三尺剑[6]，时清何用一丸泥[7]！
登高远眺乡心起，关树重遮万岭西[8]。

【注释】

[1]函关：即函谷关。战国时秦国所置，在今河南灵宝东北，是历史上的军事要地。 [2]雉堞（zhì dié）：古代在城墙上修筑的矮而短的墙，守城的人可借以掩护自己。 [3]秦川：地名。见赵子贞《题风陵渡》注。 [4]"黄看"句：写雨后黄河浊流翻滚，河水色黄。 [5]华岳：即华山，在陕西华阴县南，函谷关西。 [6]客久：指秦末楚汉相争时，刘邦率军长期转战各地。三尺剑：古代剑长约三尺，后就把"三尺"作为剑的代称。据《史记·高祖本纪》：刘邦破秦入关后，曾派兵把守函谷关，以阻止项羽进兵关中。刘邦曾说："吾以布衣提三尺取天下。" [7]一丸泥：据《东观汉记·隗嚣载记》：隗嚣的部将王元曾请求领兵镇守函谷关，说："元请以一丸泥为大王东封函谷关，此万世一时也。"一丸泥喻地势险要，用泥丸封塞即可阻敌。这句话是说，如今天下太平，用不着象王元那样率兵封关了。 [8]万岭西：指诗人的家乡铜梁。铜梁在函谷关以西。

【赏析】

诗人登上了函关城楼，凭窗送目，秦川、黄河、华山，远近春色尽收眼底，思古幽情陡在胸中荡起："黄看雨后河流急，青入窗中华岳低。"河黄河急，岳青岳低，状景十分传神。

# 吴国伦

（生卒年不详）明代诗人。字明卿，兴国（今湖北阳新）人。嘉靖二十九年（1550）进士，擢兵部给事中，累迁河南左参政。才气横溢，好客轻财。工诗，为"后七子"之一。有《甔甀洞稿集》。

## 黄　河

黄河新水漫平沙[1]，一苇中流四望赊[2]。
三晋天随波震荡[3]，大梁堤筑岸横斜[4]。
寻源未遇支机石[5]，奉使何如博望槎。
来往不辞津路险[6]，北风回首鬓双华[7]。

【注释】

[1]平沙：广漠的沙原。　[2]一苇：《诗经·河广》："谁谓河广？一苇杭之。"赊：遥远。这句是说，泛舟中流，四望辽阔旷远。　[3]三晋：春秋末，晋国为韩赵魏三家卿大夫所分，各立为国，史称三晋。其故地包括今山西、河南及河北的西南部分。　[4]大梁：故城名。故址在今河南省开封市。　[5]"寻源"二句：用张骞寻求黄河源的成就作比，谓自己收获不大。支机石：见储光羲《夜到洛口入黄河》注。博望：见李世民《黄河》注。　[6]津路：谓黄河水路。　[7]鬓双华：双鬓花白。

【赏析】

这首诗以张骞寻求黄河源的成就作比，感叹自己两鬓双华、功业未成的景况。

# 吕时臣

（生卒年不详）明代诗人。字中甫，鄞县（今属浙江）人。早有诗名。因避仇人，远游齐、梁、燕、赵间，后客死涉县。有《甬东山人集》，颇为陈子龙称道。

## 再经钟吾怀许兵马[1]

去日黄河边[2]，水深不可渡。
故人久不回[3]，今作行人路。

【注释】

[1]钟吾：春秋时的国名。今江苏宿迁县北的司吾城，就是古代的钟吾国。兵马：明代设有五城兵马司，有正副指挥使。　[2]去日：已过去的日子。此指许兵马走的时候。　[3]故人：指许兵马。

【赏析】

这首诗通过写钟吾地方黄河的巨大变迁，抒发了对友人许兵马深切的怀念之情。风高浪险的黄河都成了今人的道路，深念的故人还没有回来。

# 杨博

(生卒年不详)明代诗人。字惟约,蒲洲(今属山西)人。嘉靖进士,累官至吏部尚书,遇事安闲有识量,深得皇上赏识,卒谥襄毅。有《本兵疏议》。

## 河中形胜[1]

秦晋相望鸡犬闻[2],黄河一派就中分。
西连仙掌明初日[3],北接龙门起暮云。
五老峰前猿自语[4],二贤祠前鹿为群[5]。
琴堂古迹亦然在[6],千古高峰仰舜薰[7]。

【注释】

[1]河中:府名。因位置处黄河中游而得名。治所在今山西永济县蒲州镇。形胜:地势优越。 [2]秦晋:指战国时的秦国和晋国,两国地界接壤。这句是说,秦晋相邻,在河中可以听到两个国家的鸡鸣狗吠。 [3]仙掌:西岳华山的峰名,在今陕西华阴县。峰侧石上有手掌印痕,自下望去,五指俱全。 [4]五老峰:山名。在今山西虞乡县西南。详见骆宾王《晚泊河曲》注。 [5]二贤:指伯夷、叔齐。他们是商朝孤竹君的儿子,周武王灭掉商朝,他们耻食周粟,逃到首阳山,采薇而食,被饿死于山中。 [6]琴堂:指舜的墓陵。舜陵即在河中。 [7]舜薰:舜帝的功德和精神。薰:香气。

【赏析】

这首诗叙写河中府优越的地理位置和众多的文物古迹,热情赞美了自己家乡的山水形胜和先贤们不朽的丰功伟绩。

# 刘侃

（生卒年不详）明代诗人。字正言，京山（今属湖北）人。嘉靖三十二年（1553）进士。有《新阳馆集》。

## 陇西杂兴[1]

西极秋高白鸟翻，凭阑送目到河源[2]。
久无槎影通银汉[3]，遥见天光下火敦[4]。
青海风涛还积石[5]，玉门车马半中原[6]。
昆仑故是征西路[7]，寄语山前吐谷浑[8]。

【注释】

[1]陇西：郡名。战国时秦置，因在陇山之西而得名。治所在狄道（今甘肃临洮南），明时属临洮府。　[2]阑：同"栏"。河源：黄河源地区。此处是诗人想象语，事实上陇西离河源还很远。　[3]槎影：船筏的影子。银汉：天河。古时传说黄河与天河相通，汉代张骞寻求河源时曾乘槎沿黄河到过天上。　[4]火敦：“火敦恼儿”的简称，即黄河源地区的星宿海。　[5]青海风涛：指黄河。黄河发源于青海省的巴颜喀拉山。还积石：环绕着积石山。积石山又叫阿尼玛卿山，相传大禹治河凿导积石山，即是此地。黄河自西而来，过阿尼玛卿山南麓折向山的北麓，此为黄河九曲中的第一曲。　[6]玉门：古关名，在今甘肃敦煌县西北。详见王之涣《凉州词》注。这句是说，出入玉门关的车马有半数来自中原。　[7]昆仑：即昆仑山。　[8]吐谷（yù）浑：古代少数民族，在今青海北部、新疆东南部。

【赏析】

这首诗写远眺黄河河源地区所感所见，并以"玉门车马半中原"，"昆仑故是征西路"的生动现实和历史事实，对侵略成性的吐谷浑发出了警告。

# 屠隆

（1542—1605）明代文学家。字长卿、纬真，号赤水、鸿苞居士，鄞县（今浙江宁波）人。万历进士，曾任礼部尚书郎中。作有传奇《昙花记》《修文记》《彩毫记》三种，均存。也能诗文，有《白榆集》《由拳集》《鸿苞集》等。

## 彭城渡黄河[1]

彭城临广岸[2]，俯仰霸图空[3]。
白云照残雪，黄河多烈风。
所嗟人向北[4]，不似水流东。
回首沧溟曲[5]，山山云雾中。

【注释】

[1]彭城：地名。见萨都剌《彭城杂咏呈廉公亮金事》注。 [2]广岸：宽广的河岸。 [3]霸图：称霸者的雄图。 [4]"所嗟"句：指诗人感慨自己渡河北去。嗟：嗟叹。 [5]沧溟曲：大海拐弯处。沧溟即大海。

【赏析】

这首诗描写了冬天渡河而生的怀古伤今之情。白云残照，山山迷蒙，河风凛冽，回首伤情。

# 范守己

（生卒年不详）明代诗人。字介儒，洧川（今属河南）人。万历二年（1574）进士，官至按察司佥事。有《御龙子集》《肃皇外史》等。

## 渡 黄 河

王程催驿使[1]，河水正流澌[2]。
鼓柂黄头猛[3]，鸣榔白鹭移[4]。
参差冰岸阔，欸乃棹歌迟[5]。
为念怀沙客[6]，中流一赋诗。

【注释】

[1]王程：受皇帝差遣的旅途。驿使：古时传递公文书信的人。这句意为，皇上的公差必须在限期内完成。　[2]流澌（sī）：江河解冻时流动的冰块。　[3]柂：亦作"舵"。黄头：即黄头郎，指船夫。古时船夫皆著黄帽，故有此称。　[4]榔：船板。白鹭：白鸭。　[5]欸乃：行船摇橹声。　[6]怀沙客：指屈原。"怀沙"是《楚辞·九章》篇名，相传为屈原的绝命词，是屈原被放逐后怀念长沙的诗。

【赏析】

这首诗写隆冬季节乘船渡河，破冰前行的见闻和感触。因是王命，不敢辞险。船过中流，忽然想起屈原的绝命诗，自己的小诗是不是也有绝命诗的可能呢！用此状险，让人沉思。

# 唐时升

（1551—1636）明代诗人。字叔达，嘉定（今四川乐山）人。早年投归有光门下，弃举子业，专事古文。王世贞常与之辨析疑难。家贫好施，灌园艺疏，萧然自得。与娄坚、程嘉燧并称"练川三老"。写诗援笔立成，不加圈点。有《三易集》。

## 舟 中 即 事

风卷黄河两岸沙，中流艇子一时斜[1]。
故园柳絮应飞尽[2]，河北行人见雪花。

【注释】

[1]艇子：轻便小船。　[2]故园：指四川乐山诗人的家乡。

【赏析】

　　诗人行舟黄河，写眼前所见风卷沙狂、渡船横斜的情况及巴蜀故乡与黄河岸边的候差现象，不由得感慨暗生。

# 林尧俞

（生卒年不详）明代诗人。字咨伯，莆田（今属福建）人。万历十七年（1589）进士，累官太子太保，礼部尚书。有《溪堂集》。

## 出 黄 河

才过长淮口，已见清河县[1]。

黄流昔浈洞[2]，兹焉束如箭[3]。

更值冬初开，荡来冰数片。

量水仅尺余，轻刀常患罥[4]。

买酒浇龙神[5]，冀得南风便[6]。

挂席就中央[7]，免入盘涡旋[8]。

咫尺到黄楼[9]，役夫辞带纤[10]。

【注释】

[1]清河县：地名，故址在今江苏省淮阴县。 [2]黄流：黄河水。浈洞：相连不断，此指黄河水奔流不息。 [3]兹：今。束如箭：象一束箭一样。古代五十箭为一束。初春时河水减少，水道变窄，故有此句。 [4]轻刀：轻捷的刀形小船。患罥（juàn）：忧怕船被陷住。罥：缠绕。 [5]浇：浇祭。洒酒祭祀。 [6]冀：期望。 [7]挂席：张起船帆。古代船帆常用席子做成。 [8]盘涡：旋涡。 [9]黄楼：苏轼为徐州太守时所修建。详见郭祥正《徐州黄楼歌寄苏子瞻》注。 [10]纤：拉船的绳索。

【赏析】

这首诗真实地记述了明代黄河下游的别一情状。早春季节，冰凌初开，水深仅有尺余，船行河上，舟人总怕搁浅被陷。这和黄河中上游浊浪翻滚、浮冰如丘的情形何等不同！

# 顾起元

(1565—1628)明代文学家。字太初，江宁（今属江苏）人。万历二十六年（1598）进士，官至吏部左侍郎，兼翰林院侍读学士。著有《蛰庵日录》、《金陵古今石考》等。

## 黄　河

河水南浮泗[1]，漕渠北注燕[2]。
众心忧璧马[3]，天意护楼船[4]。
龙首疏秦日[5]，鸿陂复汉年[6]。
园陵看王气[7]，松柏正苍然[8]。

【注释】

[1]泗：泗水，源出山东泗水县。　[2]漕渠：漕运的渠道，指运河。燕：古国名。在今河北北部和辽宁西端，建都蓟（今北京城）。漕运主要是供给京城衣食之用。　[3]璧马：玉璧、白马。汉元封二年（公元前109），武帝征发数万人堵塞瓠子决口，曾投玉璧、白马于水中，祭祀河神。这句是说，人们担心黄河再决堤泛滥。　[4]天意：上天的旨意。楼船：有叠层的大船，此指皇帝所乘的船。汉武帝《秋风辞》："泛楼船兮济汾河，横中流兮扬素波。"　[5]龙首：即龙首渠，我国历史上第一条地下井渠。汉武帝时为灌溉今陕西北洛水下游东岸一万多顷咸卤地而开凿，相传开凿时挖到龙骨，故名龙首。自今澄城西南引洛水东南流，至今大荔县西仍入洛水。渠经铁镰山下，土松渠岸易崩，乃凿井在井下开渠通水，长十余里，井最深的达四十余丈。发卒万人，历十年始通。秦日：和下文的"汉年"都是指秦汉时代。　[6]鸿陂（bēi）：即鸿隙陂。汉代著名的水利工程，武帝时开凿。引淮水为陂灌田，故迹在今河南省淮河北正阳县、息县间。成帝时毁废，民失其利。东汉邓晨为汝南太守时，修复旧陂，灌田数千顷，汝地大富。陂：池塘。　[7]园陵：帝王的墓地。王气：指象征帝王运数的祥瑞之气。　[8]苍然：形容松柏墨绿旺盛的样子。

【赏析】

　　这首诗借歌颂历史人物的治水业绩，表现了诗人忧心河患的心情。"园陵看王气，松柏正苍然"，最后一联写出了对当今皇帝的希望与赞美。

位于郑州桃花峪的黄河中下游界碑　摄影/孟宪明

# 李流芳

（1575—1629）明代文学家。字长蘅，号泡庵、慎娱居士，嘉定（今四川乐山）人。万历举人。工诗文，善书法，精绘画。诗清新自然，与唐时升、娄坚、程嘉燧合称"嘉定四先生"。有《檀园集》。

## 黄 河 夜 泊

明月黄河夜，寒沙似战场。
奔流聒地响[1]，平野到天荒[2]。
吴会日以远[3]，燕台路正长[4]。
男儿久为客，不辨是它乡。

【注释】

[1]聒（guō）地响：声响动地。聒：喧扰、嘈杂。 [2]天荒：极远处。 [3]吴会（kuài）：地名，吴郡和会稽郡，指今江苏东部、浙江西部。 [4]燕台：即黄金台。故址在今河北易县东南。燕昭王筑台用以接待贤士。此处用燕昭王筑台招贤纳士的典故，表达了自己渴求明主招纳任用的心情。

【赏析】

这首诗写朗朗月光中停泊黄河而产生的感慨，表现了渴求明主纳用的情怀。首联"明月黄河夜，寒沙似战场"写出了诗人的独特感受。

# 陈子龙

（1608—1647）明代文学家、抗清将领。字卧之，号大樽，松江华亭，（今上海市松江）人。崇祯进士。曾与夏允彝等组织"几社"。南明时任兵科给事中。清兵破南京后，在松江起兵，称监军。事败，逃匿山中，结太湖兵抗清。事泄被捕，乘间投水死。为文有复古倾向。清兵南下后所作诗篇，感时伤世，悲愤苍凉，风格大变，被誉为明诗"殿军"。有《陈忠裕公全集》。

## 秋归涉黄河三首

### 其 一

秋水下龙门，黄河九曲浑。
西来浮日月，南徙划乾坤[1]。
群燕盘涡掠，千帆折溜奔，
茫然思禹迹，何处是昆仑！

【注释】

[1]徙（xǐ）：迁移。乾坤：天地。这二句是说黄河水势浩大。

【赏析】

这首诗描写了黄河秋水的浩大浑茫。"西来浮日月，南徙划乾坤"二句，尤有气势。

# 其 二

扬舲浊浪起<sup>[2]</sup>，挂席晚风多<sup>[3]</sup>。

气压清淮水，沙横沧海波。

秋阳沉大野，落日荡长河。

繁吹生遥夜<sup>[4]</sup>，中流发棹歌。

【注释】

[2]舲(líng)：有窗的小船。 [3]挂席：张起船帆。古代席子常用作船帆。 [4]遥夜：长夜。

【赏析】

这首诗写秋阳夕沉时的黄河景色，阔大壮观，气势不凡。"秋阳沉大野，落日荡长河"一联，尤见功力。

# 其 三

银河挂边城<sup>[5]</sup>，黄河入塞行。

南溟愁吐纳<sup>[6]</sup>，西极想澄清<sup>[7]</sup>。

怫郁鱼龙气<sup>[8]</sup>，飘零乌鹊情<sup>[9]</sup>。

秋来破浪急，翻为望乡生。

【注释】

[5]边城：边塞之城。 [6]南溟：南海。吐纳：原意指呼吸，此处意为接纳、容纳。这句是说，河水之盛，南海也容纳不下。 [7]"西极"句：黄河源本清，接纳其他河流后始浑。西极：西方极远之处。 [8]怫郁：也作"沸郁"，翻涌纠结的意样子。 [9]飘零：飘泊，流落。

【赏析】

这首诗描写了黄河流经塞外之地的景象和由此而生的怀乡思归之情。

# 顾炎武

（1613—1682）明末清初思想家、学者。原名绛，字宁人，号亭林，江苏昆山县人。少年时参加"复社"。清兵南下，母绝食殉国，遗命勿事二主。一生坚持抗清，不忘复国大事。精力过人，学问渊博，学术上多有建树。作诗沉郁、苍凉，充满爱国热情。沈德潜评他"风霜之气，松柏之质，两者兼有"。著述宏富，有《亭林诗文集》《日知录》等。

## 蒲州西门外铁牛唐时所造以系浮桥者今河西徙十余里矣[1]

唐代浮梁处[2]，遗牛制尚新[3]。
一朝移岸谷[4]，千载困风尘[5]。
失水鼋鼍没[6]，依城鹳雀邻[7]。
应无丞相问[8]，倘[9]与牧童亲。
世变形容老，年深战伐频。
无穷怀古意，舍尔适西秦[10]。

【注释】

[1]蒲州：州名。治所在今山西永济西蒲州。铁牛：古时蒲州有浮桥，岸上铸大铁牛以系浮桥。 [2]浮梁：浮桥。 [3]制：指铸在铁牛身上的皇帝的诏命。 [4]岸谷：此指黄河岸和河谷。 [5]风尘：风起尘扬，天昏地暗。喻尘世纷扬。 [6]鼋鼍：据《竹书记年》：周穆王三十七年，伐楚国，军队到九江，周穆王叱鼋鼍造一桥。此处以鼋鼍代指桥梁。 [7]鹳雀：即鹳雀楼，在今山西永济县。旧楼在城西南，黄河中高阜处。 [8]丞相：官名，古代中央政权的最高行政长官，协助皇帝处理国家政务。此代：指朝中高级官员。 [9]倘：或者。 [10]尔：指铁牛。适：往。秦：秦地，指今陕西省一带。

【赏析】

诗人通过对古黄河岸边唐代铁牛的描写和推测写自己的感慨和不尽怀古之意，沉郁、悲凉。

# 龙门[1]

亘地黄河出[2],开天此一门。
千秋凭大禹[3],万里下昆仑。
入庙熏蒿接[4],临流想象存。
无人书壁间[5],倚马日将昏[6]。

【注释】

[1]龙门:见薛道衡《敬酬杨仆射山斋独坐》注。 [2]亘地:和下句的"开天"相对,都是自始说起的意思,意为自从有了大地、苍天。一门:指龙门。 [3]"千秋"二句:写大禹治河、开凿龙门的功绩。凭:倚靠,倚仗。 [4]熏(xūn)蒿:香气散发。这句是说大禹庙内香气弥漫。 [5]"无人"句:没有人在庙宇墙壁上题写诗句。 [6]倚马:靠着马。

【赏析】

诗人登上龙门山,凭吊大禹治河的遗迹,热情歌颂了大禹开凿龙门、疏通河道的功绩。

陕西韩城龙门口黄河大桥　摄影/王伟

# 丁晋

明代诗人。生平、籍贯均不详。

## 黄 河 歌

君不见黄河之势何壮哉,迢迢远从天上来。
咆哮万里裂坤轴[1],盘涡倒卷声如雷。
萦回九曲复东注,刊山湮谷沧溟开[2]。
曾闻源流上接银潢水[3],饮之不减中濡美。
龙门岩峣连砥柱[4],山巉岩兮石碨磊[5]。
源泉混混自朝夕[6],古往今来可能息。
问渠那得常如斯[7],元气淋漓为扶掖[8]。
我思击楫泛中流[9],春风杜若沿芳洲[10]。
船头只载一斛酒[11],醉倚柂楼鼓槎讴[12]。
醉倚柂楼鼓槎讴,相邀织女寻牵牛。

【注释】

[1]坤轴:古人想象中的地轴。 [2]刊山湮谷:冲毁山岭,堵塞河谷。沧溟:指大海。 [3]银潢(huáng):天河。 [4]岩峣:高耸、高峻。 [5]巉岩:险峻的山岩。碨(wěi)磊:不平的样子。 [6]源泉:指黄河发源处。混混:黄河源头的波浪声。 [7]渠:指黄河源头的一段。据《元史·河源附录》载,元代时对星宿海以上的黄河源头就已经基本清楚。斯:此。 [8]元气:指天地未开时的混沌之气。扶掖:扶助。这二句是说:黄河源头何以常年涌流不息?原来是有淋漓不止的真元之气相扶持。 [9]击楫:敲打船桨。 [10]杜若:香草名。芳洲:长满芳草的水中陆地。这句是说:春风中佩带香草踏上芳草萋萋的小洲。 [11]斛(hú):量器名。五斗为一斛,两斛为一石。 [12]柂(tuò)楼:即舵楼,舟人操舵之所。鼓槎讴:敲着船桨放声高歌。

【赏析】

诗人酣畅淋漓地描写了黄河咆哮万里、涛声如雷的宏大气势,结尾处以浪漫主义手法,抒发了诗人旷放不羁的情怀。

# 张应春

明代诗人。生平、籍贯均不详。

## 观 壶 口[1]

星宿发源自碧空[2],凿开壶口赖神功[3]。
吐吞万壑百川浩[4],出纳千流九曲雄。
水底有神掀石浪,岸傍无雨挂长虹[5]。
朝奔沧海夕回首,指顾还西瞬息东。

【注释】

[1]壶口:地名,在晋陕峡谷中,西濒陕西宜川县,东临山西吉县。此处河漕窄狭,黄河至此受束,激射而下,形成瀑布,悬注如壶,故名。 [2]星宿:即星宿海,在青海省鄂陵湖西,是黄河源头地区散流而成的浅湖群。罗列如星,由此得名。 [3]"凿开"句:相传大禹治水,凿石引流,先壶口,次孟门,后龙门,将洪水疏排下游。 [4]"吐吞"二句:极写壶口吐纳喷射黄河水的气势。 [5]"岸傍"句:写壶口水汽迷蒙,无雨现虹,实为一大奇观。傍:即旁。

【赏析】

这首诗以雄健之笔描写壶口吐纳千川、喷射急流的惊人气势和"无雨挂长虹"的岸边奇景,生动、传神。

# 吴伟业

（1609—1671）清初诗人、学者。字骏公，晚号梅村，江苏太仓人。明末崇祯年间进士，初任翰林院编修，少参事。入清，又被迫出仕，官国子监祭酒。擅长叙事诗，文词清丽，委婉含蓄，后经丧乱，遂多悲凉之作。有《梅村家藏稿》《太仓十子诗选》《春秋地理志》。

## 行路难[1]（十八首选一）

君不见黄河之水天上来，一朝乃没梁王台[2]。
梁王台成高崔嵬，禁门平旦车如雷[3]。
千尺金堤坏[4]，百里严城开[5]。
君臣将相竟安在，化为白鼋与黄能[6]。
乃知水可亡人国[7]，昆明劫灰何如哉[8]。

**【注释】**

[1]行路难：乐府古题。所选为原诗第七首。 [2]梁王台：即古吹台，又名繁台，在今河南开封市东南，相传为春秋时音乐家师旷吹乐之台，汉代梁孝王加以扩建。这里喻指明朝统治者的堡垒。 [3]禁门：指明朝周王府宫门。平旦：早晨。这句写周王府往日的炫赫气势。 [4]金堤：明代《一统志》载："自荥阳县东至千乘海口千余里，历代筑之以御河患，通谓之金堤。"比喻河堤坚固如金属筑就一般。 [5]严城：坚固的城池。 [6]鼋（yuán）：即鳖，黄能：即黄熊。《左传》昭公七年："昔尧殛鲧与羽山，其神化为黄熊，以入于羽渊。"《释文》注："熊，亦作能，三足鳖也。"这句是说，那些帝王将相都被黄河怒涛卷没殆尽了。 [7]"乃知"句：出自《史记·魏世家》，春秋时，晋国六卿并峙，知伯率韩、魏之兵围赵，引汾水灌晋阳城。知伯曰："吾始不知水之可以亡人之国也，乃今知之。" [8]昆明劫灰：传说汉武帝在长安附近挖昆明池，见黑灰。西域高僧竺法兰说，这是世界终尽的劫火余灰。这里借此典故慨叹黄河大水造成的巨大危害和导致的明朝贵族集团的最后覆灭。

## 【赏析】

明代的开封，是周王恭枵（xiāo 消）的封地。崇祯十五年（1642）李自成农民起义军攻打开封，明军在战败援绝的困境中，于朱家寨（今开封黑冈口）扒开黄河大堤，企图以水代兵，冲淹闯王军。因此处黄河高悬，且恰值大雨滂沱，河水陡涨，结果决堤后，洪水破北门直灌开封城，全城三十七万人大部丧生。作者以悲凉感慨的笔调，描述了黄河人为决口给古城开封带来的倾城之灾，说明了"水能亡人国"的社会哲理。

## 黄　河[1]

白浪日崔嵬，鱼龙亦壮哉[2]。

河声天上改，地脉水中来[3]。

潮落神鸦庙，沙平戏马台[4]。

沧桑今古事[5]，战鼓不须哀。

## 【注释】

[1]原诗注：金龙口决河从北入海，清江宿迁水势稍缓，皆起新沙。《大清会典》：顺治九年黄河决大王庙。金龙口：在今河南封丘县西南二十里，这里黄河堤防薄弱，险象丛生，历代多在此决口。宿迁：今江苏宿迁县，地处黄河故道，多经黄河冲啮，以"洪水爆发，一宿迁城"而得名。　[2]崔嵬：犹"嵯峨"，高貌。此二句写黄河决口的水势。　[3]"河声"二句：写黄河在金龙口决河北流。地脉：地下水。　[4]神鸦：据范致能《吴船录》，神女庙前有神鸦，客船将来则迎于数里外，舟过亦送数里，土人谓之神鸦。戏马台：在江苏铜山县南。传为项羽掠马台，晋时刘裕至徐州，大会军士至此。此二句写清江宿迁水势减缓，泥沙沉淀之景况。　[5]沧桑："沧海桑田"的缩语，此比喻黄河历代变迁很大。

## 【赏析】

明末清初，黄河下游河道经由开封、商丘、徐州、宿迁，汇淮入海。顺治九年（1652）黄河在封丘大王庙的金龙口决口，改向北流，清口宿迁一带水势得以削减，河道中露出了沉淀的泥沙。此诗即写当时的情况。

# 李渔

（1611—约1679）清代剧作家，字笠翁、谪凡，号觉世稗官，称湖上笠翁，浙江兰溪人。少年游历四方，交结名士。晚年由南京迁杭州，居西湖旁，人称李十郎。善通俗文学，所著戏曲小说二十多种，以《笠翁十种曲》影响较大。诗词杂著有《一家言全集》。

## 甘泉道中即事[1]

一渡黄河满面沙，只闻人语是中华[2]。

四时不改三冬服，五月常飞六出花[3]。

海错满头番女饰，兽皮作屋野人家[4]。

胡笳听惯无凄凉，瞥见笙歌泪转赊[5]。

【注释】

[1]甘泉：县名。在陕西省北部。道：途。即事：当前的事情。古称以当前事物为题材的诗为"即事诗"。 [2]"一渡"二句：意思是说，首次渡黄河，只听人说这里也是中华的疆土。 [3]四时：指春、夏、秋、冬四季。三冬：冬季三个月。六出：雪花的结晶成六角形，故称之为六出。此二句写黄河上游地区气候的寒冷。 [4]海错：众多的海产种类，此指用水产动物身上的骨、珠等物来装饰打扮。番女：指称古时西北少数民族的妇女。这二句写当地的生活习俗。 [5]胡笳：我国古代北方民族的管弦乐，传说由张骞从西域传入，其音悲凉。笙：簧管乐器。泪转赊：泪水长流。赊：远、长。这二句写诗人的切切思乡情，读之催人泪下。

【赏析】

这首诗以细腻的笔触，流畅的语言，描写了黄河上游地区的气候特征、风物习俗，抒发了初涉塞外的思想感受。生动传神，绵绵有情。

# 宋琬

(1614—1673)清初诗人,字玉叔,号荔裳,山东莱阳人。顺治进士,曾任浙江按察使。顺治五年(1648),因山东于七起义事被诬下狱拘囚三年。得释后长期闲居,晚年继任四川按察使。其诗多感时伤事之作,含凄凉激宕之音。与施闰章齐名,称"南施北宋"。有《安雅堂全集》。

## 渡黄河(四首选二)

### 其 一[1]

倒泻银河事有无[2],掀天浊浪只须臾[3]。
人间更有风涛险,翻说黄河是畏途[4]。

【注释】

[1]所选的为原诗第一首。 [2]银河:星系名,晴夜高空,呈银白色带状,故名。此指古时关于黄河连通天河的传说。 [3]须臾:片刻。以上二句说,传说中的银河倒泻实际上有没有呢?如今黄河的浊浪掀天、奔腾疾速却是实见。 [4]翻:反而。后二句转写人间沉浮之艰险。

【赏析】

这首诗先以银河倒泻的传说写黄河浪涛之浑阔,转又以惊天动地的大河浊浪,感慨风雨飘摇、沉浮不定的社会人生。层层递进,感伤激宕,寓意深刻。

### 其 二[5]

一下龙门过陕州[6],滔滔无尽古今愁[7]。
寄言精卫休填海[8],须向昆仑塞上流[9]。

【注释】

　　[5]所选的为原诗第四首。　[6]龙门：山名，在陕西韩城与山西河津之间的黄河干流上。陕州：古地名。清时为直隶州，属河南，今为陕县，著名的黄河三门天险即在这里。　[7]无尽：不尽。古今愁：指历代黄河灾害频繁，自古以来令人忧虑。　[8]寄言：转告。精卫：传说炎帝少女游于东海而溺死，化为精卫鸟，常衔西山之木石填于东海。　[9]昆仑：山名，古时认为黄河从此发源。塞：堵塞。上流：上游。这句说应该从上游的昆仑山治起，制止黄河的危害。

【赏析】

　　这首诗写黄河越龙门、过陕县，奔腾至下游后，造成的剧烈危害，并以寄言精卫、塞源昆仑的感叹，表达了作者对治理黄河的迫切希望。

# 黄 河 曲

浊浪黏天满绿畴[1]，千家野哭怨阳侯[2]。
支祁兽有开山力[3]，何不移之西北流[4]。

【注释】

　　[1]浊浪：指黄河波浪。黏（nián）：沾染。绿畴：田野。这句说浑浊的黄河波浪溅击长空，遍布田野。极言浊流泛滥之惨重。　[2]千家：指众多黎民百姓。野哭：悲泣荒野。阳侯：古代传说中的波涛之神。　[3]支祁兽：即无支祁，传说中的淮水神，相传其形若猿猴，缩鼻高额，青躯白首，金目雪牙，颈伸百尺，力逾九象，善应对言语，能辨河之深浅，源之远近。后被大禹锁于龟山之下。　[4]何：怎。之：代指黄河。

【赏析】

　　这首诗笔力浑阔，情调激愤，借神话故事反映了下游两岸人民对黄河洪水危害的怨恨以及渴望制服河患的强烈心声。

# 侯方域

（1618—1654）明末清初人，字朝宗，河南商丘人，曾游江南，寓居南京，组织"复社"，为当时文人所推重。明亡降清，顺治八年（1651）中举，后从事著述。有《壮悔堂文集》、《四忆堂诗集》传世。

## 黄　河

河源星宿自昆仑[1]，春涨桃花夹岸浑[2]。
龙蜃难驯归故道[3]，犀牛何事刻新痕[4]？
子来疏凿关输挽[5]，国计耕桑重本根[6]。
愿使三农更四载，力驱洪水莫东奔[7]。

【注释】

[1]星宿：即星宿海，在黄河的源头地区。昆仑：山名，古时认为是黄河源头。　[2]春涨桃花：黄河有桃、伏、秋、凌四汛，此指桃汛时。　[3]龙蜃：龙与蜃，此喻黄河。　[4]犀牛：开封城北五里铁牛村，有一铁犀，高六尺，宽约三尺，传为明英宗时所铸，黄河在决口时，铁犀总是首当其冲。　[5]子来：谓百姓急于公事，不召自来。疏凿：疏通开凿河道。关：相关。输挽：输送物资。　[6]国计：国家的方针大计。耕桑：种田养蚕，泛指农事。本根：即根本。以上二句说：修复河防，疏凿河道，发展航运对国家农业经济非常紧要。　[7]三农：春、夏、秋三个农时。四载：古时的四种交通工具。传说大禹治水时，水行乘舟，陆行乘车，泥行乘楯，山行乘樏。最后二句写作者渴望制伏黄河危患的迫切心情。

【赏析】

桃花三月，河水复涨，遥望浊流东去，浮想国计民生，诗人慨然命笔，写下了这首深沉、务实之作，反映了作者希望根治黄河水害，发展黄河水利的政治思想。

# 叶燮

(生卒年不详)清代诗人,字星期,号横山,江南吴江(今江苏吴江)人。康熙九年(1670)进士,宝应知县。有《已畦集》。

## 采 柳 谣[1]

去年采东乡,今年采西乡,
东西两乡柳,采之尽斧戕[2]。
河堤决无时,需扫如山冈[3]。
高柳无遗槎,柳种才成秧[4]。
大府昨下檄,催督肩相望[5]。
境内柳已空,越境有严防。
无已及它木,槐榆枫栎樟[6]。
违材式不程,李难代桃僵[7]。
百金缚一扫,千夫提其纲[8]。
投之沧渊中,厥声飚沸汤[9]。
河伯鼓赫怒,飘如马脱缰[10]。
哀哉累膏血[11],一掷剜肉偿。
何虑千百扫,往往归茫洋。
吾欲叩九关[12],好生德之常。
缅彼至治世,大海无波扬[13]。

【注释】

　　[1]采柳：采伐柳木，黄河下游防洪抢险每年均需大量的柳木。谣：歌谣。　　[2]戕(qiāng)：残杀，此指采伐柳木。　　[3]扫：即"埽"，黄河下游抢险工程的一种。　　[4]"高柳"二句：写柳树被砍伐一空。槎：树之新枝。　　[5]大府：高级官府，清时称总督、巡抚为大府。檄：征召的文书。催督肩相望：写催工、督头面面相觑的为难状。　　[6]已：这里同"矣"。槐榆枫栎樟：皆为树名。　　[7]"违材"二句：指用它木代柳，违背了常规。式不程：不成规程法式。李难代桃僵："李代桃僵"，原指以李树代桃树受虫咬而枯死，后转用代人受过。此处反意用之，指代替不了。　　[8]百金：言柳埽耗费银两之多。纲：此指系柳埽的大绳。　　[9]厥：代词，那。豗(huī)：撞击喧闹声。沸汤：极言黄河洪水旋涡状。　　[10]河伯：黄河神。赫：发怒。飘如马脱缰：极状黄河洪水之凶猛。　　[11]膏血：指人民费精力心血积累的财富。　　[12]吾：我。九关：九重天门。　　[13]缅：缅怀。彼：指上天帝君。至治世：治理极好的世道。这二句说，上天治下的太平盛世，大海也不会有洪波涌起！

【赏析】

　　这首诗写黄河堤防埽工耗费柳木之巨，反映了黄河泛滥给沿岸人民造成的悲惨景象。全诗状景生动，叙事畅达，字里行间寄托了对黎民百姓的深切同情，表现了对统治者的强烈不满。

# 朱彝尊

（1629—1709）清初学者，大词人。字锡鬯，号竹垞，秀水（今浙江嘉兴）人。青少年时，即以诗词散文闻名江南。康熙十八年（1679）应博学鸿儒科试。任翰林院检讨。预修《明史》，备受朝廷宠遇。博学多才，尤工于词，有《经义考》《曝书亭集》。

## 黄 河 夜 月 [1]

落月黄河曲，先秋白露寒[2]。

牵牛何皎皎，桂树此团团[3]。

直北程难计，天南泪不乾[4]。

居人掩闬夕，知己梦长安[5]。

【注释】

[1]夜月：即月夜。 [2]先秋：早秋。白露：指月光映照下的露珠。 [3]牵牛：星座名。皎皎：皓白明亮。桂树：代指月亮，传说月中有桂树。团：圆。 [4]直北：正北。程：路途。计：估算。天南：泛指南方，此指作者的故乡。乾：即"干"。 [5]居人：居民。掩闬夕：关门宿夜。长安：今西安。

【赏析】

初秋之夜，皓月当空，露珠莹莹，居人掩闬入梦。诗人临河观月，思虑近日旅程，遥望天南故土，心神幽幽，写出了这首素静淡雅的黄河月夜诗。

# 沈用济

(生卒年不详)清初诗人,字方舟,浙江钱塘(今属杭州)人。清初国子监生,一生寥落四海,浪迹天下,晚年客死他乡。有《方舟集》。

## 黄河大风行

黄河之水自天落,我舟来向黄河泊[1]。
遥看云气如飞龙,知有东南大风作。
大风一起天茫茫,排山倒海不可当。
浪花卷起高十丈,虚拟沉牛截狂象[2]。
危樯大舳撼不停[3],霎时飘散同流星。
高岸倒震鼍鼓裂,怒涛乱卷蛟涎腥[4]。
暝来打蓬声膈膊[5],半为雨点半冰雹。
夕阳欲下风更狂,吹落孤帆天一角[6]。
一舟重有万钧力,旋入泥沙脱不得[7]。
一舟触石摧鹢尾[8],窥见青天在舱底。
水面一舟飞鸟轻,无枝可栖心目惊[9]。
其余溜急难鼓舵[10],客船十个碎两个。
同泊尚余四五船,船船相触绳相连。
长年当风立至晓[11],我辈安得高枕眠。
近见青齐成水府[12],况闻中州少安堵[13]。
皇天降灾良有因,汝曹定触河神怒[14]。
不尔风涛何太苦[15]?
男儿勿恃胆气粗,要知蹈险非良图。
新河安稳路径直[16],汝何不趋趋畏途?
岂唯黄河是畏途,波澜平地无时无!

【注释】

　　[1]泊：停船。　[2]沉牛：古时常把牛沉入水中，以祭山林川泽。截狂象：言制止险恶的天气。　[3]危：高。樯（qiáng）：船上的桅杆。艑（piān）：船。　[4]鼍（tuó）鼓：猪婆龙的皮蒙的鼓，以坚固耐击著称。鼍：一种鳄鱼，俗称猪婆龙。以上八句极状黄河河面狂风巨浪之激烈。　[5]暝（míng）：昏暗，夜。蓬：指船帆。腷膊（bì bó）：状声之词。　[6]天一角：此谓大风将船帆吹至极远处。　[7]旋：顷刻之间。　[8]鹊尾：指雕刻有鸟鹊图案的船尾。　[9]栖：停息。以上二句写船在河面上被风吹得游荡不定。　[10]溜急：水势湍急。鼓舵：掌握船舵。　[11]长年：古代艄工的别称。当：面对。　[12]青齐：指青州、齐州，在今山东省济南至益都一带，黄河泛滥成灾常常波及此地。　[13]况：更。中州：古时指今河南省一带。堵：堵塞决口。　[14]良：的确。汝曹：你们。　[15]不尔：不然。　[16]新河：明清两代，为疏浚黄河和畅通漕运，往往在中下游开挖引河，统称新河。

【赏析】

　　这首诗写黄河大风的剧烈景象，诗中假水衬风，借风映水，又以船帆的吹落天角，大船的旋入泥沙、触石摧舱，形容风力水势，刻划极为奇险生动。最后一句感慨了人生的艰险无常。清代诗人沈德潜评此诗说"有云垂海立之势"，又说"结意忽然换景，感触者深"。

河源的苞叶雪莲　摄影／董保华

# 王璇瑛

（生卒年不详）清代诗人，字廉夫，康熙三年（1664）进士，归德府永城（今河南永城）知县，官至户科给事中。有《遗安堂集》。

## 隋 堤 行[1]

长堤百里参差起，拍岸惊涛响秋水。
堤上老人向客言，手足胼胝皮肉死[2]。
缅忆筑河二十年，长官下令括民钱。
白镪朱提计亩入[3]，包工折扫黄河边[4]。
年年岁岁编夫速，县吏捉夫入人屋。
壮男编尽稚男行，可怜无复完骨肉。
前岁荆隆告竣事[5]，丹书屡下忧民苦[6]。
今年春旱民无食，入秋以来始阴雨。
方期种黍色油油，渐望筑场声许许。
七月飘风动千里，浪翻沙走流云驶。
夜半黄河天上来，质明十五岁乙巳[7]。
床前活活河声走[8]，电掣鲸奔风怒吼。
冯夷击鼓河伯怒[9]，丰隆决破土囊口[10]。
始看盘涡没篷蒿[11]，渐见蛟龙来九皋[12]。
嵩室辇辂深水府[13]，徐关碣石小秋毫[14]。
烛龙照耀群龙蠹，一夜千声万声哭。
妇子结褵渡乱流[15]，波涛相豗走雷轂[16]。
风起沙黄浪更高，树头鸱尾万人号[17]。
御风难假鼋鼍力，渡海空瞻乌鹊毛[18]。

老夫夜来堤上栖,娇儿啮臂饥女啼。

已幸生前见干土,讵甘饿死填沟溪[19]。

丈人试看堤边柳[20],两岸萧萧秃似帚。

采尽青枝为塞河,河今如此能塞否。

河势频劳圣主计,催役屡裁大官费[21]。

似闻颁给内帑钱,谁实封题外府寄[22]。

累尽中原百万家,达官盛怒敢咨嗟[23]。

争似廿年作力苦,何如一旦委泥沙。

老翁絮语方未已,北风卷波波立起。

鱼沸郁兮愁吾人[24],波中之人长已矣[25]。

吁嗟乎,治河者谁河如此[26]?

【注释】

[1]隋堤:隋代开通济渠,沿渠筑堤,后称为隋堤。通济渠是隋代开凿的一条最重要的运渠,联系着黄河、淮河、长江三大水系,工程自今荥阳引黄河南下与淮河连通。明清两代,黄河改道夺淮南流,此渠大部又成为黄河南河河段。 [2]皯黣(gǎn měi):皮肤黝黑状。 [3]白镪:银的别名。朱提:山名,在云南昭通县境。《汉书·地理志》:朱提出白银。后以朱提代指银。计亩入:计算土地的收成。 [4]折:弯曲。扫:即埽。黄河埽工。 [5]荆隆:指荆隆口,又名金龙口,在河南封丘县南二十里,清时河水至此最为狭窄,历代多在此决口,明弘治年间河溢,卷荆隆埽堵塞,丰隆而起,故名。 [6]丹书:古代皇帝的诏书。 [7]质明:天刚亮。乙巳:指乙巳年(1665)。 [8]活活(guō):流水声。 [9]冯夷:传说中的河神名。三国时魏国曹植《洛神赋》中有"冯夷鸣鼓,女娲清歌"。 [10]丰隆:荆隆口,代指黄河堤坝。 [11]盘涡:洪水漩涡。没:淹没。 [12]九皋:深远的沼泽。 [13]嵩室:即嵩山。辕辕:关口名,在河南偃师县东南,山路险阻,凡十二曲,循环往还。故称之。 [14]徐关:在山东淄川县西。碣石:山名,在河北昌黎海口处。此二句写黄河水势汹涌,泛滥之广。 [15]襦(rú):短衣,短袄。 [16]豗(huī):撞击声。毂(gǔ):车轮。形容黄河水深流急,涛似车轮旋转,声如雷震。 [17]鸱(chī):一种凶猛的鸟。 [18]御风:乘风而行。假:凭借。鼋鼍:据《竹书纪年》,周穆王伐越,东至于九江,叱鼋鼍以为桥梁,遂渡。

乌鹊：古代神话中说，每年农历七月七日，乌鹊皆集于天河作桥，以渡牛郎织女相会。　[19]讵：难道。溪：山谷。　[20]丈人：通称老人。　[21]"河势"二句：指康熙皇帝为修筑河堤几次裁减朝中官员的钱饷之事。　[22]帑（tǎng）：古时指官府库中的钱财。　[23]咨嗟：叹息。　[24]沸郁：翻涌纠结的样子。　[25]长已：完毕。此指老翁淹死在波涛之中。　[26]吁嗟乎：叹语。最后一句意为，现在是谁主持治河，竟使黄河糟糕到如此地步！

## 【赏析】

　　康熙四年（1665），黄河自考城（今河南兰考）决口，灌虞城、永城、夏邑等县，该地居民避于隋堤才得免于水难。作者由此灾象联想黄河久治不力，忧虑系之，写下此诗。诗中对黄河洪水的严重及人民修筑堤防的徭役之苦，作了生动的描述。"老翁絮语方未已，北风卷波波立起。鱼沸郁兮愁吾人，波中之人长已矣"，警心催泪！

河水与柳　摄影/孟宪明

# 王士禛

（1634—1711）清朝大臣、诗人。原名士禛，字子真、贻上，号阮亭、渔洋山人。山东新城（今桓台）人。顺治进士，累官至刑部尚书。作诗推崇唐人，衔华佩实，雍容澄淡，神韵卓绝，七言绝句尤为知名。为清初数十年诗坛之正宗。有《带经堂全集》。

## 望 见 华 山[1]

蒲坂南来问钓船[2]，风陵堆山隔风烟[3]。
黄河一曲流千里，太华居然落眼前[4]。

【注释】

[1]华山：五岳名山之一，黄河在其北麓折身东流。 [2]蒲坂：古邑名，在今山西永济县蒲州，相传虞舜建都于此，地当黄河弯曲处。钓船：渔船。 [3]风陵堆：在山西永济县南，又名封陵。堆下有风后陵。 [4]太华：指华山。

【赏析】

这首诗写自蒲坂南下所见黄河两岸景色及大河奔流的疾速情状。"黄河一曲流千里，太华居然落眼前"，一远一近，皆显其大。

## 渡河西望有感

使者河源复却回[1]，杖藜曾记到云台[2]。
高秋华岳三峰出[3]，晓日潼关四扇开[4]。
星宿海从天上落[5]，昆仑槎自斗边来[6]。
何时更访茅龙去[7]，东望沧溟水一杯[8]。

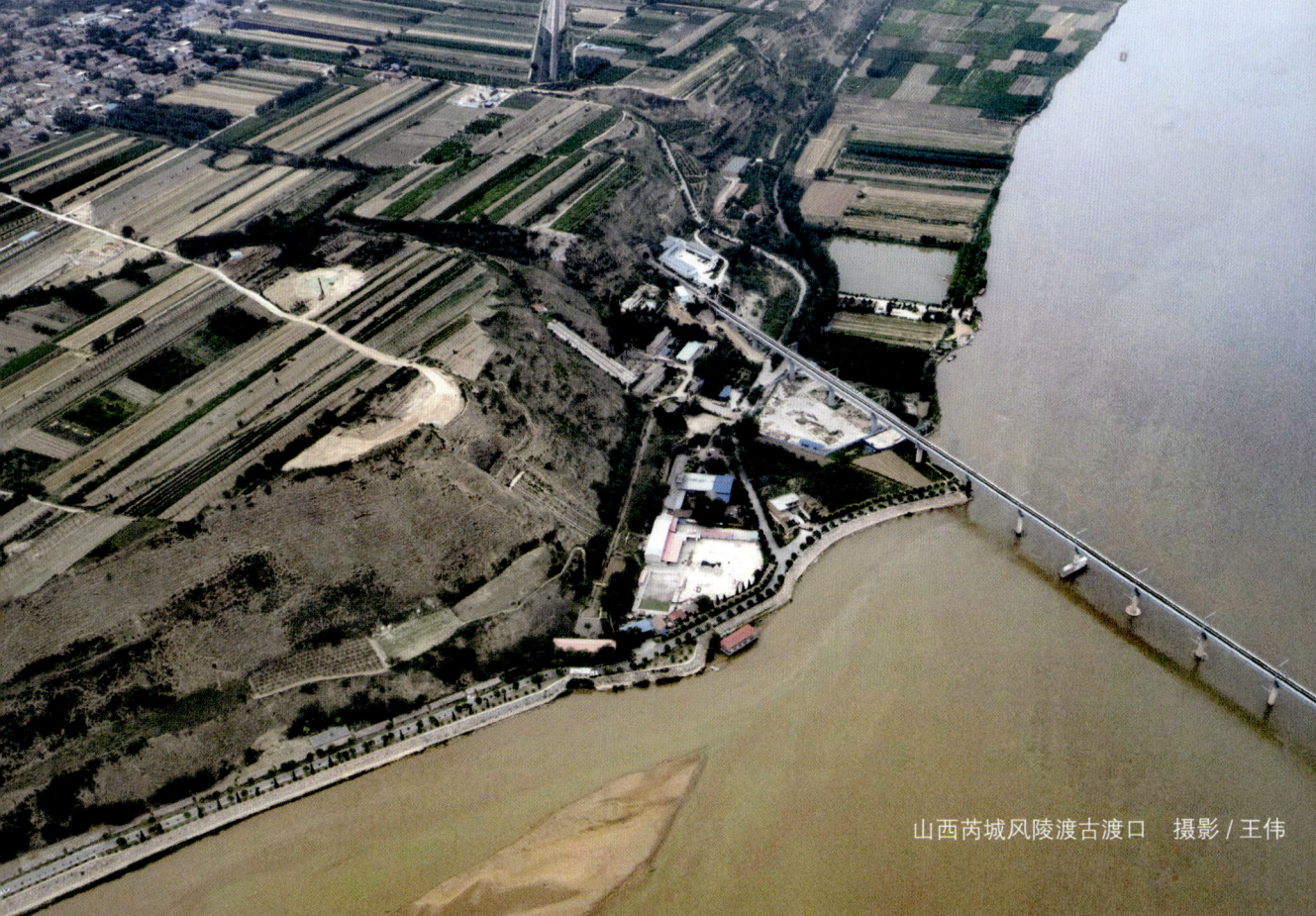

【注释】

[1]复：又。却回：返回。 [2]杖藜：以藜茎为杖。藜：草名，又名莱，叶可食，茎老可作手杖。云台：指华岳东北的云台峰，峰上望中原，可见黄河自塞外来。 [3]高秋：秋高气爽之时。三峰：指华山的莲花峰、落雁峰、朝阳峰。 [4]四扇：四门。 [5]星宿海：黄河源头地区的一些散见湖泊。古人认为黄河源出昆仑山，元朝都实考察河源后，又认为黄河源于星宿海。此句是用李白"黄河之水天上来"诗意。 [6]昆仑槎：指张骞所乘木筏。古代传说张骞寻求黄河源，曾泛舟天河见到织女星，故有"斗边来"三字。斗：星斗。 [7]茅龙：相传仙人所乘的神兽。详见李白《西岳云台歌送丹丘子》注。 [8]沧溟：大海。水一杯：以大海之小极言乘茅龙飞去之高。

【赏析】

　　诗人于高秋清晨渡过黄河，回首极目河西景色，华山峰险，潼关姿雄，九曲黄河奔腾而下似从天落，不禁驰思百代，浮想联翩，表现了丰富的想象力和华丽的文彩。最后二句，清人沈德潜评曰："末思它日更往，有余情焉。"

山西芮城风陵渡古渡口　摄影／王伟

**汪懋麟**（1640—1688）清代诗人，字季角，号蛟门，江苏江都人，康熙六年（1667）进士，授内阁中书，刑部主事。后罢归专攻经史，锐意成一家言。有《百尺梧桐阁集》。

## 河 水 决

黄河冲决淮河荡[1]，白马湖中千丈浪[2]。

淮阳城郭云气中，远近田庐水光上[3]。

人行九陌皆流水，螺蚌纷纷满城市[4]。

筑岸防堤急索夫，里中徭役齐追呼[5]。

富家出钱贫出力，触热忍饥不得食。

十日筑成五尺土，明日崩开十丈五[6]。

【注释】

[1]淮河荡：明清两代，黄河南流夺淮，其决口泛滥频繁，引起了淮河水势的极大变化。 [2]白马湖：在江苏省宝应县西北。北连运河，南通宝应湖，为往来要津。这句说黄河冲决一直波及到白马湖。 [3]淮阳：古县城名，在今安徽宿县东北。田庐：田地和房屋。 [4]九陌：泛指田畴。螺蚌：河水中的硬壳动物。以上四句是说河水泛滥之严重。 [5]索夫：征集民工。里中：古代居民组织中的小吏。徭役：劳役。 [6]"十日"二句：言河水凶猛及官府治河不力。

【赏析】

这首诗写黄河决口给白马湖、淮阳城一带造成的剧烈危害，反映了沿岸人民防洪修堤付出的繁重劳动。语句质朴流利，颇有特色。

# 吴雯

（1644—1704）清朝诗人，字天章，原籍奉天辽阳人，后居山西蒲州，其诗清新秀拔，颇为当时名流所激赏。有《莲洋集》。

## 登河中郡楼[1]

从来今古亦关情，况复登楼感乍生[2]。
人代已随晨雨散[3]，河山不改夕阳晴。
野花开遍薰风殿[4]，春鸟啼荒魏豹城[5]。
日暮更闻原上笛，谁能此地不沾缨[6]。

【注释】

[1]河中：府名，以居黄河中游而得名。治所在今山西永济县蒲州镇。 [2]况：何况。乍生：油然而生。 [3]人代：历代风流人物。 [4]薰风殿：据《永济县志》记载，河中古城有薰风楼。唐广明年间，河中节度使王仲荣与黄巢交战，王誓众于此，后取胜，建楼纪功，名"克复楼"。宋代祥符四年（1011）真宗游河中登之，以虞舜旧都意令改名为"薰风楼"，并刻石记之。此楼元末被毁，后人称此处为薰风台或薰风殿。 [5]魏豹：战国时魏国贵族，西汉初诸侯王。曾自立魏王，后韩信破魏，被俘后汉王命其在荥阳守城，最后被汉将周苛所杀。魏豹城：借指魏国当年统治的地区，即今山西夏县一带。 [6]原：原野。沾缨：流泪。缨：古时系在颔下的领带。

【赏析】

这首诗描写了黄河著名古镇河中府四周的萧条苍凉景色，并即景抒发了怀古之情。

## 清 浦 见 河[1]

清浦黄河水，曾经鹳鹊楼[2]。
才应辞故国，早已达江洲[3]。
千里来何易，长年去不休。
家人书有未[4]，借问数维舟[5]。

【注释】

[1]清浦：即清江浦，在江苏清江市北淮河与运河交汇处。明清时为南北水陆交通要道。清代河运总督、漕运总督皆驻此地。河：黄河，此指黄河水。清代黄河夺淮入黄海，流经此处。　[2]鹳鹊楼：也叫鹳雀楼。见王之涣《登鹳鹊楼》注。　[3]故国：指山西蒲州的黄河中游地区，诗人久居此地，故以称之。江洲：江水中的陆地，此代指长江下游河道。这二句极言黄河水流之速。　[4]书：家信。　[5]维舟：停泊的船只。维：系。

【赏析】

黄河流经诗人的家乡河中，到下游一路南下，直达清浦。诗人在此见到千里迢迢、奔流不息的黄河水，无穷乡思顿然而生。

# 孟亮揆

(生卒年不详)清代诗人,字绎来,江苏长洲(治所在今苏州市)人,康熙九年(1670)进士,官翰林院侍讲学士。

## 渡黄河和大司农韵[1]

秋水轻帆忆此过,故园一卧任蹉跎[2]。

江山乱后重为客,蒲柳新时又渡河[3]。

茅屋几家晨爨少,桃花三月晚潮多[4]。

十年筑舍空民力,忍听劳劳鸿燕歌[5]。

【注释】

[1]大司农:古官名,主管钱粮。清代因户部主管钱粮田赋,故称户部尚书为大司农。 [2]秋水:秋季之河水。指上次渡河是在秋天。蹉跎:虚度时光,此指时间过得很快。 [3]江山:代指国家。蒲柳新时:蒲柳吐翠之时。 [4]"茅屋"二句:写渡黄河所见的凄凉景状。爨(cuàn):烧火煮饭。 [5]鸿燕:"燕"也作"雁"。《诗经·小雅》中《鸿雁》篇序:"鸿雁,美宣王也,万民离散,不安其居,而能劳来还安定集之,至于矜寡,无不得其所焉。"后以此说灾乱之民为鸿雁,也作哀鸿。劳劳:惆怅忧伤的样子。

【赏析】

桃花三月,蒲柳吐翠,历经战乱后的诗人再次渡河,两岸人民食不果腹、财尽力竭的凄凉景象,使诗人感慨不已。

# 孔尚任

（1648—1718）清代戏剧家、诗人，字聘之、季重，号东塘、岸堂，自称云亭山人。山东曲阜人，孔子六十四代孙。好诗文，通音律。康熙二十四年（1685）任国子监博士，后肇祸丢官，回乡以毕生精力写成昆曲名剧《桃花扇》。另有《岸堂稿》《湖海集》《同风录》等传世。

## 过黄河送同事先归者二首

### 其 一

故乡云树隔黄河[1]，渡过黄河路不多。
何事先来归却后[2]，送人人去我如何？

【注释】

[1]故乡：指作者家乡山东曲阜。 [2]何事：为何。

### 其 二

送人人去我如何？放转船头又渡河。
九曲风涛天下险，年来直作等闲过[3]。

【注释】

[3]"九曲"二句：说黄河九曲波涛险恶，亦等闲视之。

【赏析】

这两首诗为作者在淮扬时与人送行而作。久客思归，欲行不得，故乡云树，隔河匪遥，而后来者反倒先去，自然难免引起惆怅，故有"送人人去我如何"之问。下一首紧接问句，自作解答，出以豪迈之语，转头渡河，直趋风涛，表现出作者心潮起伏、宽怀自慰的思绪。

# 潘耒

(1646—1708)清代诗人,字次耕,号稼堂,晚号止止居士,江苏吴江人。康熙十八年(1679)以布衣试博学鸿词科,官翰林院检讨。性好山水,历游名胜,诗笔畅达,喜发议论。有《遂初堂集》。

## 河堤二首[1]

### 其 一

良医视病人,察脉审其症。
悉病所从来,治之药乃应。
浊河本北流,清淮自南亘[2]。
河徙忽夺淮[3],淮弱而河盛。
一石八斗泥,壅碍入海径[4]。
倒灌淮上流,湖淤可涉胫[5]。
埂堰始冲决,淮南受其病[6]。
塞决固治标[7],要需遂其性。
下流无路行,东遏必西进[8]。
疮平毒未消,堡闭盗犹横[9]。
旁观方忧危,当局莫予圣[10]。

【注释】

[1]河堤:指黄河夺淮南流时期两岸大堤,淮河原为地下河,无堤防;明隆庆万历中才逐步修建堤防,至清,南河堤防长约一千四百多里。 [2]浊河:指黄河。亘:横贯。 [3]徙(xǐ):迁移。 [4]一石八斗泥:指黄河泥沙众多,一石水即有八斗泥。径:流路。 [5]淮上流:淮河倒流。湖:指洪泽湖。涉胫:埋到小腿处。 [6]淮南:今安徽淮河以南地区。以上写十二世纪末,黄河在阳武(今河南原阳)冲决入泗水,造成了此后长达六百多年的南流夺淮局面。黄河源远流长,浊流滚滚,注入淮河后,

喧宾夺主，不仅使淮河来水归海不畅，且黄水倒灌，引起淮河洪流泛滥。　[7]塞决：堵塞决口。固：本来。　[8]遏：制止。　[9]堡：防务。横：横行。　[10]予圣：自夸才智出众。

## 其　二[11]

治河近称善，吾宗老司空[12]。
河徙时未久，淮流尚争雄[13]。
海口虽停沙，可以水力冲。
淮主河乃客，主壮客不攻。
用清以刷浊，当年策诚工[14]。
淮今仅一线，河涨犹难容。
淤沙积成土，不浚焉得通[15]！
古方治今病，和缓技亦穷。
疏瀹费虽多[16]，尺寸皆有功。
堤成倘蚁漏[17]，金钱掷波中。

【注释】

[11]"蓄清刷黄"为明清两代治河的重要措施。但明代"淮高而黄下"，有清水刷沙之效。至清末，由于黄河河道淤积严重，河床日渐抬高，反成"黄高而淮下"之势，以致淮不入黄，失去刷黄效能。这首诗即说此种情况。　[12]近：近代。称善：称得起治河有术。吾宗：指明代水利专家潘季驯，因与作者同姓，故称之。司空：官名，清时亦称工部尚书为大司空，此指潘季驯之官职。　[13]淮流：淮河。　[14]"用清"二句：据《河防一览》载，潘季驯治河时，"堵塞决口，大筑高堰，夺淮注黄，以清刷浊。一岁之间，两河归正，沙刷水深，海口大辟，田园尽复，流移归业，禾黍颇登，国计无阻"。诚：的确。工：通"功"，功效。　[15]浚：疏通。焉：怎。　[16]瀹（yuè）：疏通河水。费：费用。　[17]蚁漏：借"千里之堤，溃于蚁穴"意。

【赏析】

　　这两首诗写黄河南流夺淮后,泥沙淤积,淮水倒灌,泛滥无度的险恶局势。褒扬了明代著名治河专家潘季驯"束水攻沙,以清刷黄"的治河主张,并以诊症治病作喻,阐述了自己"治河须治本""修堤勿如疏浚河道"的思想。此诗成章后,曾被当时治河者作为座右铭传诵。

青海曲麻莱县河源区　摄影／董保华

# 查慎行

（1650—1727）清代大诗人，初名嗣琏，字夏重。后改今名，字悔馀，号初白。浙江海宁人，少年从军黔、滇，中年遍览河南胜迹。康熙年间进士，官翰林院编修。诗宗宋人，刻划工细，多登临怀古之作。有《敬业堂集》《苏诗补注》等。

## 雨中渡黄河六韵[1]

直放东南去[2]，无风自作声。
中流帆影没，远树浪头生[3]。
云与平芜际，湾随曲势成[4]。
竟同浮世浊，待得几时清[5]。
官柳行行密[6]，闲鸥对对轻。
空蒙三十里，转眼失孤城[7]。

【注释】

[1]韵：韵脚。 [2]直放东南：指黄河奔东南流。 [3]"中流"二句：以桅帆言河流之长，以远树喻浪头之大。 [4]与：接。平芜：杂草丛生的原野。曲势：弯曲的河势。 [5]浮世：尘世。以上二句以黄河浑浊难清讥讽世态炎凉。 [6]官柳：官府在黄河大堤上种植的柳树。 [7]空蒙：混蒙迷茫之状。这二句写黄河河水奔流之速。

【赏析】

大河南下，浊流滔滔，云壤相连，迷迷蒙蒙，船行如飞，孤城瞬逝。这首诗即记述雨中渡河的所见所感。

## 黄河打鱼词

桃花水涨冲新渠[1]，船船满载黄河鱼。
大鱼恃强犹掉尾，小鱼力薄唯唵水[2]。
鱼多价贱不论斤，率以千头换斗米[3]。
河壖大潦秋不登[4]，今年两税姑停征[5]。
但愿田荒免逋赋[6]，与官改籍称渔户。

【注释】

[1]桃花水：指黄河"桃汛"。新渠：此指黄河南流在清江浦一带冲成的新河道。 [2]犹：还。掉尾：摆动鱼尾。唵(yǎn)：鱼在水面上张口呼吸。 [3]"率以"句：言米贵鱼贱。 [4]河壖(ruǎn)：河边空地。潦(lǎo)：雨水。不登：庄稼欠收。 [5]姑：暂且。 [6]逋(bū)赋：拖欠的赋税。

【赏析】

这首诗为作者于康熙三十六年(1697)南归途中，在清江浦渡河时有感而作。写黄河鱼产丰盛，同时也表现了天灾人祸给黄河两岸农民带来的困苦境遇。

## 治河谣（五首选一）

一石水，五斗泥，浊流下灌清江低[1]。
不望黄河清，但愿倒流直向昆仑西[2]。

【注释】

[1]浊流：指黄河水流。清江：清澈的江河，此指淮河。淮清河浊，故有此句。 [2]昆仑：即昆仑山，古人认为是黄河的发源地。

【赏析】

《治河谣》五首，这首诗是原诗第三首，表现了彻底治理黄河的美好愿望。

## 黄河中流见月出口占一绝[1]

谁谓河流浊，吾疑彻底清[2]。
一眉残月影，镜里看初生[3]。

【注释】

[1]口占：作诗文不起草稿，随口而成。 [2]彻底清：清澈到底。 [3]镜：喻指黄河。初生：初生之月。庾信《拟咏怀》："残月如初月，新秋似旧秋。"

【赏析】

诗人夜渡黄河，中流见残月如眉映照水上，遂产生于"残月如初月"的奇妙感觉。全诗写残月、黄河，篇章虽短，但颇耐玩味。

陕西黄河乾坤湾　摄影/董保华

# 王材任

（1651—1739）清代诗人，字子重，湖北黄冈人。康熙时进士，官至佥都御史，后罢官，自楚入吴，居拂水山庄，以诗自娱，贫困而终。有《西涧诗抄》。

## 黄　河

黄河万里来天上，积石龙门道路赊[1]。
已是秋风回瓠子[2]，更怜春雨涨桃花[3]。
怒涛西压千金堰[4]，急溜初回八月槎[5]。
三策至今思贾让[6]，金钱那可委泥沙[7]。

【注释】

[1]积石龙门：二山名，积石在今青海省，龙门在陕西、山西交界处，传说中大禹治水导河积石，至于龙门即此。赊：长远。　[2]瓠子：地名，即瓠子堤，见高适《自淇涉黄河途中》注。　[3]涨桃花：桃花盛开时节，黄河水势猛涨，称为"桃汛"，即桃花水。　[4]千金堰：即千金堨，古代水利工程名。《水经注》记载：河南洛阳有堤坝名"千金堨"，计其水利，日益千金，因以为名。这里借指黄河堤坝。　[5]溜：急流。八月槎：据张华《博物志》记载，传说天河与海通，每年八月有人乘槎来去，从不失期。　[6]贾让：西汉时治河专家，哀帝时官待诏，曾提出著名的治理黄河上、中、下三策。　[7]"金钱"句：感慨当时治河不得其人，巨额耗费白白抛落泥水之中，而黄河依旧岁岁泛滥。委：抛弃，舍弃。

【赏析】

这首诗通过一系列史事传说，描写了黄河源远流长、怒涛奔涌、秋汛方落、又涨桃花汛的凶猛气势。寄托了对黄河洪水危害剧烈、治理不力状况的深切忧虑。全诗引经据典，比喻贴切，时空高远，表现出诗人渊博的学识及洒脱的文笔。

# 爱新觉罗·玄烨

（1654—1722）清代皇帝，年号康熙。在位期间，励精图治，务实富国，对中国从分裂割据、外患纷扰、生产凋敝的局面逐渐走上国家统一、经济昌盛的道路，起了重要作用。其诗多为务实寄怀之作，现存一千多首。

## 阅河堤作

防河纡旰食，六御出深宫[1]。
缓辔求民隐[2]，临流叹俗穷[3]。
何年乐稼穑，此日是疏通[4]。
已著勤劳意[5]，安澜早奏功。

【注释】

[1]纡：郁结。旰食：因事务繁冗而晚食。六御：古代黄帝车驾六匹，故以此指天子车驾。这二句说，忧虑黄河水患之事令人难以进食，为此出宫巡访。 [2]辔（pèi）：驾驭牲口的缰绳。民隐：百姓疾苦。 [3]临流：面对黄河洪水。俗：此指民间。 [4]乐：安心。稼穑：代指农业生产。是：这。此二句说，黄河畅通安澜之时，即为百姓安居乐业之日。 [5]著（zhuó）：附着。

【赏析】

康熙二十三年（1684）十一月作者南巡归途经山东郯城，作此诗，并诏示群臣说："朕南巡，亲睹河工夫役劳苦，间阎贫困，念此方百姓，何日俾尽安畎亩？河工何日方得告成？偶成一诗，聊写朕怀，不在词藻之工也。"（《清仁皇实录》卷一百十七）这首诗即表达了其治理黄河水患的急迫心情。

下游的黄河成了悬河　摄影 / 孟宪明

# 黄庭

（生卒年不详）清康熙二十六年（1687）举人，字蕺山，江南长洲（今江苏苏州）人。

## 宁 夏 渡 河[1]

峡口回波绕塞流[2]，黄河利独擅边州[3]。
千屯得水成膏壤，两坝分渠据上游[4]。
鸡犬人家红稻岸，鱼盐贾舶白萍洲[5]。
那知泽国堤防急，百万金钱掷浪头[6]。

【注释】

[1]宁夏：清代有宁夏府，辖境相当于今宁夏北部沿黄河一带。　[2]峡口：峡谷出口。塞：边塞。　[3]擅：独揽。边州：指宁夏河套地区。黄河流经此处，灌溉兴利，民富粮丰，古有"天下黄河富宁夏"和"黄河百害，唯富一套"之说。　[4]屯：村庄。膏壤：甘露滋润之土地。两坝：指秦渠、汉渠。清代称此为大坝、小坝。据上游：指此二渠位于黄河上游。　[5]红稻：亦称红粟，史载西汉文景二帝时太仓之粟，储积多至红腐不可食。后以此比喻粮食富足。贾（gǔ）舶：商船。白萍：一种水中浮草。以上二句写黄河岸边人丁兴旺、物产繁盛的景象。　[6]泽国：水乡，此指黄河下游洪水泛滥之地。掷（zhì）：抛，扔。以上二句说，在宁夏这个地方看黄河，根本想不到在下游还要耗费巨额资财修堤防洪。

【赏析】

被黄河南北贯通的宁夏平原，山舒水缓，利于灌溉，古来即为"谷家殷积，盐户富饶，牛马衔尾，牛羊塞道"（《后汉书·西羌传》）的富庶地区，素有"塞上江南"之称。黄河的流经为这里的发展提供了得天独厚的自然条件。这首诗形象而细致地描写了黄河在此兴利造福的盛况，并与下游的泛滥多灾进行了鲜明的对照。

# 徐宾

（生卒年不详）清代诗人，字虞门，江南华亭（治所在今上海市松江县）人，康熙二十七年（1688）进士，官给事中。

## 游 梁 诗[1]

雄都形胜古汴州[2]，匹马冲寒访上游。
地控燕秦开阃域，天分南北锁咽喉[3]。
平铺白草千原旷[4]，忽折黄河一线流[5]。
试上高台还极目，城边睥睨夕阳秋[6]。

【注释】

[1]梁：大梁，即今开封。 [2]都：都城。夏，战国时魏国，五代的梁、晋、汉、周和北宋及金朝的国都均设在开封。被称为"八朝古都"。 [3]燕秦：古称今河北北部为燕地，陕西中部和甘肃东部一带为秦地。阃（kǔn）：门槛之地。以上二句极写汴梁地位之重要。 [4]千原：辽阔的平原。旷：空阔。 [5]"忽折"句：清代黄河在汴梁以东折身南流，夺淮入海。 [6]睥睨：斜视。

【赏析】

这首诗写古城开封地控燕秦，中分南北，黄河环绕的地理形势。其中"忽折黄河一线流"之句，雄沉洒脱，极富神韵。

# 费锡琮

（生卒年不详）清代诗人，字厚蕃，四川新繁（今属新都县）人，为清初著名学者费密之子。有《白雀楼诗》。

## 黄　河

灵脉来天上[1]，浑流昼夜奔。
纵横穿套口[2]，屈折下龙门[3]。
地入荥阴断[4]，山临华岳尊。
何须逢汉使，便拟溯昆仑[5]。

【注释】

[1]灵脉：美誉黄河。脉：原指血管。　[2]套口：指今内蒙古河套地区。黄河流经此处，山舒水缓，渠沟纵横，套中之地得水灌溉，颇为肥沃。　[3]屈折：弯曲。龙门：山名，位于陕西韩城与山西河津间黄河干流。相传大禹导河至此。　[4]荥阴：荥水之南。这句说，黄河流到荥阴一带，冲出峡隘进入平原，地下洪流变为地上悬河。　[5]汉使：指西汉张骞，他曾奉汉武帝使命寻探黄河源。拟：准备。昆仑：山名，古时以为黄河发源于此。

【赏析】

灵脉发源，纳川东奔，纵横套口，跌宕龙门，悬河攀空，华岳独峻，临流怀古，西望昆仑。这首诗言简意赅，起伏连绵，把黄河的气势描写得十分壮观。清代诗人沈德潜评此诗说："一气鼓荡，力遒气雄。"

# 赵执信

（1662—1744）清代诗人，字伸符，号秋谷，晚号饴山老人，山东益都（今山东淄博）人。康熙十八年（1679）进士，授翰林院编修，官至右赞善。因佟皇后丧服期内在洪升处观演《长生殿》被革职。是王士祯甥婿，初颇相引重，后来论诗反对王士祯之崇尚神韵。其诗作以思路峻刻为主。有《饴山堂集》。

## 太行绝颠望黄河歌[1]

晓日欲放山尽红，行人犯晓行山中[2]。
连峰障天望何极[3]，唯余云气寒蒙蒙[4]。
冬深冰雪塞大地，只虞马迹无由通[5]。
前临忽觉地形逼[6]，两河烟树开千重[7]。
中间烟断树灭处，青黄一道连高空[8]。
初疑当风曳云锦，又似东方升蝃蝀[9]。
料量始识大河见[10]势拟天阙悬飞龙[11]。
昆仑倒泻几万里[12]，划分南北无始终[13]。
蜿蜒胜已控秦豫[14]，奔腾气欲吞华嵩[15]。
眼底太行将恐没[16]，古来雄观何能同[17]。
我闻近年水大涨，舟楫日夜相撞舂[18]。
有时青天万艘失[19]，咄嗟人命随悲风[20]。
江淮相接渺巨浸[21]，田庐尽作蓬蒿丛[22]。
海门不启河伯怒[23]，坐令堤埽难收功[24]。
即今远望仅如带，晨光指点愁匆匆[25]。
可怜黔首半鱼鳖[26]，漫言游子开心胸[27]。

【注释】

[1]太行：山名，绵亘于山西、河北两省之间。绝颠：极顶。 [2]犯晓：乘早晨。 [3]连峰：山峦起伏。何极：哪里是尽头？ [4]蒙蒙：模糊不清貌。 [5]虞：忧虑。无由：无法经由。 [6]逼：狭窄。这句说沿着山路行进到了太行绝顶。 [7]两河：此指两岸。 [8]灭：消失。青黄一道：指黄河中流。 [9]曳（yè）：拖。蝃蝀（dì dōng）：彩虹。以上二句极言黄河形势之壮丽。 [10]料量：推想。 [11]拟：比拟。天阙：原指空中斗宿，此指天上。以上二句说，如果初临黄河，定会疑作龙飞天阙。 [12]昆仑：山名，古指黄河发源处。倒泻：喻黄河落高流急，如银河倒泻。 [13]"划分"句：说黄河沉沉一线，隔地南北，日夜奔流，不见首尾。 [14]胜：形胜。秦豫：秦指今陕西省，豫指今河南省黄河南岸地区。 [15]华嵩：指华山与嵩山。 [16]没：淹没。 [17]何能同：没有能与之相比者。 [18]舟楫：指船只。撞舂（chōng）：撞击。 [19]青天：晴朗天气。失：被水淹没。 [20]咄嗟（duō jiē）：顷刻之间。随悲风：伴悲风而去。 [21]江淮相接：清代黄河夺淮汇江自江苏入海。渺：广远无边状。巨浸：广大的湖泽。 [22]田庐：田地房舍。蓬蒿：泛指野草。 [23]"海门不启"句：由于黄河泥沙众多，淤积严重，黄河入海处抬高，行水不畅，因此引起河水溃决泛滥。海门：黄河入海口。河伯：传说中的黄河神。 [24]坐令：致使。埽：用秫秸修成的堤坝。功：功效。 [25]指点：指示。愁匆匆：言忧虑心情油然而生。 [26]黔首：平民。半鱼鳖：指淹于水中，死于非命。 [27]漫言：莫言。游子：作者自称。

【赏析】

这首七言歌行为作者登太行绝顶，眺望黄河有感而发。诗中写黄河锦云飘曳，虹桥东挂，奔腾倒泻，气吞山岳的壮丽景象，及在下游肆意泛滥造成的严重灾害。全诗气势磅礴，寄情浓郁，远近结合，虚实相济，很有特色。

# 清江浦书事二绝句[1]

## 其 一

一夜盲风破碎秋[2],家家十口寄船头[3]。
游人错会年来惯[4],笑指黄河入户流[5]。

【注释】

[1]清江浦:今江苏清江市淮河与运河交汇处。明清时为南北水陆交通要道。书事:记事。　[2]盲风:疾风。破碎秋:使秋景凋残。　[3]十口:全家。　[4]错会:错误理解,误为。年来惯:久来习惯水上生活。　[5]户:门户。

## 其 二

陌上洪流失旧津[6],长鲸雪齿竞甘人[7]。
似闻汉帝乘楂使[8],翻托微波近洛神[9]。

【注释】

[6]陌:道路。旧津:古渡口。　[7]长鲸:大鲸鱼,喻指贪官污吏。竞甘人:喻层层盘剥灾民。甘人:以人肉为香美。　[8]汉帝:汉武帝,此借指当朝皇帝。乘楂使:原指奉汉武帝之命寻探黄河源的张骞,此暗喻皇帝派来救济灾民的钦差大臣。楂:即槎。　[9]"翻托"句:曹植《洛神赋》中有"良媒以接欢兮,托微波而通辞",原指托微波传爱情于洛神,此反义用之,说奉命救灾的钦使不但不铲除吞啮灾民的长鲸,反而暗中勾结地方官员,百般剥削难民。翻:反而。

【赏析】

这两首诗为作者南游至淮阴,见黄河水患有感而作。第一首写避灾难民寄居船头,而不为游人所理解。第二首写钦使贪官乘救灾之机残酷剥削人民,表现了诗人憎恶乐善的思想感情。

**厉鹗** （1692—1752）清代诗人，字太鸿，号樊榭，浙江钱塘（今杭州市）人。乾隆元年（1736）举博学鸿词。因误写论在诗前报罢。诗取唐宋，所作妍炼幽隽，自成一家，尤以五言古诗为工。有《樊榭山房集》。

## 渡 河

北来始作泛槎游[1]，晚色苍苍望里收[2]。
一线黄流奔禹甸[3]，两涯残雪接徐州[4]。
古今沉璧知无限[5]，天地浮萍各自谋[6]。
明日轻装又驴背，风前惭愧白沙鸥[7]。

【注释】

[1]泛槎：乘船。 [2]望：窗户。这句说，透过船窗眺望远处，苍茫晚色尽收眼底。 [3]黄流：指黄河。禹甸：大禹治理的疆域，借指神州大地。 [4]涯：岸。徐州：地名，即今江苏徐州市。 [5]沉璧：历史上黄河经常决口泛滥，古人常以玉璧沉入河中祭奠河神，以祈安流。此句为沉璧于事无补而感慨。 [6]"天地"句：感叹人生一世如浮萍流转，各自谋生。 [7]白沙鸥：沙滩上闲卧的白色水鸟。以上二句，说次日将舍舟骑驴继续奔走，看见晚风吹拂的沙滩上，白鸥闲卧，安然自得，不觉喟叹不如。

【赏析】

这首诗为康熙五十八年（1719）作者北游时所作，写冬日傍晚舟渡黄河时的所见所感。"明日轻装又驴背"一句，准确地反映了清时人们行走时的情状。

# 严遂成

（1694—？）清代诗人，字崧瞻，号海珊，乌程（今浙江吴兴）人。雍正二年（1724）进士，乾隆元年举博学鸿词，后官云南嵩明州知州。诗以咏史为工，七言律尤畅达豪健，善于议论。有《海珊诗钞》。

## 曲峪镇远眺[1]

地近边秋杀气生，朔风猎猎马悲鸣[2]。
雕盘大漠寒无影[3]，冰裂长河夜有声[4]。
白草衰如征发短[5]，黄沙积与阵云平[6]。
洗兵一雨红灯湿[7]，羊角鲨鱼堠火明[8]。

【注释】

[1]曲峪镇：在今山西省河曲县黄河东岸。《读史方舆纪要》："（河曲城）又有曲峪等处为滨河要冲，边外正对陕西焦家坪等处，直接青草湾。"作者自注："时西陲方用兵。" [2]朔风：北风。猎猎：风声。 [3]雕盘大漠：雕，鹰一类猛禽。盘：盘旋。大漠：沙漠。 [4]长河：黄河。 [5]白草：产于北方关外的一种草，秋天干时呈白色。征发：征人的头发。 [6]阵云：云叠起如兵阵。 [7]洗兵：周武王伐纣，风停后降大雨，谋士散宜生谏曰：这莫不是妖怪吧？武王道："非也，天洗兵也。"意即取此。红灯湿：作者自注："前明边堠挂红灯其上，以鲨（shēn）鱼皮为之，胶以羊角，雨湿不坏。" [8]堠：了望敌情的土堡哨所。

【赏析】

北方边地的秋天，黄河就已经封冰；大漠寒雕，战马悲鸣，黄沙如云，白草衰败。诗人以饱满的笔力，将远眺所见壮阔、肃杀的边地景象，活脱脱诉诸笔端，产生了不同凡响的艺术效果。

# 郭起元

（生卒年不详）清代诗人，学者，字复斋，乾隆元年（1736）举博学鸿词，未去。后被推荐到安徽舒城、桐城、太湖、盱眙等地当知县，继而提升为同知。有《介石堂集》。

## 河　患

河患自古昔，决溢分两途[1]。

决由不得达，溢缘无所潴[2]。

徙溃决之大[3]，泛滥溢之余。

溢出事恒有[4]，横决真可虞[5]。

寄言弭患者，修防慎须臾[6]。

【注释】

[1]决溢：指河水溃决与泛溢。以上二句，说古今黄河水患不外溃决、泛溢两种情况。　[2]达：通畅。潴（zhū）：水停聚的地方。以上二句是说，黄河溃决是因为河道不畅，形成壅塞；河水泛溢则由于河道容量太小，洪水无处可蓄。　[3]徙溃：决口改道。　[4]恒有：常有。　[5]横决：黄河下游河床游荡剧烈，极易发生冲垮堤坝、横河决口之险象。虞：忧虑。　[6]弭患者：指治河者。弭：消除。慎：谨慎。以上二句，说治河者时刻都要重视黄河堤防的修复与防守。

【赏析】

这首诗分析了黄河决口泛滥的特点和类型，并强调了修筑堤防的重要性；

# 钱之青

（生卒年不详）清代诗人，字恭李，江南震泽（今江苏吴县）人。乾隆元年（1736）举人，幼孤，苦心力学，官宁武知县，升保德州牧，勤政恤民，不媚上官，不久归里。有《数峰诗钞》。

## 徐州河决，弥漫百余里，舟行迷渡，俟仆马不至，宿王庄逆旅[1]

古渡茫茫野水屯，客来无路辨前村。
孤舟漂泊朝乘涨[2]，后骑苍黄夜叩门[3]。
陆地风涛游子泪[4]，凶年鸡黍主人恩[5]。
天涯骨肉寒灯共，浊酒中宵慰旅魂[6]。

【注释】

[1]徐州：地处江苏、山东、安徽、河南四省交界，东襟淮海，西带中原，南屏江淮，北接齐鲁，为历代军事要地。清代黄河南流经此，常在这一带决溢泛滥。俟：等候。王庄：村名。逆旅：客店。 [2]乘：趁势。 [3]后骑：指仆人与坐骑。苍黄：急促貌。 [4]陆地风涛：指黄河泛滥，洪水横流。 [5]凶年：水灾之年。 [6]中宵：半夜。

【赏析】

这首诗为作者与其兄澄宇、侄儿翔羽同行途中遇黄河水患时所作。前四句写河水泛滥时旅途迷路之困境，后四句写旅店主人的盛情款待。

# 袁枚

（1716—1797）清代诗人。字子才，号简斋，晚年又号随园老人，浙江钱塘（今杭州市）人。幼有异才。乾隆四年（1739）进士。曾任江宁等地知县。辞官后，寓居金陵小仓山，号随园。论诗创性灵说，成为当时一大流派。古体诗奔放纵肆，近体诗清新自然。著有《小仓山房诗文集》《随园诗话》等。

## 黄　　河

昆仑山顶星如火[1]，飞落青天路莫探。

九派浊流横海内[2]，一条衣带界江南[3]。

清虽有日人难待[4]，塞竟无时浪正酣[5]。

手拨长荿乘月去[6]，满堤官柳碧鬖鬖[7]。

【注释】

[1] 昆仑山：古人以为此山是黄河发祥地。　[2] 九派浊流：众多的黄河支流。九，极言其多，并非实指。　[3] 一条衣带：指黄河，言黄河像一条衣带那样。界：分划。江南：地区名，清初置江南省，辖今江苏、安徽二省兼及江北各地，后分为江苏、安徽二省。此处是泛指。　[4] 清：古代传说黄河一千年一清。　[5] 塞：堵塞决口。清代黄河经常决堤泛滥。　[6] 长荿：竹片或芦苇编成的大索。　[7] 官柳：公家所植柳树。鬖（sān）鬖：柳枝细长的样子。

【赏析】

这首诗描写了黄河疾从天落、浊流横溢的情形，"清虽有日人难待，塞竟无时浪正酣"二句，既状黄河之貌，又兼讽喻之旨。全诗奔放恣肆，很有气势。

## 沙　　沟

沙沟日影渐朦胧，隐隐黄河在树中[1]。

刚卷车帘还放下，太阳力薄不胜风。

【注释】

[1]隐隐:写远处观黄河的感受。

【赏析】

这首诗写黄河岸边的晚景和感受。

## 舟至黄河杨家口
## 为逆风吹阁浅沙中三日[1]

谓行不见青山移[2],谓泊不见芦花岸[3]。

黄河心里一船横,离人日对烟波叹[4]。

离人思归眼欲花,秦关万里走风沙[5]。

河伯何事颇投辖[6],坐留远客不归家。

来去纷纷坠眼前,飞樯过舰如云烟[7]。

此船万斛莫轻举[8],要等长风力动天。

【注释】

[1]杨家口:地名。阁:即"搁"。 [2]谓:说。 [3]泊:停泊。这两句是说舟搁浅沙中,既非行,也非泊。 [4]离人:离乡之人。此为作者自指。 [5]秦关:秦地关塞。秦:即今陕西省。 [6]河伯:传说中的黄河神。投辖:《汉书·陈遵传》:陈遵嗜酒,每宴请宾客,就把客人的车辖投进井里,即使客人有急事,也不能走脱。辖:车厢两端的键,去辖则车不能行。后来诗文中常以投辖为主人留客的典故。 [7]飞樯过舰:指来往船只。樯:桅杆。 [8]斛(hú):重量单位。古代以十斗为一斛。南宋末年改为五斗一斛,两斛为一石。

【赏析】

诗人行舟黄河,搁浅沙中三日不得行,"日对烟波叹","思归眼欲花",空对着来往如云的大小船只一愁莫举,这首诗即写此情此景。全诗语句畅达,浑然天成。

# 张九钺

(1721—1803)清代诗人,字度西,号紫岘,别号梅花梦叟,湖南湘潭人。乾隆二十七年(1762)举人,历官江西、广东知县。有《陶园诗集》。

## 羊 报 行[1]

报卒骑羊如骑龙,黄河万里驱长风。

雷霆两耳雪一线[2],瞬眼直到扶桑东[3]。

鳌牙喷血蛟目红,攫之不敢疑仙童[4]。

须郎出没奋头角[5],迅疾岂数明驼雄[6]。

河兵西望操飞舵,羊报无声半空堕。

水签落水不知惊,一点掣天苍鹘过[7]。

紧工急埽防尺寸[8],荥阳顷刻江南近。

卒兮下羊乞犹腾,遍身无一泥沙印。

辕门黄金大如斗,刀割羝肩觥沃酒[9]。

回头笑指河伯迟[10],涛头方绕三门吼[11]!

【注释】

[1]羊报:黄河报汛的一种方法。作者自注云:"羊报者,黄河报汛水卒也。河在皋兰城西,有铁索船桥横亘两岸,立铁柱刻痕尺寸以测水,河水高铁痕一寸,则中州水高一丈。例用羊报先传警汛。其法以大羊皮空其腹密缝之,浸以莔(qīng,麻类植物)油,令水不透。选卒勇壮者缚羊被,食'不饥丸',腰系水签数十,至河南境。缘溜掷之。流如飞,瞬息千里,河卒操急舟于大溜候之,拾签知水尺寸,得预备抢护。至江南,营弁以舟飞邀报卒登岸,解其缚,人尚无恙。赏白金五十两,酒食无算,令乘车从容归,三月始达。余闻而壮之,作《羊报行》。" [2]雷霆:形容洪水咆哮的声音。雪一线:指羊报飞速驶过划破水波后留下的白色水线。 [3]扶桑:古国名,远在中国东方二万余里,常用以借指日本,这里指遥远的东海。 [4]鳌:传说中海里的大鳖。

以上二句说河里的凶恶动物将水卒疑为仙童而不敢加害。　[5]须郎：指"羊报"水卒。　[6]明驼：指骆驼，健足善行，《木兰诗》有"愿借明驼千里足"句。　[7]"一点"句：形容"水签落地"的疾速，有如苍鹘风驰电掣般地掠天而过。　[8]埽：治河工程中用以护岸和堵口的器材，多以秫秸、柳条捆扎而成，预备抢险用。这句说，得到洪水警报，下游就可以紧急准备人工和器材，以防堤岸的尺寸得失。　[9]豬（zhì）肩：猪的前腿。觥（gōng）：酒杯。沃酒：灌酒。以上二句指重赏羊报的水卒。　[10]河伯：黄河水神。　[11]三门：即河南境内的三门峡。最后二句：极言"羊报"的神速，连奔腾的河水也远远赶不上。

【赏析】

　　黄河防洪，汛情尤关重要。这首诗记述了清代传送黄河洪水情报的一种惊险方法，诗中把"羊报"水卒的勇敢无畏刻划得非常雄壮、豪迈，借此诗我们可以看到清代时河防的特殊场景。

青海玛多黄河水库的出水口　摄影/王伟

## 姚鼐

（1732—1815）清代诗人，散文家，字姬传，一字梦毂，室名惜抱轩，人称惜抱先生。安徽桐城人，乾隆进士，官刑部郎中，记名御史。历主江宁、扬州等地书院凡四十年。治学以经为主，兼及子史、诗文。为桐城派集大成者。著有《惜抱轩全集》。

### 黄 河 曲

黄河缭绕漠南山[1]，秋尽蒲昌雁尽还[2]。
万里白云飞不去，朝朝长结玉门关[3]。

【注释】

[1]漠南：古代泛指蒙古高原大沙漠以南地区。 [2]蒲昌：即罗布泊，也叫罗布淖尔，在今新疆若羌县之北。《汉书·西域传》言黄河源有二，一出于阗，一出葱岭。"于阗在南山下，其河北流，与葱岭河合，东注蒲昌海。蒲昌海，一名盐泽者也。" [3]玉门关：见王之涣《凉州词》注。

【赏析】

这首诗写我国西北地区雄浑壮伟的山川景色，笔力劲健，意境悠远。

# 洪亮吉

（1746—1809）清代文学家，字稚存，号北江，江苏阳湖（今武进）人。乾隆五十五年（1790）进士，授翰林院编修，旋督学贵州。嘉庆初，因批评朝政，流放伊犁（在今新疆），不久赦还。精通经史及音韵、训诂之学。骈文清新婉雅。有《洪北江全集》《卷施阁集》。

## 朝阪行[1]（三首选二）

### 其　一

三门当黄河，门半以土窒[2]。

唯开城西门，日夕车马出。

居民防害愿筑堤，万钱鬻石兼运泥[3]。

君不见河流已退催租急，堆土若山堤未立。

【注释】

[1]朝阪：地名，在今陕西朝邑县。三门临河，为防水害，家家用土堵住门口。　[2]窒：堵塞。以上二句写所见之城，　[3]鬻（yù）：买。

### 其　二

昨传黄流增[4]，驿到八百里[5]。

官方早坐衙，失色推案起。

白须吏人前执裾，官今勿惊安众愚[6]。

君不见官无一言吏会意，日午传呼县门闭[7]。

【注释】

［4］黄流增：黄河水涨。 ［5］"驿到"句：清代驿站传送最紧急的公文，一日要赶行八百里。 ［6］裾（jū）：后衣襟。众愚：指城门百姓。以上二句写白须老吏劝县官速计防洪之策，以安黎民。 ［7］县门闭：关闭城门，居城自保。

【赏析】

这两首诗为作者西去朝阪途中的纪事。诗中生动地描述了地方官吏平时筑堤不力，黄河涨水又束手无策，闭门自保的腐败无能。

## 风陵渡歌为巡检李玑作[1]

风陵渡头行客喜，昨来长官闻姓李。
长官白皙尚少年，法严不受津吏钱[2]。
津船月支得归橐[3]，十舸峨峨敢横索。
官骑白马立岸头[4]，行者色喜津吏愁。
津头鲤鱼长数尺，长官市鱼时宴客。
渔人得鲤争进衙，发钱还比市上加[5]。
我闻客言为动色，长官清贫我亦识。
君不见津船东西暴客多[6]，客行结队乃敢过。
官好安得常监河！

【注释】

［1］风陵渡：古黄河津渡名。在山西永济县南，黄河北岸。详见赵子贞《题风陵渡》注。巡检：官名，清代多在距县城较远的乡镇、隘口设巡检分治，为知县属官。 ［2］津吏：管理渡口的官员。 ［3］月支：经费收入。橐（tuó）：口袋，此指私人腰包。此二句写津吏敲诈勒索渔民。 ［4］官：指巡检李玑。 ［5］"津头"四句：写渔民送礼进衙，以酬心意，巡检以高于市场的价格付钱。 ［6］暴客：指水盗。

【赏析】

这首诗为作者于乾隆四十八年（1783）在风陵渡口渡河时所作，热情洋溢地表彰了清正廉洁的监河小官李玑。

# 张琦

（1764—1833）清代诗人，初名翊，字翰风，号宛邻，江苏阳湖（今武进县）人。嘉庆十八年（1813）举人，历知章丘馆陶等县。善医术，工诗词古文。有《宛邻诗文集》。

## 黄　河

昆仑一角凿洪荒，万里泥沙结混茫[1]。

出没地中归海壑[2]，周回天上列星芒[3]。

九交旧迹多雍冀，八载神功纪豫梁[4]。

莫谓大江南北限，才临积石叹汪洋[5]。

【注释】

[1]昆仑：山名，古说为黄河发源处。洪荒：太古洪荒之年。以上二句，说黄河孕育于太古洪荒之年，发源自昆仑一角，泥沙万里，混混茫茫。　[2]海壑：大海深处。　[3]星芒：星辰。这里把黄河列为星辰，极状"黄河之水天上来"之境意。[4]"九交"二句：指大禹治理黄河至下游，"北播为九河"。雍冀：二州名，包括今山西、河北等地。豫梁：二州名，指今河南一带。　[5]大江：指长江。积石：山名，传说大禹导河始于此。这二句说，莫道长江中分华夏，雄风万里，登积石观黄河更感视野浑阔，气荡魂惊。

【赏析】

这首诗写黄河洪荒代久，源远流长；奔走于天地之间，归伏于大禹神功。想象丰富，立意挺拔。

## 李赓芸

（生卒年不详）清代诗人，字生甫，嘉定（今四川乐山人）。乾隆五十五年（1790）进士，官至福建布政使。有《稻香吟馆》诗稿。

### 挑 河 谣[1]

挑河挑河，河底沙多。

挑河得钱，我腹果然[2]。

淮水清，河水浊[3]，淮强方能与河角[4]。

淮迫河行使之速，河流不停沙不伏[5]。

河不停，顺轨行，淮扬沃野千里平[6]。

年年无潦年年耕[7]。年年耕，年年熟，

年年粳稻堆满屋[8]。人不挑河也果腹。

【注释】

[1]挑河：清挖河底。 [2]果然：饱足貌。 [3]淮：淮河。河：黄河。 [4]角：较量。 [5]"淮水"四句：黄河南流夺淮，泥沙淤积，河床抬高，致使淮河行水不畅，泛滥多灾。因此明清两代曾实行"蓄清刷黄"的措施，企图以淮河清水冲刷黄河浑水，减轻黄河泥沙的沉淀。但由于淮弱黄强，泥沙淤积的总趋势最终未能改变。 [6]淮扬：指江淮平原一带。 [7]潦（lǎo）：水患。 [8]粳（jīng）：一种稻谷。

【赏析】

这首歌谣反映了清代黄河下游人民奋力挖淮刷黄，以期安居耕作的迫切愿望。

# 张麇

（生卒年不详）清代诗人，字九草，江苏泰州（今泰州市）人。有《知拙堂集》。

## 柳 枝 行

河堤自古铁与石[1]，近日河堤柳枝塞。

前岁河工未告成，今年柳扫又颁行[2]。

官粮一石柳一束，三倍秤来犹不足[3]。

胥吏如狼横索钱[4]，催头那顾人家哭[5]。

杨柳青青满旧堤，连年斩尽不生稊[6]。

满船载向湖边去[7]，积久堆堆化作泥。

君不见邵伯镇南几千户[8]，晨炊半是吴陵树[9]。

【注释】

[1]铁与石：铁，古代面对河患，常在河堤上立一铁铸神兽，名曰"镇河兽"；石，修防坝堤所用的石料。 [2]扫：此通"埽"，一种黄河抢险防洪工程，用柳枝捆扎，抛入河中，以减水势。颁：下达任务。 [3]石（dàn）：古代一种计量单位，当十斗。秤：此作动词，意即"称"。以上二句，写柳枝缺乏、昂贵，几经征收，仍不足用。 [4]胥吏：官府中的文书官员。 [5]催头：征收柳木的催差。 [6]稊（tí）：草木初生的嫩芽。 [7]湖：指邵伯湖。位于古淮河下游，湖出水口为狭窄孔道，上游湖水至此汇成急流。黄河夺淮至此，常决堤泛滥。 [8]邵伯镇：扼邵伯湖出口，为江苏江都县古镇。当大运河东岸，居水陆交通要冲。 [9]吴陵树：吴人陵墓上的树。吴，即今淮泗以南至浙江太湖以东地区。此句说，由于树木连年砍伐，吴地的百姓生活窘迫艰辛，连祖宗陵墓上的树都砍去烧饭用了。

【赏析】

这首诗写黄河汛期抢险耗费柳木之巨，反映了官府横征暴敛，下游两岸人民生活困苦不堪的景况。"晨炊半是吴陵树"，能将祖坟上的树砍为作柴，可见民众生活之窘迫。

# 赵然

（生卒年不详）清代诗人，字蕴山，山阴（治所在今浙江绍兴）人。有《忆存草》《书隐楼诗草》。

## 河　决　叹

神河之水不可测[1]，一夜无端高七尺。
奔涛骇浪势若山，长堤顷刻纷纷决。
堤里地形如釜底[2]，一夜奔腾数百里。
男呼女号声动天，霎时尽葬洪涛里。
亦有攀援上高屋，屋圮依然饱鱼腹[3]。
亦有奔向堤上去，骨肉招寻不知处。
苟延残喘不得死，四面茫茫皆是水。
积尸如山顺流下，孰是爷娘孰妻子[4]？
仰天一恸气欲绝，伤心况复饥寒逼。
兼旬望得赈饥船[5]，堤上已成几堆骨！

【注释】

[1]神河：指黄河。　[2]釜(fǔ)：锅。　[3]圮(pǐ)：坍塌。　[4]孰：谁。　[5]兼旬：古称二十天为兼旬。赈饥船：救济灾民的船只。

【赏析】

　　这首诗生动地描述了黄河夜涨堤决时，下游两岸人民房屋倒塌、男呼女号、饥寒交迫、尸骨如山、人民生灵涂炭的悲惨情景，读之惊心动魄！

# 麟庆

（生卒年不详）清代诗人。满洲人，字见亭。清嘉庆十四年（1809）进士，授中书，道光中累官江南河道总督，在任十年，有功绩。因河水漫溢被罢官，后复起，官四品京堂。有《黄运河口古今图说》《河工器具图说》《凝香室集》。

## 河工四汛诗[1]

### 桃　　汛[2]

涨暖桃花阅茨防，金堤宛转束流长[3]。
垂杨遥映春旗绿[4]，秀麦低连汛水黄。
竹箭波翻飞羽急，皮冠人到献獾忙[5]。
书生自问无长策，仗节深惭服豸章[6]。

【注释】

[1]四汛：黄河各月水情，自古常以物候和季节命名，根据出现洪水的时期分为桃、伏、秋、凌四汛。　[2]桃汛：三四月间，黄河流域内温度开始回升，冰雪融化，黄河下游水量因而增大，此时桃花正开，故称"桃汛"。　[3]阅：检查。茨防：蒹草做成的堤埽工事。金堤：喻指坚固的黄河大堤。　[4]"垂杨"句写盎然春意。　[5]皮冠：田猎之冠。献獾忙：清代惯例每到春天要对大河南北两堤细致地进行检修，发现隐患，及时堵塞。并号召大力搜捕獾鼠，以只付酬。　[6]书生：作者自指。服豸章：执法官吏之穿戴。以上二句，说自己身为南河总督，没有什么治河良策，深感惭愧。

## 伏　　汛[7]

风轮火伞日无休[8]，来往通堤大道头。

黄绽野花沿马路，绿纷细草衬龙沟[9]。

关心水势逢金旺[10]，屈指星期近火流[11]。

获薍豆花将此到[12]，先时修守费前筹。

【注释】

[7]伏汛：七八月份，黄河中游常降暴雨，水沙流量大增，称之为伏汛。　[8]风轮火伞：天气炎热状。　[9]"黄绽"二句：写大堤两岸的花草沟渠。　[10]逢金旺：古代"五行"中说"金生水"，故此用"水逢金旺"之意。　[11]星期：指农历七月初七。此指星运日期。火流：《诗经》中有"七月流火"句。此句说至七月，已届伏汛。　[12]获薍（wàn）、豆花：皆为汛水名。

## 秋　　汛[13]

节交白露又巡行[14]，秋水弥漫望里平。

搜底不同桃浪暖[15]，盖滩已见获苗生[16]。

长堤梭织劳参伍，列堡环排肃弁兵[17]。

传语通工休玩愒，大家踊跃待霜清[18]。

【注释】

[13]秋汛：九十月间，阴雨连绵，黄河基流加大，时有暴雨，常出现大洪水。因洪水历时较长，故一般洪量较大。　[14]白露：二十四节气之一。　[15]搜底：到底。桃浪暖：指桃汛时气候。　[16]滩：黄河滩地。获（dí）：一种野草。　[17]"长堤"二句：写修筑堤防的繁忙场面和官府督工者的凶象。梭织：此指穿梭般来往的防汛民众。参伍：杂乱。堡：清代黄河上除设有专职官兵外，还规定每二里设一堡房，内设堡夫二名。　[18]愒（kài）：贪。待霜清：意即坚持到霜降，黄河就威胁不大了。

## 凌　汛[19]

河冰冻合朔风粗，策马巡行历旧途。

夹岸积凌全涨白，沿堤插柳半涂朱[20]。

桩排雁齿参差挂，垛比鱼鳞上下铺[21]。

预祝安澜来岁庆，殷勤修守勖兵夫[22]。

【注释】

[19]凌汛：由于黄河各段冷暖变化不同，每年立春前后，上游转暖早，流下的冰块被阻塞在河面尚冻的下游，壅成冰坝，使水位陡涨，称为凌汛。　[20]沿堤插柳：在堤岸上插柳桩，冬天插种，春天即可成活，有加固堤防和抢险备料之效用。　[21]雁齿、鱼鳞：两种黄河堤埽名。　[22]勖（xù）：勉励。

【赏析】

古代劳动人民在长期的黄河防洪活动中，根据时令把一年中的洪情分为桃、伏、秋、凌四个汛期，针对其不同的洪水特点，进行防范。在这组诗里，作者通过自己巡视堤防、督导防洪的亲身体会，对黄河四汛的气候特征、河水形势及修防场面作了生动细致的描述。

## 杨文荪

（生卒年不详）清代诗人，字芸士，海宁（今浙江海宁县）人，贡生，官训导，有《述郑斋集》。

### 河　堤[1]

河流雄万马，河堤险一篑[2]。
筑堤岂无防，原为不虞备[3]。
下流苟勿壅，胡由至崩溃[4]？
治河无贾让[5]，争以下策试[6]？
清淮弱如线[7]，浊河日奔恣。
淤沙积百丈，海口塞弗治[8]。
河身高于堤，帆樯回云际[9]。
蚁穴倘一决[10]，惊涛注平地。
治病不察脉，横裂适为累[11]。
嗟哉神禹功，疏凿岂小智[12]！

**【注释】**

[1]河堤：黄河大堤。　[2]雄万马：言黄河水势如万马奔腾之雄壮。篑（kuì）：盛土的竹筐。此指黄河堤防有功亏一篑之险。　[3]不虞：意料之外。　[4]苟：假如。胡由：怎能。以上二句，说黄河虽雄，如不壅高，怎么能导致崩溃？　[5]贾让：汉哀帝时任朝中待诏，曾提出著名的"治河三策"：上策放河从北入海，迁河北之民；中策，多开漕渠于河北境地，分散水流；下策，完缮旧堤，增高加厚。　[6]争：怎。下策：指修筑黄河堤防。　[7]"清淮"句：指淮河水清势弱。　[8]海口：清代黄河南流夺淮在云梯关以下入黄海。弗：不能。　[9]"河身"二句：由于泥沙淤积剧烈，黄河河床高悬，船行其间，如回天际。　[10]蚁穴：取意"千里之堤，溃于蚁穴"。　[11]横裂：指黄河横行决口。适：恰。累：祸害。以上二句，说当今治河者没有把握黄河危

害的根源，横河决口才是其真正的症结。　　[12]嗟：叹息。神禹：大禹。疏凿：代指大禹的治河方法。以上二句说大禹疏导治水的神功怎能小看呢！

【赏析】

　　黄河泥沙，源源不断，淤积无度，而筑堤束水，终有所限。久之堤高水涨，长河高悬，险象丛生，势必决口改道，泛滥致灾。因此古代有人把以堤治水称为下策。这首诗即表达了作者反对一味筑堤束水，主张疏导分流的治河思想。

黄河源头鄂陵湖流出的黄河水　　摄影 / 王伟

# 李勃

（生卒年不详）清代诗人，字天叙，兴化（今浙江莆田）人。有《宝华堂集》。

## 筑 堤 谣[1]

岁筑堤，筑堤苦，止二更，作五鼓。
十人饘粥一人煮[2]，刻期会食时用午[3]。
河冻冰裂，凿冰破肤，
凿冰行取泥，贱命而贵土！
寒天漠漠天雨霜，督公长官髭须黄。
烹羊宰牛持大觞[4]，持大觞，威如狼。

【注释】

[1]筑堤：修复黄河堤防。 [2]饘（zhān）：稠粥。 [3]刻期：规定的时期。这句说到中午才吃上早饭。 [4]觞（shāng）：古代酒具。

【赏析】

这首诗描写了黄河民工起早摸黑，食不果腹，凿冰取泥，艰难修堤的劳动场面，鞭挞了河官督工的腐败与凶残。

# 马骏

（生卒年不详）清代诗人，字图来，号西樵，山阳（今江苏淮安）人。有《听山堂集》。

## 里胥叹[1]

得已之役役不已[2]，里胥夜半鞭夫起[3]。
脚踏层冰手抔土，髀肉冻裂黄河里[4]。
可怜民命等鸿毛，哀怨无声霜月高。
孟冬捉人季冬放[5]，尚说翻工到河上[6]。
河上河徙河岸决[7]，惊涛一片喷黄雪。
千村万落窜烝黎，河伯为灾里胥悦[8]。
里胥悦，金钱竭！

【注释】

[1]里胥：乡吏。 [2]"得已"句：此句感叹河役遥遥无期。 [3]鞭：抽打。夫：民工。 [4]抔（pōu）：捧。髀（bì）：大腿。以上二句，写数九隆冻，河上作工，寒冰刺骨，艰辛之甚。 [5]孟冬：初冬。季冬：冬末。 [6]翻工：即返工重来。 [7]徙（xǐ）：改道。 [8]烝（zhēng）黎：黎民百姓。河伯：黄河水神。以上二句，说黄河决口改道泛滥成灾，老百姓四散逃命，里胥却暗自庆幸发财机会的到来。对这些贪官河吏来说，"黄河一涨，金银万两"。

【赏析】

这首诗通过里胥夜半鞭夫，兴灾乐祸，民工踏冰修堤，髀肉冻裂，以及黄河决口、惊涛一片的描写，表达了黄河沿岸人民苦服河役的无穷愤怒。

# 朱一蜚

（生卒年不详）清代诗人，字健冲，号浣桐，嘉善（今浙江嘉善县）人。由诸生荐举，官至山西布政使。有《浣桐诗钞》。

## 河 夫 谣

朝开河，暮开河[1]，
朝开一尺深，暮开一丈多。
一丈无奖劝，一尺有鞭呵[2]。
嗟哉民力能几何[3]！
五更往役霜满衣，日暮不归妻啼饥。
河夫河夫尔诚苦，督工掌家不须怒。
官作有程限，河夫岂敢误？
长官裘马不知寒[4]，可怜河夫衣服单。
力役本是小人分，冻死河头不敢恨！

【注释】

[1]开：开挖。 [2]呵：呵斥。 [3]嗟哉：叹词。 [4]裘马：穿裘骑马。裘：皮衣。

【赏析】

这首民谣描写了挖河民工的饥寒劳苦和监工的凶恶残暴，反映了清代深刻的阶级矛盾。最后二句表现的逆来顺受思想显然是不足取的。

# 毛国翰

(生卒年不详)清代诗人、学者,字青垣,仁和(治所在今杭州市)人。有《糜园诗钞》。

## 河 上 谣[1]

浊水一石泥一斗[2],泥作河堤水作口。
官吏捉人长筑堤,不见河堤种蒲柳[3]。
朝来北风吹大雪,贫儿袖短不掩肘。
雇卒岂无官库钱,白遭冻饿常八九[4]。
去年河决高加堰,万落千村为泽薮[5]。
大黍小黍果鱼腹,腰镰那得姑与妇[6]。
存者儿女无人卖,十家病饿九家走。
荷锸来充筑堤卒[7],岁晏生理复何有[8]。
辕门击鼓悬大旗,筵上貂裘蒙锦衣。
往年堤上官马瘦,今年堤上官马肥。
沿河催呼筑堤卒,不见堤旁冻死骨[9]。

【注释】

[1]河上:黄河岸。 [2]浊水:指黄河水。石(dàn):容量单位,十石为一斗。 [3]蒲柳:泛指草木。 [4]"雇卒"二句:官府征丁筑堤,常常不给工钱。 [5]高家堰:地名,在江苏泗阳县南,当洪泽湖东北尽头,堤长一百二十里。明清时期,此处受黄河祸害剧烈,故历增坝岸,为洪泽湖蓄洪关键之地。泽薮:水地。 [6]果:饱。腰镰:代指武力。 [6]荷锸:肩扛铁锹。 [8]晏:安定。生理:生路。以上二句,说即使筑堤度过水灾,穷人也无生路。 [9]"辕门"六句:写治河官员借修筑堤防大发横财,对冻饿而死的筑堤民众却视而不见。

【赏析】

这首诗写黄河下游人民身受黄河泛滥与官府剥削的双重劫难,对沿河民众的凄惨境遇寄托了深切的同情,对贪官污吏的残忍贪婪予以了揭露。

## 魏宪

（生卒年不详）清代诗人，字惟度，福清（今福建福清县）人。有《枕江堂集》。

### 大 河 秋 雨[1]

大河南北望依稀[2]，谁剪黄流细细飞[3]。
忽见夕阳明灭里[4]，许多秋意带云归。

【注释】

[1]大河：黄河。 [2]依稀：不清晰，此指秋雨蒙蒙。 [3]黄流：黄河水流。 [4]明灭：夕阳时隐时现。

【赏析】

这首诗写黄河岸边的秋雨景象。"谁剪黄流细细飞"一句，把飘飘洒洒的秋雨想作被剪成丝丝细缕的黄河水，确是奇妙的想象、独特的感受。

郑州巩义河洛汇流处 摄影／王伟

# 阮元

（1764—1849）清代诗人。字伯元，号芸台，江苏仪征人。乾隆五十四年（1789）进士，改庶吉士，官至湖广、两广、云贵总督，体仁阁大学士，加太傅。曾校刊《十三经注疏》，汇刻《学海堂经解》。著有《研经室集》等。

## 渡 河

朝泊黄河南[1]，夜宿河北浦[2]。

河流决射阳[3]，所患难尽语[4]。

驱车寻修途[5]，遥遥指邹鲁[6]。

四野幕沉阴，愁云趁行旅[7]。

回首望江南，苍茫隔寒雨[8]。

【注释】

[1]泊：停泊行船。 [2]浦：水滨。 [3]射阳：即射阳湖，在江苏淮安县东南，周围三百余里。此处指射阳湖一带。 [4]所患难尽语：所造成的祸患难以尽说。 [5]修途：长路。 [6]邹鲁：邹，古国名，建都于郰（今山东曲阜东南南陬村）。鲁，古国名，建都曲阜（今山东曲阜县）。邹是孟子的故乡，鲁是孔子的故乡，所以后人以邹鲁喻文化昌盛之邦。 [7]"四野"二句：四野笼罩着沉沉的阴云，到处奔走着匆匆的旅人。幕：覆盖，笼罩。愁云：阴云。行旅：此指行人，即诗人自己。 [8]苍茫：旷远迷茫的样子。

【赏析】

诗人渡过黄河，途经射阳，想起当年黄河泛滥给射阳人民造成的严重祸患，不由得愁从心生，牵动了自己的怀乡忧思。

# 陈文述

(1771—1843)清代诗人。字退庵,号云伯,浙江钱塘(今浙江杭州市)人。嘉庆举人。曾任江苏江都县知县。少有诗名,善"西昆体"。有《碧城仙馆诗钞》《颐道堂集》《秣陵集》等。

## 月夜行黄河堤上

黄河堤上征车行[1],黄河堤下寒流平。
夜色沉沉万籁寂[2],芦花风急秋潮生。
明月苍茫出天顶,云开照见黄河影。
西风猎猎吹客裘[3],满地霜华马蹄冷[4]。
如绳秋雁云中来,忽然堕地鸣声哀。
木叶随风渡河去[5],秋心对此空徘徊[6]。
此水茫茫东入海,此月悠悠几千载。
阅尽东西南北人,惟有清辉古今在[7]。
眼前人物谁雄豪,所思不见心烦劳[8]。
河上晓烟作云起,斜月渐落明星高[9]。

【注释】

[1]征车:远行的车子。 [2]万籁寂:万籁俱寂。形容十分寂静,没有一点声音。籁:泛指各种声音。 [3]猎猎(gé):象声词。这里是拟西风响声。客:诗人自指。裘:皮衣。 [4]霜华:即霜花。华,同"花"。 [5]木叶:树叶。 [6]秋心:悲秋之心。 [7]清辉:指月亮的清光。 [8]烦劳:忧虑愁闷。 [9]明星:即金星,又名启明、太白。太阳系九大行星之一,是大行星中离地球最近的一颗,光亮仅次于月亮。

【赏析】

深秋之夜,诗人驱车于黄河堤上,但见河水茫茫,明月悠悠,秋雁坠地,木叶飘零,眼前景物触发了诗人的无限情思。全诗豪迈奔放,明达晓畅。

郑州的黄河水向东　摄影／孟宪明

# 张澍

（1781—1847）清代诗人。字时霖，一字伯瀹，号介侯，又号介白，甘肃武威人。嘉庆四年（1799）进士，任玉屏、泸溪等县知县。博学多识，文章端丽。著有《养素堂集》等。

## 黄 河 清

乾隆五十年，有人自兰州来，言黄河清数十里，家大人命澍咏之。稿久佚，因睹黄河，追录于此。

黄河清，圣人生。
圣人生，天下平。
滔滔浊流，忽如明镜。
谁投寸胶，千里澄泓[1]？
是为圣天子之德，而川后输诚[2]。

【注释】

[1]寸胶：《抱朴子·嘉遁》："寸胶不能治黄河之浊。"胶即阿胶，能使水澄清。寸胶为极少意。 [2]川后：即黄河神河伯。

【赏析】

黄河浑浊难清，所以古有"圣人出，黄河清"之说。诗人借"黄河清数十里"的奇异景象，表现了对皇帝修政明德，使河伯纳诚的期望。

# 亢村驿渡河大风[1]

晓日渡黄河，埃风卷白波[2]。

橹声惊退鹢，帆影触潜鼍[3]。

岸侧天容转，沙飞客泪多。

滔滔竟如此，北顾奈愁何！

【注释】

[1]亢村驿：在河南省获嘉县南三十五里。 [2]埃风：挟着尘沙的大风。 [3]鼍：鳄鱼。也叫扬子鳄，俗称猪婆龙。

【赏析】

这首诗写大风中的黄河景象，寄托了诗人的羁旅愁思。"埃风卷白波"，"沙飞客泪多"，描画出了大河与人的典型形象。

# 林昌彝

（生卒年不详）清代诗人。字惠常，侯官（今福建福州）人。道光进士。林则徐族兄，与魏源等交好。所作诗文及《射鹰楼诗话》，多记鸦片战争史实，表彰抗英爱国的人物事迹，抨击清政府的腐败无能。有《三礼通释》《小石渠阁文集》《海天琴思录》等。

## 大雪渡黄河

眯目尘沙白日暮[1]，行人冒雪争相渡。
黄河天上落如丝，一点关山云外露。

【注释】

[1]眯（mī）目：闭着眼皮。

【赏析】

　　风沙未止，纷纷扬扬的大雪又下起来了。溯河远眺，黄河象一缕游丝；浓云断处，一点关山偶露。这首诗诗中有画，疏密、大小、远近，皆得体、有致。

# 陆嵩

（1791—1860）清代诗人。字希孙，江苏吴县人。家境贫寒，一生中仅做过镇江府学训导这样卑微的小官。他的诗朴实自然，内容多反映人民疾苦。有《意苕山馆诗》十六卷等。

## 渡　河

莽莽黄沙拂面过，廿年重此渡黄河。

苍茫北望迷陈迹，浩荡东奔感逝波。

客路从今清梦少，中流自昔浊泥多。

浮生历尽风涛险[1]，击楫愁闻慷慨歌[2]。

【注释】

[1]浮生：老庄哲学以为人生在世，虚浮无定。此处犹言人生。　[2]击楫：敲打船桨。

【赏析】

黄沙扑面，河水浩荡，诗人二十年后重渡黄河，看眼前景色，思人生艰险，岁月流逝，壮志难酬，一怀愁绪难以解脱。

# 龚自珍

（1792—1841）清末思想家，文学家。一名巩祚，字瑟人，号定庵，浙江仁和（今浙江杭州）人。道光九年（1829）进士，官礼部主事。主张改革内政，抵御外国侵略，是近代改良主义的先驱。曾与林则徐、魏源等结成"宣南诗社"。诗作反映鸦片战争前夕黑暗的社会现实，渴望改革，追求理想。文辞瑰丽清奇，别开生面，对近代文学影响很大。有《定庵全集》。

## 己亥杂诗[1]（选三首）

### 一

只筹一缆十夫多[2]，细算千艘渡此河。
我亦曾糜太仓粟[3]，夜闻邪许泪滂沱[4]。

【注释】

[1]己亥：清道光十九年（1839）。这年龚自珍辞官南归，后又回京迎眷属，于南北往返途中，写了短诗三百一十五首，自己编定为《己亥杂诗》。这些诗作记述见闻，缅怀往事，评论时政，抒发感慨，由此可见诗人的生平、思想的梗概。　[2]筹：计算的意思。缆：系船的绳索，此指纤绳。夫：纤夫。　[3]糜：糜费、耗费。太仓：京城的国家粮库。这句是说，自己曾在京城做官，耗费、享受过朝廷的俸粮。　[4]邪许（yé hǔ）：象声词，指纤夫喊的号子。滂沱：大雨降落的样子，这里形容眼泪流得很多。诗末作者自注："五月十二日抵淮浦作。"淮浦即清江浦（今江苏清江市），其地临淮河、运河，黄淮交汇处在其西，是清代重要的河防要地和交通咽喉，南粮北运多经此处。明代时就在这里设置水闸，粮船过闸全靠牵拉。

【赏析】

这首诗是原诗第八十三首，写于回乡途中抵达淮浦时。诗人夜闻河上运粮纤夫们沉重的号子声，想到自己也曾耗费过国家的俸粮，不禁深感内疚，泣下沾襟。表现出对劳动人民深切的同情。

## 二

黄河女直徙南东[5]，我道神功胜禹功[6]。
安用迂儒谈故道[7]，犁然天地划民风[8]。

【注释】

[5]女直：女真族，是我国历史上建立金朝的北方少数民族。金章宗明昌五年（1194）八月，黄河在阳武决口，注入山东梁山泺后分为两派，北派由北清河入海，南派由南清河夺淮入海。后北流渐弱，黄河全部南流，故云"徙南东"。 [6]神功：大自然的伟力。禹功：指大禹所凿的黄河故道。相传大禹故道在今天津一带入海。 [7]迂儒：食古不化、迂腐可笑的儒生。这里是诗人对那些主张河复故道者的嘲讽。 [8]犁然：明确清楚的样子。作者于诗后自注道："渡黄河而南，天异色，地异气，民异情。"

【赏析】

这首诗是原诗第一百二十八首。黄河于金代向东南迁移，清代一些迂儒者们极力宣扬夏禹时代的黄河，主张人为地让黄河回复故道。诗中嘲笑了复古派的迂腐，表明了诗人主张黄河南流的观点。

## 三

明知此浦定重过[9]，其奈尊前百感何[10]？
亦是今生未曾有，满襟清泪渡黄河。

【注释】

[9]浦：即清江浦。[10]尊：酒器，此指饮酒。

【赏析】

这首诗是原诗第二百七十四首。写再过清江浦时百感杂生、涕泪交流的情景。

# 宗稷辰

（1792—1867）清末诗人。字迪甫，号涤楼，浙江会稽人。道光元年。（1821）中举，累官山东运河道，因病告归。历主湖南、群玉、濂溪、虎溪书院。告归后，主持戢山书院，成就很大。有《躬耻斋文钞》《诗钞》等。

## 新店渡河口占[1]

西头渡河远，东头渡河近。
一苇犹可杭[2]，河渡本无准。

【注释】

[1]新店：地名，其址不详。 [2]"一苇"句：《诗经·河广》有"谁谓河广，一苇杭之"句。意即黄河水流很窄，乘一根芦苇就能渡过。杭：即"航"。

【赏析】

这首诗言黄河河面宽窄不等，宽广处难以涉渡，窄狭处一苇可航。

## 河间有感[1]

禹迹茫茫溯九河[2]，曾将北海注洪波[3]。
自从一变南趋势，其奈黄流日下何。

【注释】

[1]河间：县名。今属河北省，战国时赵国地，因此处处于黄河与永定河之间而得名。 [2]九河：古黄河自孟津北一分为九，即徒骇、太史、马颊、覆釜、胡苏、简、絜、钩盘、鬲津等，故称九河。 [3]北海：指渤海。

【赏析】

古代黄河从孟津以北分为九道河流，入于渤海。黄河至金代南流，给两岸人民造成了很大灾难。这首诗即感叹此事。

## 三月八日乘大风渡河

壮哉大风从西来,北涯一苇飘然开[1]。

生平肝胆不可夺,岂虑河伯相喧豗[2]。

风声水声夹两耳,沙溜昏茫向南指[3]。

长年瑟缩前致辞[4],罕见渡河乃如此。

霎时抵岸风力多,满船大笑谢神河。

前舟隐隐滞沙渚[5],出险方思万顷波。

【注释】

[1]一苇:一叶轻舟,喻指诗人所坐的小船。 [2]喧豗(huī):喧闹、轰响。 [3]沙溜:挟带很多泥沙的水流。 [4]长(zhǎng)年:船工。 [5]沙渚:小沙洲。

【赏析】

诗人乘船渡河遇到大风,镇定自若,冒风强行,结果风势助船,霎时抵岸,坏事变成了好事。脱险之后,回头看搁浅的船只,方意识到了渡河的危险。

黄河口湿地丹顶鹤　摄影/董保华

# 魏源

（1794—1857）清末思想家、文学家。字默深，湖南邵阳人。道光二十四年（1844）进士，官至高邮知州。是我国最早向西方寻求真理以拯救中国的志士之一。能诗文，其诗风格遒劲，气势磅礴。内容多揭露清政府腐朽统治，体现爱国思想。有《古微堂集》《古微堂诗集》《诗古微》等。

## 龙 门 二 首

### 一

不放黄河走，层层锁石门。

架空崩雪浪，夺隘战乾坤[1]。

南北中条划[2]，地天人力尊。

如何开辟久，元气尚浑浑[3]。

【注释】

[1]隘：狭窄的险要之地。 [2]中条：即中条山，在山西省西南部，黄河北岸。 [3]元气：真元之气。浑浑：混沌、纷乱的样子。

【赏析】

龙门如削，紧锁黄河，雪浪崩空，气吞乾坤。诗人追溯那敢以人力战胜自然的治河英雄大禹，感到这雄浑的山河之间仍然充溢着浑浑的元气，蕴含着神奇的伟力。"不放黄河走，层层锁石门"，感受独特，描写逼真。

## 二

禹庙势岧峣[4]，元圭拱玉霄[5]。

俯崖诸念绝[6]，终夜万灵朝[7]。

屋有龙蛇画，金无魑魅骄[8]。

谁言三级浪[9]，赤鲤尾全烧。

【注释】

[4]禹庙：在龙门山上。岧峣（tiáo yáo）：山势高峻的样子，此处形容禹庙所处之高。 [5]元圭：即玄圭。详见黄哲《河浑浑》注。拱：高耸的样子。玉霄：天帝的居处。 [6]崖：即山崖，山边处。 [7]万灵朝：万神皆来朝见禹神。 [8]金：即金泥，用水银与金粉和成。魑魅：古代传说中山林里能害人的妖怪。 [9]"谁言"二句：据《太平广记》引《三秦记》："每岁季春，有黄鲤鱼，自海及诸川，争来赴之。一岁中，登龙门者，不过七十二。初登龙门，即有云雨随之，天火自后烧其尾，乃化为龙矣。"

【赏析】

这首诗通过对禹庙所处高峻地势和屋内金粉壁画的描写，热情歌颂了大禹治水的功德。

## 龙 门 吟

乌呼，禹河以前故道安可求！

龙门未辟，吕梁未凿[1]，不应古河天上流。

怀山襄陵九载耳[2]，九载以前谁咨诹[3]。

壶口砥柱皆石脉[4]，雷首王屋所从抽[5]。

若果河流冒干脊，谁言大山之间必大沟！

崩雷万丈此崖石，裂天劈地风飕飗[6]。

天生黄河必有壑，有壑必在龙门之上头。

或言古走大漠外,岂越阴山穿碛陬[7]。
徙河塞外信荒诞,汉武早斥齐人咻[8]。
或言河潴蒲昌海[9],濮源重出星宿湫[10]。
济水三伏亦三见[11],安知古河伏见不与侔[12]!
又言河之上游受大涧,与桑乾源咫尺修[13]。
古河或走桑乾道,并皆臆测难形求。
童律庚辰不可作[14],谁执檩橇推其由[15]!
神河神水出没不可测,天一变化如浮沤[16]。
灵均好作荒唐问[17],我今问此非悠悠。
《禹贡》《山经》所未及[18],桑郦我能拄其喉[19]。
频年泛滥灾中国,未必天意非人谋。
从来观澜必溯始,水情水性宜冥搜[20]。
桃花水涨三千秋,几见赤鲤成长虬[21]。
乌呼,龙门未辟以前古河故道安可求!

【注释】

[1]吕梁:即吕梁山,在今山西省西部,黄河与汾河间。北接恒山,南至禹门口,相传大禹治水曾疏凿吕梁山。 [2]"怀山"句:大水浸淹山陵愈九年。怀山襄陵:见黄哲《河浑浑》注。 [3]咨诹(zī zōu):商量询问。 [4]壶口:见陈赓《蒲津晚渡》注。 [5]雷首:即雷首山,在山西永济县南。《书·禹贡》:"壶口、雷首,至于太岳。"王屋:即王屋山。在山西阳城、垣曲两县间。《书·禹贡》:"底柱、析城,至于王屋。"这句意为,雷首山、王屋山皆从这里开始。 [6]飕飗(sōu liú):形容刮风的声音。 [7]阴山:今河套以北、大漠以南诸山的统称。碛陬(zōu):沙漠的角落。 [8]"汉武"句:指汉武帝刘彻没有接收齐人延年"开大河上领,出之胡中,东注之海"的意见。咻(xiū):喧嚷。 [9]潴(zhū):水停积。蒲昌海:即罗布泊,又名罗布淖尔,在今新疆若羌县北。 [10]濮源:濮水的源头。濮水为古水

名,又称濮渠水。其源头有二:一出于今河南封丘县境的古济水,一出于今原阳县境的古黄河。星宿湫:即星宿海。在青海省鄂陵湖以西,是黄河源散流而成的浅湖群。罗列如星,故名。　[11]济水:水名。古代与黄河、长江、淮河并称四渎。源出河南济源县王屋山,其故道过黄河南流,东折至山东,与黄河并行入海,后下游被黄河所夺,唯河北发源处尚存。　[12]侔(móu):相同。　[13]桑乾:即桑乾河。源出山西马邑县桑乾山。这句意为,有人说黄河与桑乾河源离得很近。修:长。　[14]童律、庚辰:皆神名。传说大禹治水时获涡水神无支祁,交给童律,童律制服不了,后来又交给庚辰,庚辰把无支祁锁在了淮阴龟山下,于是淮水得以安流。　[15]欙橇(léi qiāo):欙登山用具,橇泥行用具。这句是说,谁能登山下泽去推究黄河源头。　[16]天一:即太岁,这里指大自然。浮沤:水面的泡沫。　[17]灵均:屈原的字。屈原曾作有《天问》。　[18]《禹贡》:《尚书》中的一篇,记述了我国当时的地理情况。《山经》:即《山海经》,是古代的地理著作,作者不详。　[19]桑郦:即桑钦和郦道元。桑钦是汉代河南人,撰写了《水经》三卷。郦道元是北魏范阳人,著《水经注》,为我国古代地理学名著。訧:讥刺。　[20]冥搜:深搜,仔细搜求。　[21]虬:有角的龙。

## 【赏析】

清代时,有不少人主张让黄河回复夏禹时的故道。魏源写这首诗,驳斥了不问具体情势,盲目崇古的迂论。指出仅按古书《禹贡》《水经注》等书所讲的来治河是根本不行的,必须观澜溯始,穷究黄河水情水势,根据具体情况制定措施,才能根治河害。

魏源于道光年间写了《筹河篇》,对黄河的地理形势作了分析,认为河势利于北不利于南。他说:"由今之河,无变今之道,虽神禹复生不能治,断非改道不为功。人力预改之者,上也,否则待天意自改之,虽非下士所敢议,而亦乌忍不议。"最后,果如他的预料,咸丰五年(1855)黄河遂于兰阳铜瓦厢决口改道,由大清河入海。

# 蒋湘南

（1795—1854）清末诗人。字子潇，河南固始人。道光十五年（1835）中举。晚年入陕西，主讲关中书院。他是当时河南著名的学者，与龚自珍、魏源等人为友，深得时人推重。有《春晖阁诗钞》。

## 青铜峡[1]

娲炉掷顽铜[2]，风雷不能鼓[3]。
怪哉文命王[4]，踏天魔鬼斧[5]。
恚然辟巨门[6]，大治冯夷府[7]。
庚辰削巉云[8]，竖亥捧乾土[9]。
绝顶雷雨翻[10]，穿腹蛇龙舞。
万派黄沙吞，一线碧金吐。
乃知檃櫂劳[11]，西北心尤苦。
积石先破碎[12]，孟门亦残腐[13]。
巨矾障洪破[14]，万里绵底柱[15]。
所惜冀州野[16]，支派分九股[17]。
何不凿岱宗[18]，导河入脏腑[19]？
远以静豫扬[20]，近可安齐鲁[21]。
神功不出此，终教夺淮浦[22]。
只今华夷交[23]，胜迹独神武[24]。
字争屻嵝奇[25]，经须伯益补[26]。
摩挲量水碑，分寸皆太古。

【注释】

　　[1]青铜峡：黄河上游峡谷之一，在宁夏回族自治区青铜峡县境内。　　[2]娲炉：女娲炼石补天的火炉。这句是说，青铜峡两岸的山是女娲炼石时弃置的顽劣铜块。　　[3]鼓：扇炽火焰进行冶炼。这句是说，风雷之力也难以把它熔掉。　　[4]文命王：即夏禹。《史记·夏本纪》："夏禹名曰文命。"　　[5]踏天：踏着云朵。魔鬼斧：鬼怪之斧。　　[6]砉（huā）然：象声词，形容迅速动作的声音。　　[7]冯夷：即河伯，黄河神。　　[8]庚辰：神名。详见魏源《龙门吟》注。巇：山势高险的样子。　　[9]竖亥：大禹的臣子。以"健行"著称，大禹曾命太章从东极走到西极，命竖亥从北极走到南极，以丈量距离。　　[10]"绝顶"二句：形容大禹开山凿洞以通河水的宏伟工程的气象。　　[11]櫼橛：见魏源《龙门吟》注。　　[12]积石：积石山，在今青海省，大禹疏导黄河从这里始。　　[13]孟门：古山名。在陕西宜川东北、山西吉县西，绵亘黄河两岸。因位于龙门之北，故又称龙门上口，相传大禹曾疏凿此处以通河水。　　[14]巨矶：水中露出的巨大岩石，此指砥柱山。　　[15]底柱：即砥柱，又叫三门山。详见颜之推《从周入齐夜渡砥柱》注。　　[16]冀州：古九州之一。详见张宣《晓发孟津渡黄河寒甚》注。　　[17]九股：即九河。详见屈原《河伯》注。　　[18]岱宗：喻指泰山境地。　　[20]豫扬：豫州和扬州。均属古九州。豫：《尔雅·释地》："河南曰豫州。"河即黄河。扬：《尔雅·释地》："江南曰扬州。"江即长江。　　[21]齐鲁：均古国名，即齐国和鲁国，在今山东省北部和山东省西南部。　　[22]夺淮浦：指黄河南溢，夺淮入海。　　[23]华夷交：青铜峡一带是汉族和少数民族交界区。　　[24]胜迹：指青铜峡的"量水碑"。作者自注说："峡中有碑镌十大字，各长一尺，字模糊而分寸犹存，传为禹所立也。水埋八尺以为常，或涨喻五分，则潼关以东水深五尺，由宁夏府水利同知飞详水报。"神武：神明而威武。　　[25]岣嵝（gǒu lǒu）：山名，在湖南衡阳市北，是衡山的主峰。这里有相传为大禹治水时所刻的岣嵝碑，凡七十七字，极古雅。碑早佚，只有摹刻传世。这句是说，青铜峡的量水碑可以和岣嵝碑争奇比美。　　[26]伯益：也称益、翳，舜时东夷部落的首领。相传帮助大禹治水有功，禹要让位与他，益避居箕山之北。

【赏析】

　　诗人驰骋丰富的想象，调用古代大量神奇迷人的传说故事，将青铜峡描绘得壮美瑰丽，极富神话色彩。"娲炉掷顽铜，风雷不能鼓""庚辰削巇云，竖亥捧乾土"诸句，颇具形象感。

# 何绍基

（1799—1873）清末诗人、书法家。字予贞，号东洲，晚号蝯叟，道州（今湖南道县）人。道光十六年（1836）进士，授编修，四川学政。诗论推崇苏轼、黄庭坚，是晚清宋诗派作家。有《东洲草堂诗集、文钞》。

## 渡　河

二十五里外，见堤如见河。
茫茫生敬戒[1]，浩浩复经过。
微翠远山色，浊黄终古波。
东南决未复，谒者意如何[2]？

【注释】

[1]敬戒：警戒之意。　[2]谒者：官名，掌管河堤。

【赏析】

黄河泥沙沉淤，河堤越筑越高，远远一望，便让人产生警戒惧怕的心情，诗人由此想到东南决而未塞的黄河大堤，禁不住发一声问：掌河官吏究竟作何打算？

## 蝇

半日黄河两岸行，二三十里绝蝇声。
变更黑白虽天性[1]，止向人家多处生。

【注释】

[1]"变更"句：苍蝇沾素，染白为黑，是其本性。

【赏析】

这首诗以"二三十里绝蝇声"的现象，反映了黄河两岸人烟稀少的情状。

# 张际亮

（1799—1843）清末诗人。字亨甫，号华胥大夫，福建建宁人。道光十六年（1836）中举。一生中未做官，浪迹四海，较了解下层人民的疾苦。诗作感时记事，沉郁雄宏，有许多揭露黑暗，反对侵略，同情人民的好诗。有《张亨甫全集》。

## 兰阳渡河，是丙戌春与伯兄阻风处，泫然口号[1]

黄河泱漭仍千里[2]，白日飞腾更十年。

死去可能悲岁月，饥来长使走山川。

惊沙依旧风横野，废郭经春树带天[3]。

河伯安知惆怅极[4]，征骖独上夕阳船[5]。

【注释】

[1]兰阳：旧县名，在河南省东部，后与考城县合并为兰考县。丙戌：即道光六年（1826）。泫然：泪水涟涟的样子。口号：表示随口吟成，和"口占"相似，古体诗常用作题名。　[2]泱漭（yāng mǎng）：浩瀚无边的样子。　[3]废郭：废弃的旧城。　[4]河伯：传说中的黄河神。　[5]征骖：旅人远行的车马。最后二句写了诗人极度的惆怅失意感，一个"独"字，尤其表现了对伯兄的深深怀念和自己形单影只、凄凉悲愁的情怀。

【赏析】

道光六年(1826)春天，诗人曾和伯兄一起从兰阳渡河。道光十一年(1831)，诗人再过兰阳时，伯兄已死去五载。黄河依旧滔滔东去，黄沙依然横野蔽天，岁月流逝，物是人非，面对着眼前景象，诗人禁不住泫然泪下。

# 陈景高

（1812—1849）清末诗人。字筠山，福建同安人。道光二十三年（1843）中举。终生不得志，浪迹四方。有《绿蕉馆诗》。

## 渡 黄 河

三尺坚冰厚，千重浊浪长。

西风人唤渡，不见暮山苍。

浴日腾空阔[1]，黏天接混茫[2]。

新诗不可唱，此地有龙翔。

【注释】

[1]浴日：极言黄河的宽阔旷远，太阳若出于黄河之中。 [2]混茫：犹言混沌，指天地初开时的状态。

【赏析】

这首诗描绘了雄浑壮美的黄河景象，抒发了对祖国山河的热爱之情。"浴日腾空阔，黏天接混茫"一联，场面阔大，气势雄壮。

## 九月初十夜河堤对月

微云一抹荡纤罗[1]，如此良宵唤奈何！

千里家山看素月，九秋风露冷黄河[2]。

沙平古岸雁声少，草接长天鸦阵多。

一片荒寒吟不得，夜深狐火上藤萝。

【注释】

[1]纤罗：纤细的罗纱。 [2]九秋：秋季九十天，九秋即指秋天。

【赏析】

微云素月，撩人乡思。更何况沙平古岸，冷落寒天，狐火藤萝？荒凉的黄河岸上，诗人吟咏徘徊，深感旅怀凄凉，悲苦难捱。

# 俞樾

（1821—1907）清末学者、诗人。字荫甫，号曲园，浙江德清人。道光进士，官翰林院编修、河南学政。晚年讲学杭州诂经精舍。有《春在堂全书》二百五十卷。

## 丙辰二月初三日出棚考试大风渡黄河作[1]

黄河无风浪千尺，况乃有风风又逆。
风浪声中鼓吹高[2]，使者河边祭河伯。
河伯其听使者歌[3]，人间何处无风波。
但令胸中无介蒂[4]，那愁脚底有鼋鼍[5]！
临河却为苍生虑[6]，从古河防无善计。
百万金钱付水滨，不饱鱼龙饱官吏。
频岁黄河向北行，狂澜几遍山东地。
转瞬桃花春潮生[7]，或疏或筑无人议[8]。
此间群议更悠悠[9]，大河北徙吾无忧。
岂知河性固难测，似宜未雨先绸缪[10]。
书生欲言苦无职[11]，蒿目空为生民愁[12]。
焚香敬向河干祝[13]，惟尔有神雄四渎[14]。
但愿安澜庆九秋[15]，莫教怒浪生三伏。
河伯有知应轩渠[16]，笑我比意徒区区[17]。
庙堂自有河渠书[18]，幸无窃窃忧其鱼[19]。

【注释】

[1]丙辰：清文宗咸丰六年（1856）。 [2]鼓吹：乐名，主要乐器有鼓箫笳，出自北方民族，本为军中之乐，后泛指有鼓、吹乐器的音乐。 [3]其：同"岂"，"难道"的意思。 [4]介蒂：细小的梗塞物，喻指心中的嫌隙。 [5]鼍鼋：鼋，大鳖。鼍，扬子鳄，俗名"猪婆龙"。此以鼍鼋代指河中的水怪。 [6]苍生：指百姓。 [7]桃花春潮：即桃花汛。详见赵秉文《河上》注。 [8]疏：疏导，开挖。筑：筑堤。 [9]悠悠：众多的样子。 [10]未雨先绸缪（chóu móu）：趁天未下雨，先修缮房屋门窗，喻指防患于未然。绸缪：事前准备。 [11]书生：作者自指。 [12]蒿目：举目远望。 [13]河干：河岸，河边。 [14]雄四渎：为四渎之雄。四渎即长江、黄河、淮河、济水。 [15]九秋：指秋天。秋季九十天。 [16]轩渠：喜悦欢乐的样子。 [17]区区：爱慕。 [18]庙堂：见王崇献《河决歌》注。《河渠书》：《史记》中的篇名。此指记河工、水利等内容的书籍。 [19]窃窃：私下里小声议论。

【赏析】

朝中使者渡河，吹吹打打地祭祀河神，而黄河连年泛滥，几遍山东境地，朝中却无人动议。诗人既谴责了"不饱鱼龙饱官吏"的贪污肥己行为，也表达了对"或疏或凿无人议"情况的忧虑。

黄河岸边　摄影/孟宪明

# 黄 沙 歌

出吴淞口数百里,海水忽黄,舟人云:此名黄沙,乃黄河中泥沙随流入海,其势甚猛,不能遽消,因成此色。亦奇观也,赋此以记所见。[1]

昔人探河源,云从火敦脑儿始[2]。
我行未至昆仑虚[3],未识河源何处是。
乃从海槛一登临[4],不见河源见河委[5]。
前日吴淞口,昨日清水洋。
无端沧海中[6],灿烂成奇光。
布金非舍卫[7],抟土无娲皇[8]。
是何海中沙,有若琉璃黄。
舟人为我言,此乃黄河入海之故迹。
海色与天色,上下同一碧。
黄河千里百里奔腾来,其势不能遽与海为一。
遂令海底皆黄沙,万丈光芒映朝日。
始信河为四渎雄[9],儒海犹难渝本质[10]。
乌乎!龙门穿凿神禹功[11],
送之入海事已终,谁从海外寻其踪!
昔人未见我及见,眼界洵足千秋空[12],
岂比东方曼倩紫泥海[13],徒将谰语欺儿童[14]!

【注释】

[1]吴淞口：地名，在上海市北部、黄浦江口西岸，是上海港外口。遽（jù）：急，骤然。 [2]"昔人"二句：至元十七年（1280），元世祖忽必烈派都实带领一队人马勘察黄河源。他们从河州（今甘肃临夏市）出发，历时四个月到达了河源地区。据《元史·河源附志》引述《河源志》："按河源在吐蕃朵甘思西鄙，有泉百泓，沮洳散涣，弗可逼视，方可七八十里，履高山下瞰，灿若列星，以故名火敦儿。火敦译言星宿也。" [3]昆仑虚：即昆仑墟。昆仑山的基部，此泛指昆仑山。昆仑山在新疆、西藏之间。西接帕米尔高原，东延入甘肃境内。《河图》："昆仑之墟，五城十二楼，河水出焉。" [4]海檔（tá）：海中大船。 [5]河委：河水所聚之处，即大海。 [6]苍海：大海。 [7]布金：布施金钱。舍卫：城名，全名室罗筏悉底，也称舍婆提。北印度憍萨罗国的都城。相传释迦牟尼曾在此城居住二十五年。 [8]抟（tuán）土：把散碎的土捏聚成团。娲皇：即女娲氏，神话中的古帝名。古时天崩地裂，女娲乃炼五色石以补苍天，抟黄土以造人。 [9]四渎：见陈孚《黄河谣》注。 [10]渝：改变。 [11]龙门、神禹：见薛道衡《敬酬杨仆射山斋独坐》注。 [12]洵：诚然，实在。 [13]东方曼倩：即东方朔，字曼倩，西汉人，性诙谐滑稽，善于辞赋，后世称他为"仙人"。紫泥海：古代传说中的海名。据汉郭宪《洞冥记》：东方朔三岁时忽然失踪，数月后才回来。后又出走，数年后方回。母亲问他去了哪里，他说："我到紫泥海，被紫水污了衣服，我就到虞渊（日出之处）去洗，早晨去中午回，您怎能说过了几年呢？" [14]谰语：虚妄的话。

【赏析】

诗人在上海吴淞口外数百里处，见黄河携入的泥沙竟连海水染得金黄，太阳一照奇光灿烂，为之大感惊奇，激情勃发，写下此诗。海中黄沙"灿烂成奇光"，"有若琉璃黄"，"万丈光芒迎朝日"，确乎为黄河千古的一大奇观！

# 易佩坤

（1826—1906）清末诗人。字笏山，一字子笏，湖南龙阳人。咸丰八年（1858）中举。从军川、陕间，积功授知府，官至江宁、四川藩司。为人负气敢任事。诗学袁枚，有《函楼诗钞》等。

## 三渡黄河放歌

黄河无风自成波，泥沙逐队游蛟鼍。
嗟予三载三经过[1]，澄清无计将奈何！
浩然四顾发悲歌，河伯出听应无讹[2]。
祖生之楫越石戈[3]，著鞭不先有如河。

【注释】

[1] 嗟：叹词。予：我。 [2] 讹（é）：错误。 [3] 祖生之楫：东晋祖逖渡江北伐，船至中流，他拍着船桨发誓说："祖逖不能清中原而复济者，有如大江。"越石：东晋刘琨的字。刘琨少有志气，与祖逖相交，常在午夜相与闻鸡起舞。此句是以祖逖击楫起誓和刘琨闻鸡起舞的典故喻指自己的宏大志向。

【赏析】

咸丰八年（1858），诗人三渡黄河时写下此诗，借祖逖和刘琨的故事，表达了自己决心干一番事业的凌云壮志。诗人在这年中举。

# 王闿运

（1833—1916）清末学者、文学家。字壬秋，一字壬父，号湘绮，湖南湘潭人。咸丰二年（1852）举人。曾历主成都尊经书院、长沙思贤讲舍、衡州船山书院等，清末，授翰林院检讨，加侍讲衔。辛亥革命后任清史馆馆长。工于诗文，好治经学。诗文以模拟汉魏六朝为准则，为晚清拟古派所推崇。有《湘绮楼全书》。

## 大雪夜渡黄河

月黑剑光明，横风匹马行。
雪收天地色，冰压济河声[1]。
敲火惊龙睡，回首候雁鸣。
孤游惜奇险，飞鞚过齐城[2]。

【注释】

[1]济河：四渎之一。详见苏轼《黄河》注。 [2]鞚（kòng）：马笼头。齐城：泛指齐地，即今山东。

【赏析】

诗人于一个月黑风高的大雪夜，骑马渡过黄河，眼前的奇险景象激荡着他豪迈的情怀，勾起了他的诗意。

# 张之洞

（1837—1909）清末诗人。字香涛，又字孝达。号壶公，又号无竞居士，直隶南皮（今河北省南皮）人。同治二年（1863）进士，历任翰林院编修、侍讲学士、内阁学士等职。提出"中学为体、西学为用"，反对维新变法。有《张文襄公全集》。

## 济南杂诗[1]（十首选二）

### 一

齐疆多海鲁多山[2]，风土中和是此间[3]。
济汶黄河三水会[4]，重扃不在穆陵关[5]。

【注释】

[1]济南：即今山东济南市，山东省省会。 [2]齐：古国名，在今山东北部，建都营丘（后称临淄，今山东淄博市东北），疆域东到海，西到黄河，南到穆陵关和泰山，北到无棣水。鲁：古国名，在今山东省西南部，建都曲阜（今属山东）。 [3]风土：风俗习惯和地理环境。中和：中正和平。 [4]济：水名，见魏源《龙门吟》注。汶：水名。今称大汶水或大汶河，发源于山东莱芜县北，西南流经古嬴县南，又西南会牟汶、北汶、石汶、柴汶，至梁山东南入济水，主流西注东北湖，北入黄河。 [5]重扃（chóng jiōng）：重锁，谓门户深严。扃：关锁。穆陵关：在今山东临朐县南大岘山上，地势险峻。

【赏析】

这是一首歌咏济南的诗。济南在黄河南岸，"风土中和"，是济、汶、黄河三水相会之处，其战略位置的重要，远远胜过古代的穆陵关。

## 二

曾图清济贯洪河[6],一线萦纡十丈多[7]。
今日黄流全入济,愁心谁会濯缨歌[8]！

【注释】

[6]图:图谋,计划。济:济水。洪河:黄河。 [7]萦纡(yú):曲折回绕。 [8]会:领悟。濯(zhuó)缨歌:《孟子·离娄》:"沧浪之水清兮,可以濯我缨。沧浪之水浊兮,可以濯我足。"濯:洗涤。缨:卷结在颐下的帽带。

【赏析】

济水发源于河南省济源市西王屋山,过黄河而南,东流至山东与黄河平行入海。后来黄河改道,全夺济水河道,济水也变浊了。诗人由此想到遥远的濯缨古歌,借此表现了自己的愁绪。

郑州惠济的黄河　摄影/王伟

# 冯煦

（1843—1927）清末诗人。字梦华，号嵩庵，江苏金坛人。少好词赋，有"江南才子"之称。四十五岁中进士。授编修，累管安徽巡抚。因上书请核名实，明赏罚，逆忤朝旨被罢官。工诗、词、骈文，声调凄恻，情绪感伤。有《嵩庵类稿》《蒙香室词》等。

## 野 老 叹

野老荷锄出门去[1]，痛哭悔从黄河戍[2]。
阴阴白昼昏难开，恨不早时下泉路[3]。
三月初城河上城[4]，阑风伏雨城尽倾[5]。
田中水深没禾稼，犹食不暇遑犹兵[6]。
闻道秋深复兴役，肤裂肠饥更谁惜？
将军骄马河上来，役夫俯首无人色。
非时迫使鞭如风[7]，吁嗟纵暴浑羌同[8]。
骨肉糜烂委墟莽，鹰鸇下食亦何雄[9]。
窜伏荆杞避不得[10]，吞声力役无苏息[11]。
去时少年尽死亡，衰嬴甘作沟中瘠[12]。
却看妻子居穷村，十日不食为游魂。
当时有寇忧战斗，无寇谁知丧一门！
君不见，西来戎马相驰突，甲士桓桓不敢出[13]。
千里苍茫无人烟，飞书更召防河卒。

【注释】

[1]荷锄：扛着锄头。 [2]黄河戍：戍守黄河的士兵。 [3]下泉路：进入黄泉之路，犹言"死路"。 [4]城：用作动词，意同"筑"。 [5]阑风伏雨：阑珊之风，沉伏之雨，是说风雨不止。 [6]遑：闲遐。犹，即忧。这句是说，整日为肚子犹愁，哪有闲遐忧愁兵灾。说明戍河甚于兵火。 [7]非时：不时。 [8]吁嗟：叹词。这句叹息清朝的治河官吏就象外敌入侵一样肆虐强暴。羌：我国古代的少数民族。 [9]鹯（zhān）：一种凶猛的鸟。 [10]荆杞：荆、杞皆木名，此代指山野草莽处。这句是说，窜逃到山野草莽之中也躲避不得。 [11]苏息：休养生息。 [12]衰羸（léi）：衰弱。沟中瘠：死于沟中的尸体。 [13]桓桓：威武的样子。

【赏析】

　　诗人借一个戍守黄河的老兵之口，描写了黄河戍卒的苦难生活。深刻揭露了清朝末年黑暗的社会现实和尖锐的阶级矛盾。官吏骄横，暴虐士兵就象外族入侵者一样，士卒不堪忍受，求死不得。诗的后部分写农村及战事，"当时有寇忧战斗，无寇谁知丧一门"的情况，揭露尤深。

青海玛多扎陵湖畔　摄影／王伟

# 俞明震

（1860—1918）清末诗人。字恪士，号觚庵，浙江山阴人。官至甘肃提学使。入民国，为肃政史，谢病归里。苦吟写诗，常侧夜不眠。有《觚庵集》。

## 阌乡宿黄河堤岸[1]

柳阴见黄河，日暮愁客心。

极目但尘沙，不知春已深。

麦垅叠成梯，层层如划簪[2]。

其颠平如掌，山态不可寻。

方舟厌奔溜[4]，榜歌杂秦音[5]。

遭时苦踯躅[6]，十年江海滨。

沉忧斗靡丽[7]，厌作东南人。

此行入苍茫[8]，翻觉眼底新。

岗陵郁雄厚，风物含萧森[9]。

河声去不息，来日愁因循[10]。

对此真茫茫，吾衰复何任。

一鸟意超忽[11]，万里天阴沉。

心境各殊态，劳者传酸辛。

【注释】

[1]阌（wén）乡：地名，在今河南灵宝县境。　[2]"层层"句：层层梯田犹如簪子划出的一样，十分整齐。　[3]颠：即"巅"、山顶。　[4]方舟：两船相并。　[5]榜歌：舟人唱的划船曲。秦音：秦地的语言。　[6]踯躅（zhí zhú）：徘徊不前。　[7]"沉忧"句：诗人对东南那种斗丽夸奇的习气深感忧虑。　[8]苍茫：空阔无边的样子。　[9]萧森：阴晦的样子。　[10]因循：沿旧不改。　[11]超忽：精神高逸的样子。

【赏析】

诗人去甘肃赴任，途经河南阌乡，看黄河岸边岗陵蓊郁，风物萧森，苍苍莽莽，一派新意，和夸奇斗丽的江南迥然相异，陡生无限感慨。

## 月夜登兰州城楼望黄河隔岸诸山[1]

月中望黄河,满目金破碎。
沙堤不受月,因水得明晦。
城影落山腰,雁声出云背
三更天宇高,七月残暑退。
树动风无声,坐久得秋态。
心知寒讯早,预作雪山对。
暂与解烦忧,清露入肝肺。
忽闻伊凉歌[2],河声助慷慨。
河流去不回,明月年年在。
斟酌古今情[3],几人临绝塞。

【注释】

[1]兰州:即今甘肃省兰州市。清朝时为兰州府,辖境相当于今甘肃兰州市及临洮、榆中、靖远、渭源等县地。 [2]伊凉歌:即《伊州》《凉词》二曲。唐代天宝以后,常以地名作乐曲名。 [3]斟酌:思考,揣摩。

【赏析】

朗朗月夜,诗人登上兰州城楼。月下黄河,浊浪涌金,沙堤被映得忽明忽暗;城影雁声,微风清露,伊、凉古曲,眼前情景惹起了诗人的千古幽思。

# 谭嗣同

（1865—1898）清末诗人。字复生，号壮飞，湖南浏阳人。晚清改良主义运动的代表人物之一。能文章，好任侠，善剑术。曾办《湘报》，尖锐地批判各种封建教条。戊戌变法失败后，被慈禧杀害。诗作慷慨雄壮，极富爱国热情。有《谭嗣同全集》。

## 潼 关

终古高云簇此城[1]，秋风吹散马蹄声。
河流大野犹嫌束，山入潼关不解平[2]。

【注释】

[1]簇：堆集成团。 [2]解：懂得。

【赏析】

光绪八年（1882），诗人从家乡浏阳赴甘肃兰州父亲的任所，途经潼关时写下此诗。全诗仅有四句，即把险峻的群山和奔腾的黄河予以生动再现，并在对山河的描写中，抒发了自己的凌云壮志和奔放情怀。

山西芮城水流平　摄影／孟宪明

## 出潼关渡河

平原莽千里[1],到此忽嵯峨[2]。
关险山争势,途危石坠窝[3]。
崤函罗半壁[4],秦晋界长河[5]。
为趁斜阳渡,高吟击楫歌[6]。

【注释】

[1]平原:指"八百里秦川"的关中平原。 [2]嵯峨:形容山势险峻。 [3]石坠窝:山石崩塌而成的坑洼涯窝。 [4]崤函:古代对崤山和函谷关的统称。详见麻革《过陕》注。 [5]秦晋:即秦国和晋国。秦地即今陕西省,在黄河西;晋地即今山西省,在黄河东,故有此句。 [6]击楫歌:见易佩坤《三渡黄河放歌》注。此句是借祖逖击楫的典故表示自己的宏大志向。

【赏析】

光绪十五年(1889),诗人从父亲的任所兰州启程,进京应试。他出潼关,渡黄河,江山的壮美使他激情满怀,遂借晋人祖逖击楫宣誓的典故,表示了自己的宏伟志向。

青海玛多鄂陵湖里的一家四口 摄影/王伟